W0364300

Michelle Rowen est née à Toronto, Ontario. Quand elle était enfant, elle rêvait de devenir hôtesse de l'air, voleuse de bijoux et écrivaine. Un sur trois, ce n'est déjà pas si mal ! Elle avoue être bibliophile, posséder un chat maléfique appelé Nikita, être accro à la téléréalité et entretenir une relation malsaine avec tout ce qui touche à la série *Buffy contre les vampires*.

Du même auteur, chez Milady :

Sarah Dearly :
1. *Mordue*
2. *Accro*
3. *À cran*
4. *D'enfer*
5. *A plus*

www.milady.fr

Michelle Rowen

A plus

Sarah Dearly – 5

Traduit de l'anglais (États-Unis) par Anne-Virginie Tarall

Milady

Milady est un label des éditions Bragelonne

Titre original : *Tall, Dark & Fangsome*
Copyright © 2009 by Michelle Rouillard
Cet ouvrage est publié avec l'accord de
Grand Central Publishing, New York, États-Unis.
Tous droits réservés

© Bragelonne 2011, pour la présente traduction

ISBN : 978-2-8112-0618-5

Bragelonne – Milady
60-62, rue d'Hauteville – 75010 Paris

E-mail : info@milady.fr
Site Internet : www.milady.fr

Remerciements

Écrire la série *Sarah Dearly* a été un plaisir du début à la fin. Je suis si reconnaissante d'avoir eu la chance de passer cinq livres avec ces personnages un peu fous qui sont devenus si réels pour moi que je m'attends toujours à ce qu'ils frappent à ma porte à tout instant ! J'ai ici une ordonnance restrictive prête à partir. Oui, c'est toi que je regarde, Sarah !

Un grand merci à mon éditrice Karen Kosztolnyik, qui possède le don aussi irréel qu'enviable de voir par-delà la surface d'une histoire pour trouver ce qui ne va pas et la rendre meilleure. J'adore travailler avec toi et respecte tes talents éditoriaux plus que tu ne pourrais le penser.

Merci aussi à mon merveilleux agent Jim McCarthy. Sans toi, mes vampires continueraient de n'exister que dans ma tête au lieu de hanter les librairies.

J'adresse toute ma gratitude à Laurie Rauch qui a été ma bêta-lectrice, au Toronto Romance Writers et à Write-Ons, ainsi qu'à tous ceux qui ont participé au chat Michelle Rowen, à mes amis sur Twitter, Facebook, MySpace (attendez, j'ai presque fini) et à ceux qui ont laissé des commentaires sur mon blog. Vous êtes tous fantastiques !

Toute ma gratitude va aussi à ma famille et à mes amis, pour m'avoir gardée saine d'esprit pendant que j'écrivais à

plein temps. D'accord, je ne suis plus du tout saine d'esprit. Mais merci d'avoir essayé !
Enfin, merci à tous mes beaux, merveilleux et intelligents lecteurs ! Sans vous, il n'y aurait eu qu'un seul livre, et non pas cinq ! Si j'ai pu vous communiquer ne serait-ce qu'une fraction de l'amour que je porte à mes personnages, alors mon travail est fini. Du moins pour l'instant.

Précédemment dans la vie de Sarah

Je m'appelle Sarah Dearly.

Je suis une vampire.

Mais n'ayez pas peur : je ne mords pas !

Bon, oubliez ça. En fait, depuis peu, je mords, mais je n'y suis pour rien.

Il y a trois mois, j'ai été transformée en vampire par mon rencard d'un soir, un type très entreprenant et un peu dingue… voire carrément flippant. Après qu'il a tenté de m'enterrer – ne me demandez pas pourquoi –, des chasseurs de vampires sont arrivés et lui ont planté un pieu dans le cœur. Ils ont essayé de me faire subir le même sort, mais je me suis enfuie pour atterrir dans les bras d'un vampire de six cents ans, super sexy et suicidaire, du nom de Thierry de Bennicœur. Un nom français. Mais pas d'accent. Je vous ai déjà dit qu'il était sexy ?

Et même s'il passait son temps à broyer du noir, je suis tombée amoureuse de lui. Profondément.

Nous avons vécu de bons et de mauvais moments.

Enfin, surtout des mauvais.

J'ai appris qu'il y a des chasseurs partout, qui se consacrent à l'élimination des vampires… même si nous ne sommes pas démoniaques. Ni morts. Ni même morts-vivants. Nous sommes exactement comme les humains, sauf que nous devons boire du sang pour vivre. C'est malheureusement vrai. Et nombre d'entre nous ne peuvent pas avaler de nourriture solide. Notre force et nos sens sont aussi plus développés que ceux des humains. Nous ne pouvons pas nous refléter dans les miroirs, ce qui est un inconvénient majeur. Et l'alcool n'a plus aucun effet sur nous, hélas. Mais nos cœurs battent, et nous pouvons sortir en plein jour, même si nous trouvons la lumière du soleil un peu vive sans lunettes noires.

Oh, à propos : nous sommes bel et bien immortels. Enfin, tant qu'on ne nous plante pas un pieu dans le cœur.

Donc, même si nous sommes plutôt normaux, les chasseurs veulent notre peau. Ce sont *eux* les méchants.

L'un d'eux a tenté de m'assassiner, et je lui ai tiré dessus pour me défendre. Oui, je l'ai tué avec une arme à feu. Pas avec mes crocs. Et cet incident m'a valu la fausse réputation d'avoir éliminé toute une bande de chasseurs et le surnom accrocheur de « Tueuse de Tueurs ». Certaines personnes ont peur de moi, d'autres sont impressionnées, et ceux qui restent vendraient leur mère pour me planter un pieu dans le cœur.

L'un d'eux s'appelle Gideon Chase. Un milliardaire, chef de tous les chasseurs de vampires, qui était considéré comme un play-boy jusqu'à ce qu'il tue un démon et soit brûlé par les feux de l'enfer. Il est atrocement défiguré, et des flammes invisibles le consument peu à peu pour l'entraîner corps et âme dans sa dernière demeure.

Et à présent il veut que je l'aide.

Tout ça parce qu'à cause de ma manie de me fourrer dans des situations dangereuses, j'ai dû boire le sang de deux maîtres vampires – dont celui de Thierry –, ce qui a décuplé les pouvoirs du mien. Autrement dit, tout vampire que je créerai sera très fort. Du coup, Gideon s'est mis en tête que je pourrais le guérir en le transformant, ce qui lui éviterait du même coup de finir en enfer. Mais pour cela, il faut que le rituel ait lieu à la prochaine pleine lune.

Et si je refuse de lui obéir, Gideon tuera tous ceux que j'aime.

Bien sûr, j'ai accepté de l'aider.

Il a exigé que je mette un terme à ma relation naissante avec Thierry, de peur que je révèle ses plans ignobles à mon amant. Mais ma tentative de rompre a été un échec total. Thierry et moi sommes toujours ensemble, même si nous sommes désormais obligés de le cacher à tout le monde, y compris à mes amis les plus proches. Si Gideon découvrait que je lui ai désobéi… bon, eh bien, il ne faut surtout pas qu'il l'apprenne.

Cet homme est le Mal incarné. Littéralement.

Pour finir en beauté ce petit récapitulatif, je dois ajouter qu'on m'a jeté un mauvais sort, qui fait de moi une nocturne : une vampire perverse et séductrice, avide de mordre et condamnée à ne se déplacer que la nuit, donc tout le contraire de ce que je suis. Pour en annuler les effets, je dois porter une chaîne en or aussi hideuse qu'efficace.

J'essaie de rester optimiste et de me dire que tout finira bien, mais pour le moment ma vie craint vraiment.

Chapitre premier

— Bon, Sarah, essaie de ne pas flipper, dit Amy.

Ce n'était pas la meilleure entrée en matière quand on s'adressait à une personne au bord du gouffre.

Mes deux fabuleux meilleurs amis à crocs, Amy et George, m'avaient emmenée prendre un verre au *Côté Obscur*, le seul et unique bar pour vampires encore ouvert à Toronto.

Ça faisait des années que je connaissais Amy, depuis l'époque où nous n'étions encore que de simples humaines assistantes de direction. J'avais été virée, mais Amy avait gardé son poste. Quant à George, je l'avais rencontré peu après avoir été transformée en vampire, trois mois plus tôt. Ils essayaient de m'aider à rassembler les morceaux de mon cœur brisé et de ma dignité après ma rupture avec mon petit ami, le maître vampire Thierry de Bennicœur, une semaine et demie auparavant.

Malheureusement, puisque l'alcool n'avait aucun effet sur les vampires, sinon de leur apporter un réconfort gustatif, ma troisième Tequila Sunrise n'avait pas modifié d'un iota ma vision de la vie, de l'univers, bref de tout.

L'expression « gaie comme un pinson » ne m'avait jamais aussi mal définie.

Je lorgnai Amy avec méfiance.

— Pourquoi tu dis ça ?

Elle ne répondit pas. La bouche rouge d'Amy était figée dans un sourire apeuré. Ses courts cheveux blond platine étaient coiffés à la Madonna dans *Papa Don't Preach*, pour mettre en valeur son top à sequins et sa minijupe noire moulante.

J'adressai un regard à George, qui haussa les épaules. Il avait le physique d'un top-modèle, et ce soir il portait ses cheveux châtains mi-longs en queue-de-cheval basse. Il avait les traits ciselés, la mâchoire carrée, et je savais que sous sa chemise blanche et son pantalon en cuir se cachait un corps à faire pleurer les filles. Et elles pouvaient bien, parce qu'il n'avait d'yeux que pour l'autre sexe. Bien sûr, je n'avais jamais fantasmé en vain sur George. Pas question. J'avais déjà bien assez de problèmes avec les hommes sans l'ajouter à ma liste.

Mais il était vraiment beau.

— Elle va flipper, confirma-t-il.

Avant que j'aie pu poser la moindre question concernant ces prédictions, un homme approcha du bar auquel nous étions assis, perchés sur des tabourets inconfortables. Il était grand, bien bâti, séduisant, et il portait une chemise bleu foncé, de l'exacte nuance de ses yeux, lesquels étaient rivés sur votre servante.

Je me raidis sous son attention.

— Tu es Sarah, n'est-ce pas ? demanda-t-il.

— Euh…

— Moi, c'est Jeremy.

Il m'adressa un sourire assez grand pour me dévoiler ses crocs étincelants.

— Amy m'a beaucoup parlé de toi, mais ta réputation t'a précédée, bien entendu.

Je regardai Amy d'un air stupéfait, avant de revenir sur Jeremy.

— Euh…

Il sourit de plus belle.

— Nous pourrions peut-être nous asseoir à une table tous les deux pour faire plus ample connaissance.

Comprenant enfin ce qui se passait, j'adressai un coup d'œil horrifié à Amy.

Elle m'avait… arrangé un rencard ?

Oh, bon sang…

En voyant mon expression, Amy s'éclaircit la voix avec nervosité.

— Jeremy travaille aux Ressources humaines. Quand j'ai compris qu'il était vampire, lui aussi, je me suis dit que vous feriez un couple adorable. Alors je lui ai en quelque sorte demandé de se joindre à nous ce soir. Tu sais, sans t'en parler d'abord.

La dernière fois qu'Amy m'avait fait le coup, j'avais fini la soirée avec un suçon dont je me souviendrais toujours puisque le type m'avait mordue et transformée en vampire. Inutile de préciser que je n'étais pas fan des rendez-vous avec de parfaits inconnus. Surtout quand ils étaient orchestrés par Amy.

— Enchantée de te rencontrer… euh, Jeremy, c'est ça ?

Je me forçai à sourire pendant que je posais de nouveau le regard sur ma blonde amie. Se prenait-elle pour Cupidon ?

— Je peux te parler une minute, Amy ? En privé ?

Elle hocha la tête avec raideur.

— Heu… oui.

— On en a pour une minute. Vous n'avez qu'à discuter en nous attendant.

Je glissai au bas de mon tabouret en cuir et contournai George et Jeremy pour me frayer un passage dans la foule de vampires assoiffés jusqu'au couloir des toilettes. Amy me suivit en silence.

— Oh, vraiment ! m'écriai-je quand nous fûmes hors de portée de voix et à l'écart de la musique tonitruante. Tu te fiches de moi, ou quoi ?

— Mais il est si sympa ! Tu ne lui as laissé aucune chance.

— Il peut bien être le vampire célibataire le plus sympa de la ville, ça n'a rien à voir avec lui.

— Je voulais juste te redonner le sourire, il n'y a rien de mal à ça.

Elle boudait d'avoir échoué dans son entreprise de marieuse.

— Depuis que tu as rompu avec l'autre salaud, tu n'es plus drôle du tout.

L'« autre salaud », c'était son surnom pour Thierry. Puisque j'en avais un du même acabit pour son vampire de mari, Barry, je suppose que nous étions à égalité.

Je m'éclaircis la voix.

— Ça ne veut pas dire que j'ai envie de voir quelqu'un pour le moment. Du moins, pas si tôt.

— Jeremy serait parfait pour toi, insista-t-elle, avant de marquer une pause. Il serait aussi parfait pour George, si tu vois ce que je veux dire. Tu ne trouves pas qu'un homme plutôt ouvert, ça a du charme ?

On aurait dit le mauvais scénario d'un soap opéra.

— J'apprécie que tu te sois donné du mal, mais j'ai besoin de solitude.

Elle acquiesça, l'air triste, et me tapota le bras.

— Ton cœur est brisé en un million de petits bouts. Parfois, la meilleure chose à faire, c'est de se remettre en selle et de galoper vers le soleil couchant avec un homme aussi parfait qu'inconnu.

Elle inclina la tête sur le côté, pensive.

— Ou simplement de passer la nuit avec un type super canon.

— Se complaire dans la solitude est une autre solution, après une rupture. Pas la peine de se jeter dans les bras du premier venu.

Amy soupira.

— Tu ne penses pas qu'il y ait une chance pour que Thierry et toi vous vous rabibochiez, hein ?

Je me mordillai la lèvre et secouai la tête.

— Tout est fini. Nous n'étions vraiment pas faits l'un pour l'autre. C'est mieux ainsi.

Cela sonna un peu faux… parce que c'était le cas.

Amy acquiesça.

— Tu as raison. Ce crétin pompeux ne te méritait pas. J'ai toujours su qu'il n'était qu'une perte de temps pour toi.

Je lui fis un clin d'œil.

— Ouais, sauf quand tu avais le béguin pour lui, tu veux dire.

Elle pâlit à ce souvenir.

— Je croyais qu'on ne devait plus en parler ?

— Le regard d'adoration que tu lui lançais chaque fois qu'il ne pouvait pas te voir est une image gravée à jamais dans ma mémoire.

Elle rougit.

— Arrête, s'il te plaît.

Je réprimai un sourire.

— Écoute, ne t'inquiète pas pour moi. Je suis sérieuse. Chaque jour, c'est un peu plus facile. Je ne pense presque plus à Thierry.

Ça aussi, c'était du cinoche. Je m'efforçais de répéter mon texte chaque matin, à mon plafond, quand je me réveillais seule dans mon lit. Et il ne critiquait jamais ma performance.

— Tu as eu des nouvelles de Véronique dernièrement ? s'enquit Amy. Je me demande si elle a l'intention de débarquer pour lui remettre le grappin dessus, maintenant que tu n'es plus en travers de son chemin.

— Ça fait un certain temps que je ne l'ai pas vue, alors je n'en sais rien.

Véronique était l'épouse de Thierry. Oui, l'homme avec qui je sortais était marié depuis des siècles à une femme qui était le summum de la perfection. Elle était belle, charmante, riche et puissante.

Mais leur mariage n'était plus qu'un mot vide de sens. Ils menaient des existences séparées depuis plus d'une centaine d'années, bien avant ma rencontre avec Thierry. Véronique enchaînait les liaisons avec des hommes plus jeunes qu'elle et profitait de la vie sans le moindre remords. Elle vivait principalement en Europe et ne faisait que de courtes apparitions en Amérique du Nord. Thierry et elle ne s'aimaient plus.

Il avait récemment essayé d'obtenir l'annulation de leur mariage en faisant appel à des contacts vampires au Vatican. C'était apparemment le seul moyen de mettre un terme à une union aussi ancienne que la leur. Mais Véronique avait refusé de signer les papiers. Elle n'était pas méchante, juste très égoïste. Mettre un terme à leur mariage ne lui rapporterait rien, alors elle n'avait vu aucune raison logique d'accepter.

Son explication dans un anglais impeccable teinté d'accent français bourdonnait toujours à mes oreilles comme une colonie d'abeilles en Gucci.

« L'amour n'a rien à voir avec un mariage réussi, ma chère. »

Ce souvenir me faisait encore bouillir d'exaspération et de frustration.

Je retournai au bar avec Amy, et j'éconduisis Jeremy avec autant de gentillesse que possible. Il le prit très bien.

— Si tu veux sortir, appelle-moi, dit-il en me tendant sa carte, puis il se tourna vers George. Ça a été un plaisir de discuter avec toi.

— Plaisir partagé, répondit George, avant que Jeremy s'éloigne.

George me lança un regard noir.

— Grave erreur, Sarah. Il était S.E.X.Y. Il a même réussi à me faire croire que bosser dans les ressources humaines, ça pouvait être drôle. Et je ne pense pas que ça le soit.

— On dirait que tu l'aimes bien.

— Eh bien… j'ai senti que le courant passait entre nous…

Je lui tendis la carte de visite.

— Il est tout à toi !

— Merci ! sourit-il. Maintenant, je te pardonne d'avoir renversé ton shampoing bon marché sur ma moquette hier.

Je fronçai les sourcils et me grattai machinalement le crâne. Ce n'était pas ma faute si j'avais un budget très serré, vu que mes économies disparaissaient aussi vite que du gel douche à un dollar dans le conduit de la douche. Mes cheveux n'étaient pas autonettoyants, après tout.

Heureusement, ce soir, c'était Amy qui régalait. La nourriture solide me faisait immédiatement vomir, en revanche mélanger toutes sortes de boissons n'avait aucun effet néfaste sur mon organisme. Un des mystères de ma condition, avec le fait que je ne pouvais pas me regarder dans un miroir – un des pires inconvénients de ma nouvelle vie.

Depuis deux semaines, j'essayais d'en apprendre le plus possible sur les vampires. Compter sur autrui pour me guider était au mieux peu fiable, au pire dangereux. Je l'avais appris à mes dépens. Cependant, Internet était une immense banque de données. Dès que j'avais pu gratter la surface composée de mythes populaires, tout ce que j'avais besoin de savoir sur la vraie culture vampire avait été à portée de mes doigts.

Je risquais un jour de souffrir du syndrome du canal carpien ou de devenir accro au Net, mais au moins je comblais mes lacunes. Mieux valait tard que jamais.

Je bus le reste de mon verre, ne laissant que les glaçons. Une autre Tequila Sunrise apparut aussitôt sur le comptoir devant moi.

Je levai les yeux vers le barman.

— Vous devez être voyant.

Il secoua la tête.

— C'est de la part de l'homme, là-bas dans le coin.

Je pivotai sur le tabouret pour regarder dans la direction qu'il indiquait. Mais à part deux filles délurées qui agitaient leurs appas sur la piste, je ne vis personne.

— Qui m'a payé ce verre ? demandai-je au barman.

— Il a dû partir. Un grand type. Plutôt beau, dans le genre mélancolique et ténébreux.

— C'est exactement le type de Sarah, fit remarquer George, avant de me taper sur l'épaule. J'ai besoin de danser. Allons sur la piste. J'adore cette chanson.

— Je suis pas d'humeur…

— Moi, je viens, dit Amy, qui se laissa glisser du tabouret et fit quelques pas chancelants sur ses talons compensés de dix centimètres avant de m'adresser un regard appuyé. Il faut bien que quelqu'un s'amuse, ce soir.

Bon, c'était un peu brutal… même si c'était juste.

Je les regardai partir et s'agiter frénétiquement sur les voix de Justin et Madonna, qui parlaient de sauver le monde en quatre minutes. J'entortillai machinalement ma chaîne en or autour de mon index jusqu'à bloquer ma circulation.

Cette chaîne était hideuse. Elle faisait complètement toc et n'allait avec aucun de mes vêtements. Si j'avais eu le choix, je ne l'aurais jamais portée.

Mais je n'avais pas le choix.

À cause du sort qu'on m'avait jeté, c'était le seul moyen pour m'empêcher de mordre et de tuer des gens juste pour m'amuser. Les nocturnes avaient existé des centaines d'années plus tôt. Leur comportement pervers était dû à une variante rare du virus qui transformait les humains en vampires. Ils étaient à l'origine de tous les mythes qui faisaient des vampires des créatures démoniaques. Sans eux, il n'y aurait jamais eu de chasseurs.

Les nocturnes avaient été exterminés par lesdits chasseurs pour protéger les humains… et les autres vampires.

Autrement dit, j'étais la seule au monde à avoir des pulsions de nocturne : une étrange soif qui me submergeait et se transformait en pulsion incontrôlable de boire du sang d'humain ou de vampire, comme si le monde n'était qu'un grand buffet. Je ne pouvais pas non plus sortir dans la journée, ou le soleil me brûlerait instantanément. Aucun écran total ne pourrait m'éviter d'être transformée en saucisse grillée si je ne portais pas cette chaîne.

La sorcière qui m'avait envoûtée était morte. Impossible de lever la malédiction.

Donc, je devais trouver une solution toute seule. Si jamais je perdais ma chaîne – seul moyen de m'empêcher de devenir une vraie créature de la nuit –, j'étais foutue. Ainsi que tous ceux qui auraient le malheur de croiser ma route et de m'ouvrir l'appétit.

Je frissonnai à cette idée et m'obligeai à penser à autre chose… n'importe quoi d'autre.

Je remuai le cocktail posé devant moi avec la touillette et plongeai mon regard dans ses profondeurs orangées. Je poussai la cerise sous la surface, comme si je voulais la noyer, puis je la laissai remonter.

Mélancolique et ténébreux.

Tout à fait mon genre.

Je repoussai mon verre. Avec ma chance, M. Mélancolique-et-Ténébreux l'avait empoisonné.

— Dites, je peux avoir un B positif ? demandai-je au barman.

Quelques secondes plus tard, il glissa un petit verre rempli d'un liquide rouge et familier devant moi.

Ne soyez pas dégoûtés. Ce n'est pas si mauvais.

Le sang était apporté aux établissements comme le *Côté Obscur* par des sociétés de livraison. Celles-ci l'obtenaient de donneurs volontaires, chèrement payés pour leur contribution. Tout cela était très civilisé. Plus le groupe sanguin était rare, plus le verre était cher.

Je ne buvais que du B positif. C'était mon préféré. À cause de son nom, qui me donnait l'illusion du réconfort.

J'avalai le sang et attendis que l'euphorie m'envahisse.

Deux minutes plus tard, je dus admettre que c'était en vain.

Le cocktail offert était posé sur un dessous-de-verre avec le logo du *Côté Obscur*, mais je remarquai autre chose sur le rond de carton épais. Une écriture. À l'encre bleue.

« Sarah… »

Je pris une inspiration tremblante et regardai autour de moi, surtout vers le coin où s'était tenu l'homme qui m'avait payé la Tequila Sunrise. Il n'y avait personne.

D'une main moite, je retournai le dessous-de-verre. Il y avait autre chose d'écrit.

« Retrouve-moi derrière le bar. Il faut que je te voie. »

Je glissai le bout de carton dans mon sac et, sans rien dire à Amy et George, qui se déhanchaient toujours sur la piste de danse, je traversai le club, contournai le videur planté près de l'entrée et sortis dans la nuit froide. Après avoir jeté un bref coup d'œil par-dessus mon épaule pour m'assurer qu'on ne m'avait pas suivie, je fis rapidement le tour du bâtiment pour gagner la ruelle noire et silencieuse à l'arrière. La lune presque pleine la baignait d'une froide clarté.

— Me voici, murmurai-je à peine assez fort pour m'entendre moi-même. Où es-tu ?

À part les poubelles et les congères, l'endroit était vide. Grâce à mon ouïe de vampire, je pouvais entendre les basses qui résonnaient faiblement depuis l'intérieur du club. Je serrai mes bras autour de moi. La température ne me gênait plus beaucoup désormais, mais la nuit semblait particulièrement fraîche.

Je fis quelques pas dans l'obscurité.

— Ne t'inquiète pas, nous sommes seuls.

Le silence me répondit, et je me dirigeai vers l'autre bout de l'immeuble pour jeter un coup d'œil au coin. Je n'avais pas beaucoup de temps avant que mes amis se demandent où j'étais passée. Heureusement, après le nombre de verres que j'avais descendu, ils penseraient probablement que j'étais aux toilettes.

Je me figeai en entendant un bruit de pas derrière moi. L'instant suivant, des bras puissants m'étreignirent et mon dos fut pressé contre le mur de brique glacé. Une main se posa sur ma bouche, car mon premier réflexe avait été de l'ouvrir bien grande pour hurler.

Par bonheur, c'était la personne que j'attendais.

Thierry retira sa main et pressa sa bouche sur la mienne, me coupant le souffle. Je suffoquai, puis lui rendis son baiser avec fougue, les bras autour de son cou pour enfouir mes mains dans ses cheveux sombres. Son corps me réchauffa dans la nuit froide.

Ce n'était pas notre premier rendez-vous secret depuis notre prétendue rupture, mais je ne m'attendais pas à le voir ce soir. Tout le monde pensait qu'il rentrait juste d'un voyage en France, mais en réalité il n'avait jamais quitté Toronto. Puisqu'il était vital que personne ne nous aperçoive ensemble, il n'était jamais facile de trouver un lieu et un moment pour nous rencontrer. Il me manquait terriblement.

Quand il interrompit notre baiser et que mon cœur se remit à battre à un rythme normal, je levai les yeux vers lui, haussant un sourcil.

—Sérieusement, un message sous un dessous-de-verre… tu ne pouvais pas faire mieux?

—J'ignorais si tu pourrais t'éclipser. Et un appel ou un texto sur ton portable auraient pu être tracés.

—Parce qu'être vu dans un bar en train de m'offrir à boire est moins risqué?

—Je suis discret.

Je réussis à sourire.

—À propos, ton écriture est à peine lisible.

Il eut l'air amusé.

—Tu as pourtant compris le message.

—À peine.

Je l'attrapai par la chemise et l'embrassai encore. Nous étions cachés par deux poubelles qui formaient un cadre très romantique, pourtant la peur qu'on nous espionne ne me quittait pas.

— Qu'est-ce que tu fais ici ?

— Il fallait que je te voie.

Il me détailla de la tête aux pieds avant de s'arrêter sur mes yeux.

Le barman ne s'était pas trompé en le décrivant. Thierry de Bennicœur était grand et d'une beauté renversante... enfin, ce n'étaient pas ses mots, mais les miens. Il avait des cheveux sombres, des épaules larges, des lèvres pleines, un nez droit et d'épais sourcils au-dessus d'yeux gris qui semblaient parfois argentés. Difficile de croire qu'il avait presque sept cents ans, et pourtant il avait été transformé en vampire durant l'épidémie de peste noire, en Europe, au XVe siècle.

Même mes plus proches amis ne devaient pas découvrir que Thierry et moi étions toujours ensemble. Amy et George étaient d'incroyables pipelettes. Et comme j'avais toujours eu beaucoup de mal à garder un secret moi-même, j'étais à la torture.

Je devais me taire au sujet de tant de choses.

J'avais même des secrets pour Thierry.

Par exemple, s'il avait su que, depuis une semaine et demie, j'étais devenue l'assistante personnelle et la femme à tout faire de Gideon Chase, il n'en serait pas très heureux.

Et c'était un euphémisme.

Pour lui, Gideon était l'homme le plus dangereux au monde, et il voulait à tout prix que j'en reste aussi loin que possible. Mais quand le chef des chasseurs de vampires désormais rongé par le feu de l'enfer désirait quelque chose, il pouvait se montrer extrêmement... eh bien, disons, insistant.

Gideon ne devait jamais découvrir que Thierry et moi n'avions pas rompu, et Thierry ne devait pas savoir que j'étais aux ordres de Gideon.

Gideon me contactait quotidiennement. En fait, il m'avait même envoyé chercher un paquet pour lui pas plus tard que le jour même, de l'autre côté de la ville. J'avais l'impression qu'il savait où et avec qui j'étais à tout instant. Me trouver avec Thierry dans cette ruelle, ne serait-ce qu'un instant, me rendait très nerveuse et encore plus paranoïaque que d'ordinaire. Ce qui n'était pas peu dire.

— Tu as pu trouver les espions de Gideon ? demandai-je.

Il avait l'air tendu.

— Non. C'est l'une des raisons pour lesquelles j'avais besoin de te parler sans attendre.

— Pour me dire d'être prudente ?

— Bien sûr, soupira-t-il. Je déteste devoir rester en retrait pendant que tu t'exposes au danger. Il faut que ça cesse.

— Bientôt.

— Pas si nous n'arrivons pas à découvrir ses secrets. Pour le moment, il a le pouvoir, même s'il ne s'agit que de menaces verbales. S'il te fait du mal…

— Mais non.

Je caressai son visage.

— Gideon ne me fera rien.

— Pas avant d'avoir obtenu ce qu'il désire.

— Exactement.

Je fronçai les sourcils. Ce qui ne m'aida pas à me sentir mieux.

— Je le tuerai, souffla Thierry. S'il te fait du mal d'une manière ou d'une autre, la douleur des feux de l'enfer ne sera rien à côté de ce que je lui infligerai.

— J'apprécie ton offre. Vraiment. Mais je crois que nous devons essayer de rester calmes.

— Tu sembles l'être pour deux.

— Je fais du yoga, tu sais ?

Il haussa les sourcils.

— Vraiment ?

— En fait, j'ai un DVD d'initiation. Je n'ai pas encore eu le temps de m'y mettre, à cause de tout ce qui s'est passé dernièrement, mais j'ai vraiment hâte.

— Nous avons trois jours pour trouver une solution. Tu ne peux pas le transformer !

Thierry ne faisait jamais pas dans la demi-mesure. Tout était gravé dans le marbre, comme ce qu'il pensait de Gideon : pour lui, c'était le Mal incarné, point final. Je ne pouvais pas vraiment l'en blâmer. Après tout, Gideon était le chef des chasseurs de vampires, et ils ne faisaient pas de nos vies un conte de fées en Technicolor. D'après ce que j'avais entendu dire, Gideon lui-même n'avait jamais répugné à se salir les mains. Il était exactement comme Buffy… enfin, en supposant qu'elle soit un séducteur milliardaire d'un mètre quatre-vingt-dix couverte de brûlures récoltées en tuant un démon dans les feux de l'enfer. Avec une tendance à tuer des créatures qui n'étaient pas démoniaques.

Bon, d'accord, il n'était pas comme Buffy.

— Je dois y retourner et faire comme si tout était normal…, commençai-je.

Un autre baiser fit s'envoler mes mots et mes pensées. Thierry savait embrasser. Six siècles pouvaient faire de vous un expert. Je préférais ne pas penser au nombre de femmes qu'il avait eues dans sa vie avant moi. Nous avions chacun un passé amoureux. Le sien était seulement plus long que le mien.

De six cent cinquante ans environ.

Mon cœur était lourd quand je m'écartai de lui. Cette situation était vraiment nulle. J'avais enfin trouvé un homme dont j'étais raide dingue, malgré nos différences, et qui m'aimait en retour… et on ne pouvait pas être ensemble, sinon pour quelques instants volés comme celui-là.

— Tu devrais garder tes distances jusqu'à ce que cette histoire soit finie, dis-je, la gorge serrée. J'ai peur qu'il finisse par tout découvrir.

— Tu aurais peut-être dû accepter de sortir avec l'homme que t'a présenté Amy.

Je le regardai.

— Dois-je comprendre que Gideon n'est pas le seul à m'espionner ?

Il sourit.

— Si nous avions chacun quelqu'un de nouveau dans nos vies, Gideon ne serait plus si soupçonneux, n'est-ce pas ?

— Tu marques un point. Mais es-tu en train de me dire que tu as envie de voir d'autres filles ? Parce que je suis d'humeur à casser la figure à quelqu'un ce soir, et ça peut être toi.

Il me lança un regard amusé.

— Je parle d'apparences, c'est tout. En fait, je crois que c'est une excellente idée.

— Tu veux que je sorte avec quelqu'un d'autre ?

— À situation désespérée, mesure désespérée. Et en parlant de ça…

Il se tut un instant.

— J'ai une chose importante à te dire.

Cela ne semblait pas de bon augure.

— J'ai contacté le Diable Rouge. Il est en ville. Je me suis dit que nous pouvions avoir besoin de son aide.

J'écarquillai les yeux.

— C'est vrai ?

Il hocha la tête avec gravité.

Pour résumer, le Diable Rouge était un justicier vampire, et cela depuis un millier d'années, à un ou deux siècles près. Il sauvait les vampires innocents en les arrachant aux griffes des chasseurs. Il portait un masque, donc personne ne connaissait sa véritable identité, et en fait, pour beaucoup, il n'était qu'une légende.

Légende ou pas, il avait disparu une centaine d'années plus tôt et nul ne l'avait revu depuis.

Une écharpe lui dissimulant les traits, Gideon Chase m'avait fait croire qu'il était le Diable Rouge. Il m'avait même sauvé la vie quand j'avais été blessée par un pieu, afin de gagner ma confiance. Mais le *vrai* Diable Rouge était en ce moment à Toronto ? Alors ça, c'était un scoop !

— Qui est-il ? demandai-je.

— Son identité est secrète, répondit Thierry.

— Donc, tu ne sais pas qui il est ? Comment l'as-tu contacté ?

— Nous avons une connaissance commune.

— Qui ?

— Je ne peux pas te le dire.

— Tu peux me faire confiance.

— Je sais.

Pourtant, il n'alla pas plus loin.

Je surmontai ma frustration face à ses réponses évasives. En tout cas j'essayai.

— Qu'est-ce qu'il fait ici ? Ou bien est-ce encore un secret ?

— Je voulais qu'il évalue la situation avec Gideon. J'ai aussi jugé qu'il était important qu'il garde un œil sur toi, et il a accepté.

J'étais abasourdie.

— Tu veux dire que le Diable Rouge est mon nouveau garde du corps ?

— Il m'a promis d'être très discret. Tu ne sauras même pas qu'il est là.

Je m'adossai au mur froid et essayai de me faire à cette idée. Le légendaire Diable Rouge était devenu mon ange gardien ? Et Thierry agissait comme si c'était tout à fait normal ?

— Tu as confiance en lui ? m'enquis-je.

— Totalement.

Il semblait très sûr de lui. Mais comment pouvait-il se fier à un homme qui avait été hors du coup pendant un siècle ? Qui surgissait soudain au bon moment grâce à un coup de téléphone ?

— Où est-il en ce moment ?

— Tout près. Il vaut mieux que tu en saches le moins possible, Sarah. C'est plus sûr.

— Pour lui ou pour moi ?

— Pour vous deux.

Il glissa un doigt sous ma chaîne. Il savait ce que c'était et pourquoi je la portais. Quand je la retirais, je devenais dangereuse, séductrice et potentiellement fatale. Thierry avait fait son possible pour trouver une solution à mon problème. Même si je pensais qu'il aimait bien le côté séductrice.

— Si j'apprends quoi que ce soit de nouveau, je te contacterai aussitôt, dit-il.

— Pareil pour moi.

J'étais rongée par la culpabilité que j'éprouvais à lui taire ma nouvelle et étrange situation par rapport à Gideon. Mais je ne voulais pas qu'il s'inquiète plus que c'était déjà le cas.

— Je t'aime, Thierry.

— Moi aussi je t'aime.

Il me caressa doucement le visage, effleurant ma lèvre inférieure avec son pouce.

Après un dernier baiser, il disparut.

Enfin, il ne s'évanouit pas dans l'air, mais il pouvait marcher vite. Je le regardai s'éloigner dans l'obscurité.

Puis je fis de nouveau le tour du bâtiment jusqu'à l'entrée. Le videur baraqué était en train de mettre sans ménagement à la porte une jeune femme vêtue d'une courte robe rouge.

— Rentrez chez vous et ne revenez pas, lui conseilla-t-il d'une voix dure. On ne veut pas de vous ici.

Elle l'injuria copieusement, puis elle pivota sur ses escarpins argentés et s'éloigna dans la rue d'un pas rageur.

— Gentille fille, observai-je.

— Cette jeune vampire vient de surprendre son créateur avec une autre, expliqua le videur. Elle a été transformée il y a quelques jours à peine. Elle a fait une scène et failli mordre la fille qui accompagnait le type.

Il me détailla de la tête aux pieds.

— Vous êtes la Tueuse de Tueurs, hein ?

Super, encore un fan. Juste ce qu'il me fallait.

Je secouai la tête.

— Vous savez, on me la fait souvent. On est toutes les deux brunes, et il y a une légère ressemblance. Mais je l'ai vue, une fois. Elle est plutôt laide. Sans doute à force de tuer.

— Si vous le dites, dit-il, haussant les épaules. Vous voulez rentrer ou quoi ?

— Ouais.

Je jetai un coup d'œil en direction de la jeune vampire délaissée et aperçus deux silhouettes sombres sortir d'une ruelle et commencer à la suivre sans qu'elle s'en rende compte.

— Hé, regardez ça. Vous croyez que ce sont des chasseurs ?

Le videur suivit mon regard.

— Possible.

Je me tournai vers lui.

— Vous n'allez rien faire ? Ce n'est qu'une jeune vampire sans défense, livrée à elle-même. Ils vont la massacrer.

— Qu'est-ce que j'y peux ?

— Eh bien, allez la sauver.

Il éclata de rire.

— Même pas en rêve. Je ne crois pas qu'ils aient vu d'où elle est sortie, et je ne vais pas me prendre un pieu dans le cœur pour une salope sans importance.

— Comme c'est charmant.

Il m'adressa un petit sourire.

— À quinze dollars de l'heure, je ne suis pas payé pour être charmant. Pourquoi vous n'iriez pas la sauver, vous ?

Je plissai les yeux.

— Peut-être que je devrais.

— Bonne chance.

Il me tourna le dos et rentra dans le *Côté Obscur*. La porte se referma lourdement derrière lui, me laissant seule dans la nuit froide.

Je balayai la rue du regard. Personne aux alentours. Il n'y avait pas si longtemps, c'était moi la jeune vampire sans défense qui se baladait seule dans des endroits sombres et déserts où je n'aurais jamais dû m'aventurer.

Depuis, j'avais pris de l'âge. J'étais devenue plus mature. J'aurais toujours l'air d'avoir vingt-huit ans, mais j'avais éprouvé assez de stress au cours des trois derniers mois pour me donner des cheveux blancs. Enfin, métaphoriquement parlant. Dieu merci, ma chevelure était encore entièrement brune, ou j'aurais commencé à la teindre.

Mais ce n'était pas la question.

Je me mis à suivre la fille et ses poursuivants. Peut-être n'était-elle en danger que dans mon imagination. Ces types pouvaient tout simplement aller dans la même direction qu'elle. Je n'avais donc pas à m'inquiéter. La paranoïa était devenue une seconde nature, depuis quelque temps. Mais généralement elle se manifestait pour moi, pas pour de parfaites inconnues.

C'était un sentiment instinctif. Je devais en avoir le cœur net. Quelque chose clochait.

J'allais donc m'assurer que mes craintes étaient infondées et que la fille était saine et sauve, puis je retournerais au bar et continuerais à feindre de m'amuser.

Soudain, j'entendis un cri de femme suivi de rires masculins.

Merde.

J'accélérai le pas, et ma respiration s'emballa un peu. Maudit videur ! Il aurait dû m'accompagner. J'avais raison, cette fille était en danger. Et maintenant, quoi ?

Sauver la jeune vampire, sauver le monde ? Est-ce que j'ai l'air d'une super-héroïne ?

Même si je pensais être forte et capable d'affronter ceux qui faisaient du mal aux autres, je savais que je n'avais aucune chance contre ces chasseurs. C'étaient des types grands et forts, et j'étais… eh bien, *moi.* Et j'aurais parié qu'ils avaient fait cela des dizaines de fois.

Malheureusement, je n'avais pas le temps de retourner au club pour chercher des renforts. Et d'après les gémissements terrifiés qui me parvenaient de la ruelle où les chasseurs avaient acculé la fille, je n'avais que quelques secondes pour décider de ce que j'allais faire.

J'aurais peut-être dû tourner les talons et partir. Des tas de vampires avaient rencontré une fin prématurée depuis que j'avais été transformée. Mais ça, c'était différent. Cela se passait ici et maintenant, et je ne pouvais pas partir et faire comme si de rien n'était.

La fille lâcha un autre cri terrifié, et ma décision fut prise. Je ne connaissais qu'une seule manière d'être plus forte que je l'étais. Ce serait rien que pour cette fois et ne ferait de mal à personne, n'est-ce pas ?

En tout cas je l'espérais !

Jurant entre mes dents, j'ouvris le fermoir de la chaîne en or de mes doigts mal assurés. Elle glissa de mon cou. Je la fourrai dans mon sac pour ne pas la perdre.

C'était un peu comme Diana Prince tournant trois fois sur elle-même pour devenir Wonder Woman, sauf que je ne me retrouvai pas affublée d'un justaucorps rouge, blanc et bleu, d'un diadème et d'un lasso doré. Chez moi, le changement était plus subtil.

J'avais déjà retiré la chaîne quelques fois. Au début, les symptômes de mon état de nocturne avaient mis du temps à se manifester dans toute leur vilaine gloire. Mais désormais, ils prenaient aussitôt possession de moi. C'était dangereux, surtout pour les autres, alors je ne m'amusais pas à le faire trop souvent.

Soudain, mon champ de vision s'étrécit jusqu'à n'avoir plus que mes proies en vue. Plus rien ne pouvait me distraire. J'étais en mode prédateur. Mon cœur s'arrêta lentement. Ou presque. Le rythme cardiaque d'un vampire est plus lent que celui d'un humain, et sans la chaîne mon cœur ne battait que quatre fois par heure. Les nocturnes ne sont pas des créatures vivantes, contrairement aux autres vampires. C'était à cause d'eux que l'on prenait ces derniers pour des morts-vivants. Un pouls imperceptible, et pas besoin de respirer.

Leur seul désir, c'était se nourrir.

Nous étions en plein film d'horreur.

Être une nocturne était terrifiant, mais c'était la Sarah rationnelle qui parlait. Sans la chaîne, je ne l'étais plus tant que cela. Mais je gardais le contrôle.

Du moins pendant un temps.

Avec de la chance, cela irait vite.

Chapitre 2

L'un des chasseurs posa un regard concupiscent sur la jeune vampire.

— T'es bien roulée pour une buveuse de sang.

— Laissez-moi tranquille !

Ses joues étaient sillonnées de larmes.

— Elle est vraiment mignonne, acquiesça l'autre homme. Et toute fraîche. Ce démon a moins d'une semaine, et pas encore de crocs.

— Les vampires ne sont pas des démons ! Pitié, il faut me croire.

— Bien sûr qu'on te croit.

Les chasseurs échangèrent un regard amusé.

— Elle ne nie même pas être une vampire. Ça nous rend la tâche tellement plus facile. Pas d'erreur regrettable.

— S'il vous plaît, ne me faites pas de mal ! supplia la fille.

— Tu ne veux pas jeter un coup d'œil à mon pieu, chérie ? Je parie que c'est le plus gros que tu aies jamais vu.

— J'en doute, dis-je d'un ton sec en surgissant derrière eux.

Ils pivotèrent vers moi.

Il faisait sombre dans la ruelle, mais je pouvais les voir aussi clairement qu'en plein jour. La vision d'un nocturne était bien meilleure qu'avec des lunettes infrarouges. L'un des hommes était chauve, avec un bouc bien taillé, l'autre avait une longue tignasse qui lui arrivait aux épaules et une vilaine cicatrice sur la pommette droite. Aucune peur ne se reflétait dans leurs yeux tandis qu'ils m'étudiaient de la tête aux pieds.

— Une pour toi, une pour moi, dit Boule-à-zéro à son ami. On va bien se marrer.

— Je n'y compterais pas trop, si j'étais toi.

Mon regard passa de son visage très laid au pouls qui battait sur sa gorge. Je sentais le sang courir sous sa peau, juste sous la surface. Mes sens étaient bien plus développés en mode nocturne. Aussi utile que perturbant.

— Vise un peu ses yeux, siffla le second chasseur, et je perçus enfin un soupçon de peur dans sa voix. Ils sont *noirs*. Elle doit avoir très, très faim. C'est mauvais.

— Quelle lavette ! se moqua Boule-à-zéro.

Il tira le pieu soi-disant monstrueusement gros – mais pas si impressionnant que ça, en réalité – d'un étui qu'il portait à la ceinture et s'avança vers moi.

— Tu vois ça ? demanda-t-il, indiquant le bout de bois. Tu sais combien de buveurs de sang j'ai éliminés avec ? C'est mon arme porte-bonheur. Je l'ai taillée moi-même.

Je levai les yeux au ciel.

— T'es un vrai artiste, me moquai-je. Dis-moi, tu fais aussi de la poterie ?

— Ferme-la, salope.

— Pitié, aidez-moi.

La voix de la jeune vampire tremblait. Toute son attention était focalisée sur sa bienfaitrice potentielle. Autrement dit, *moi*.

— Une minute, répondis-je.

J'eus pitié d'elle, de cette petite chose pâle et gémissante, aux cheveux mal arrangés et aux chaussures vulgaires. Un mois plus tôt, j'étais comme elle. À l'exception de la coiffure et des escarpins de mauvais goût, bien sûr.

Le chauve éclata de rire.

— Tu vas l'aider ? C'est pour ça que tu es là ? Pour sauver l'une des tiens ? Comme c'est touchant !

— Pourquoi est-ce que les chasseurs parlent autant ? rétorquai-je. Des mots, rien que des mots, et pas d'action.

Je feignis de bâiller.

— Mec, dit le plus débraillé. Tu ne m'as pas entendu ? Ses yeux sont *noirs*. Elle est dangereuse. Ne la provoque pas ! On devrait peut-être se casser. Je le sens pas du tout.

— Ton ami est bien plus malin qu'il en a l'air.

Je ne pouvais pas m'empêcher de lorgner la gorge délicieusement exposée de Boule-à-zéro par-dessus le col de sa veste en cuir

— Je vais peut-être vous laisser une chance. Vous partez maintenant après m'avoir juré que vous ne toucherez plus à un seul vampire, et tout ira bien pour tout le monde.

Il éclata de rire.

— Pour qui tu te prends, espèce de salope ?

— Pour la Tueuse de Tueurs, pauvre con. Tu as entendu parler de moi ?

Cela l'arrêta un instant quand il reconnut le surnom désormais familier dans son monde et le mien. Il écarquilla un peu les yeux et recula d'un pas pour m'examiner depuis mes bottes noires à talons plats, très à la mode mais surtout parfaites pour courir, jusqu'à mon visage encadré de cheveux bruns mi-longs, en passant par ma petite jupe noire et mon débardeur lamé argent. Puisque je n'étais plus vraiment sensible au froid, j'avais laissé mon manteau au *Côté Obscur.*

Un sourire confiant étira lentement ses lèvres.

— J'ai entendu dire que ta réputation n'était qu'une rumeur. Alors si t'essaies de me faire peur, c'est raté. Je n'ai qu'une question : est-ce que tu es assez jeune pour que ton cadavre reste entier comme preuve de mon exploit, ou est-ce que t'es plus vieille que tu en as l'air?

Les vampires mouraient de deux façons. Ceux qui avaient plus de cent ans se transformaient en bouillie, les plus jeunes laissaient un cadavre derrière eux. D'après mes récentes recherches, cela aurait un rapport avec la durée de vie humaine. Si un vampire mourait après le temps imparti, son corps se désintégrait. Et il était presque impossible de nettoyer les taches que cela laissait sur une moquette ou un vêtement. Croyez-moi sur parole.

— Oh, au début, c'était bien une rumeur, acquiesçai-je. Mais il y a eu quelques petits bouleversements dans ma vie, dernièrement, et ça a tout changé. Je ne suis pas aussi vulnérable que j'en ai l'air.

— Tout ce que je vois, c'est un monstre aux yeux noirs répugnant qui mérite de mourir.

— Cause toujours, crâne d'œuf.

— Je vais te tuer.

Il leva son pieu.

— Lâche ça, dis-je d'un ton ferme en plongeant mon regard dans le sien.

Il obéit aussitôt, puis baissa les yeux sur son arme, visiblement surpris.

— Bordel, qu'est-ce que…

En tant que nocturne, j'avais le pouvoir de contrôler l'esprit des humains pas trop futés. Amy appelait cela l'asservissement. D'un seul coup d'œil, je pouvais affirmer que ce tas de muscles avait une cervelle de moineau. L'asservissement ne fonctionnait pas sur tout le monde, mais c'était imparable quand c'était le cas.

— Pourquoi est-ce que tu la cherches? gémit Tignasse. Il faut nous tirer d'ici en vitesse, mec.

Au lieu de suivre les conseils de son ami, Boule-à-zéro se jeta sur moi. Je l'attrapai à la gorge sans aucun effort, et il haleta, cherchant l'air, quand j'enfonçai les doigts de part et d'autre de sa pomme d'Adam.

Mon champ de vision s'étrécit encore, et ma conscience céda un peu plus la place à la noirceur des nocturnes.

Tue-le, me suggéra-t-elle, toujours prête à se rendre utile.

— Donne-moi une bonne raison de te laisser vivre, dis-je d'un ton égal.

Le chasseur lâcha un son étranglé. Son visage virait au pourpre.

J'aurais pu écraser ce pathétique spécimen de la race humaine aussi facilement qu'un insecte nuisible.

Cette pensée meurtrière inattendue me fit sursauter et je relâchai un peu ma prise. Je n'étais pas une tueuse. Je n'avais pas prévu d'aller plus loin que de leur coller une bonne trouille avant de les laisser détaler.

— Lâchez-le, supplia Tignasse, apparemment convaincu que j'allais ouvrir la gorge de son copain d'un simple mouvement du poignet. Ne le tuez pas, je vous en supplie !

— Pourquoi pas ?

Je luttais pour garder le contrôle, sachant que c'était la faute de la nocturne tapie en moi. Elle voulait tuer cet homme. Après tout, les chasseurs massacraient bien n'importe qui. Alors, serait-ce une grande perte ?

Tignasse pleurait ouvertement désormais.

— Parce que… parce que *je l'aime* ! Je t'aime, Mark ! Je suis désolé de ne te l'avoir jamais dit. J'attendais le bon moment, mais il n'est jamais venu. Je ne peux pas te perdre. Pas maintenant. Pas comme ça !

Un silence à couper au couteau tomba sur la ruelle ; cela dura un bon moment.

Puis…

— Je… t'aime… aussi… Cal.

Je haussai un sourcil, ne m'attendant pas du tout à cela. Je desserrai encore un peu ma prise sur la gorge de Boule-à-zéro.

Des chasseurs de vampires amoureux. Super.

— Tu… tu m'aimes ? s'étonna Cal. Depuis quand ?

— Depuis… notre première… rencontre… chez *Clancy*, haleta-t-il. Tu te souviens… des dix-huit bières… qu'on a descendues… cette nuit-là ? La partie de billard ? Et d'avoir comparé… le compte de nos victimes ?

L'expression de Cal se fit nostalgique.

— Comme si c'était hier.

Il m'adressa un regard suppliant.

— Je vous en prie, laissez-le partir. Nous quitterons cette ville pour toujours. C'est une promesse, pas vrai, Mark ?

Mark fit de son mieux pour hocher la tête.

— Oui, promis.

Je le lorgnai avec scepticisme.

— Vraiment ?

Il opina de nouveau du chef.

— Nous pourrions aller à Los Angeles, ou un truc comme ça. Ouvrir un petit bar près de la plage. J'en ai toujours rêvé.

Leurs regards se croisèrent.

— Ça me paraît génial, convint Cal.

Je libérai Mark. À la vue de l'empreinte rouge laissée par ma main sur sa gorge, j'éprouvai une satisfaction malsaine.

— Parfait, dis-je d'une voix tremblante. Partez. Je n'essaierai pas de vous en empêcher. Mais je jure que si je vous revois en ville après cette nuit, je ne vous ferai pas de cadeau.

Les deux chasseurs s'étreignirent, puis prirent leurs jambes à leur cou.

C'était quoi, bon sang? pensai-je. *Un foutu roman de gare?*

Je sentis une main tiède se poser sur mon bras. C'était la jeune vampire.

—Merci! C'était incroyable. Vous êtes si forte et si courageuse!

Je m'éclaircis la voix.

—Ce n'est pas encore tout à fait ça, mais merci quand même.

J'ouvris mon sac et y plongeai une main moite pour prendre la chaîne. Je savais que je devais la remettre de suite. Sans elle, je risquais de perdre le contrôle, comme lorsque j'avais failli tuer le chasseur.

Il l'aurait mérité, à cent pour cent, rétorqua la nocturne en moi.

Sans aucun doute.

Je fronçai les sourcils à cette pensée.

Je m'arrêtai un instant pour regarder la fille.

—À l'avenir, il faudra être plus prudente quand tu es seule, tu sais. C'est dangereux.

—Mon créateur...

Les mots moururent sur ses lèvres, et elle se couvrit le visage à deux mains en sanglotant.

—Il... il ne veut plus de moi. Je voulais être avec lui pour toujours, et maintenant je suis seule.

—Tout finira par s'arranger.

Elle secoua la tête.

—Les chasseurs auraient peut-être dû me tuer. Ils ont bien failli.

Elle se passa la main sur le front, qui portait une légère entaille, et examina le sang sur ses doigts.

—Ils m'ont frappée vraiment fort.

Une vague de chaleur m'envahit, et je fus prise de vertige.

— Eh bien…

Je m'appuyai contre le mur pour ne pas perdre l'équilibre.

— Tu dois faire plus attention à toi. C'est bien dommage que ton créateur soit un con, mais ça arrive. Fais-toi de nouveaux amis, qui t'aideront…

— Comme vous ? demanda-t-elle, pleine d'espoir.

Ma tête était tout embrumée.

— Comme moi… ou comme des tas d'autres gentils vampires, ici, à Toronto, dis-je, avant de déglutir avec peine. Il fait vraiment chaud ce soir, non ?

— On est en février.

— Il fait chaud pour la saison.

La jeune vampire me regarda bizarrement.

— Vous vous sentez bien ?

Je laissai tomber mon sac par terre tandis que la chaleur courait dans mes veines.

— Oui, tout baigne.

Elle m'examina en plissant les yeux.

— Vos yeux noirs sont un peu flippants.

La brume dans mon esprit s'épaissit.

— Ça, c'est toujours mauvais signe. Même le plus gentil des vampires est dangereux quand ses yeux deviennent noirs. Considère ça comme ta première leçon de survie.

Quelque chose dans le ton de ma voix la fit reculer d'un pas. Elle s'était remise à trembler.

— Euh…, déglutit-elle. Je crois que je vais… euh… m'en aller, maintenant.

Elle me lança un regard qui ne pouvait être décrit que comme apeuré, puis elle essaya de me contourner avec nervosité. Je tendis le bras et l'attrapai à la gorge comme je l'avais fait avec le chasseur. Elle émit un son étranglé.

Le sang coulait de son front comme du miel. Si chaud, si vivant… si tentant. Mon champ de vision se réduisit encore.

— P… pitié, balbutia-t-elle. Ne me faites pas de mal.

Pourquoi croyait-elle que j'allais lui faire du mal ?

Parce que c'est la vérité, répondit la nocturne.

J'avais l'impression de m'observer à distance. Mon moi rationnel était désormais très loin, et il agitait les bras pour attirer mon attention, craignant pour la vie de la fille et mon propre salut. J'avais laissé la chaîne dans mon sac trop longtemps. La nocturne avait pris le contrôle… et elle était affamée.

Je poussai la jeune vampire contre le mur, focalisée sur une seule chose : le pouls qui battait sur sa gorge. Je sentis mes crocs s'allonger. Normalement, ceux d'un vampire étaient petits et à peine visibles – plus pointus que des canines humaines, mais rien d'alarmant si on ne savait pas à quoi on avait affaire.

Mais un vampire affamé… c'était une tout autre histoire. Qu'il soit bon ou mauvais de nature, sa voracité transformait ses crocs en une arme parfaite pour s'enfoncer dans la chair tendre et tiède de sa victime afin d'obtenir ce qu'il désirait le plus. Le sang humain était nécessaire à sa survie, mais celui d'un autre vampire était un nectar décadent qui rendait accro.

Et la Sarah normale pouvait bien hurler à pleins poumons, la nocturne voulait se nourrir, et elle gagnerait. C'était une pensée claire, rationnelle et parfaitement naturelle. Et j'étais incapable de dire si la jeune vampire serait toujours en vie quand j'en aurais fini avec elle. Pas ce soir. Pas dans l'état où j'étais.

Je retroussai les lèvres sur mes crocs tout en inclinant la tête de la fille sur le côté, dévoilant sa teinture ratée, et lui égratignai la gorge.

L'instant suivant, quelque chose m'arracha à elle et m'envoya valser en travers de la ruelle. Je me retournai en feulant. Une silhouette sombre se tenait dans l'obscurité.

L'homme portait un masque rouge qui lui dissimulait presque entièrement le visage.

Il baissa les yeux sur la jeune vampire.

— Partez. Maintenant.

Elle ne se le fit pas dire deux fois, et mon délicieux en-cas peroxydé courut hors de la ruelle. J'étais incapable de réfléchir. J'avais une faim de loup. Cela me rendait aveugle à tout le reste. J'avais l'esprit embrumé, et mon regard noir se riva alors sur la gorge de l'étranger.

— N'y pensez même pas, dit-il d'une voix sourde.

C'est pourtant ce que j'avais en tête, malgré mes idées confuses. La colère d'avoir été interrompue m'envahit et je serrai les poings. Je m'avançai vers lui, sans quitter son cou des yeux.

— Laissez-moi deviner. Vous êtes le Diable Rouge ? Le vrai ?

Il recula d'un pas dans l'ombre pour que je ne puisse plus distinguer qu'une forme vague.

— Oui.

— Alors ça signifie que vous êtes mon nouveau garde du corps.

— Exact.

— Je n'ai pas besoin d'un ange gardien, dis-je en plissant les yeux. Comme vous pouvez le constater.

— Tout ce que je vois, c'est une femme stupide sans la chaîne en or qui l'empêche de se conduire comme ça. Vous auriez pu tuer la fille.

Stupide ? Je sentis la colère monter. Un ridicule justicier vampire venait de me traiter de *stupide* ?

Je détestais qu'on me dise ça.

— Vous devriez vous mêler de vos affaires, sifflai-je entre mes dents serrées.

— Justement, ce sont *mes* affaires.

En temps normal, vu que Thierry ne m'avait pas donné beaucoup de détails, j'aurais été curieuse d'en apprendre plus au sujet de cet homme et d'où il venait, mais j'avais assez discuté. Je m'avançai droit sur lui. Il me foudroya du regard à travers les fentes de son masque. Je ne captai rien venant de lui, si ce n'étaient les battements de son cœur et le sang chaud qui coulait dans ses veines. Tout le reste n'était que des bruits parasites. Je glissai mes mains le long de sa poitrine musclée ; il n'essaya pas de résister, ni de s'écarter.

Je me hissai sur la pointe des pieds pour lui chuchoter à l'oreille :

— Je parie que vous avez très bon goût.

Au moment où j'allais plonger mes crocs dans sa gorge, il referma des mains comme des étaux sur mes bras. Il me repoussa et me força à me retourner, et avant que j'aie pu faire un mouvement, il me plaqua contre le mur froid et dur.

J'essayai de me débattre, mais j'étais en mauvaise posture. Il s'accroupit un instant, puis se releva. Je sentis une chose fine et froide contre ma gorge.

J'écarquillai les yeux. Essayait-il de m'étrangler ? Ou peut-être de me décapiter ? D'après mes recherches, c'était l'une des meilleures façons de tuer un vampire si on n'avait pas peur de se salir.

Mais je n'éprouvai aucune douleur. La seconde suivante, il me lâcha. Je sentis alors la chaîne autour de mon cou ; il avait dû la sortir de mon sac toujours abandonné par terre et me la mettre. La faim et la noirceur refluèrent avec une rapidité presque douloureuse et je sentis mes genoux se dérober sous moi. Je dus lutter pour ne pas tomber.

Le Diable Rouge me tournait le dos.

— Il ne faut pas que ça se reproduise, gronda-t-il.

Quand il fut parti, je me laissai glisser jusqu'au sol, tenant ma chaîne d'une main, l'autre couvrant ma bouche, encore sous le choc de ce qui venait d'arriver.

Merde. C'était passé près. Beaucoup trop près. J'avais été en colère à cause de ce que le Diable Rouge m'avait dit, quand il m'avait traitée de stupide. Mais il avait eu raison.

J'aurais pu tuer cette fille. Et s'il ne m'avait pas arrêtée, c'est ce que j'aurais fait.

Et dire que j'étais venue la sauver.

Chapitre 3

— Sarah ! s'écria George à mon retour au club. On s'inquiétait pour toi.

Je jetai un regard à Amy qui, toujours sur la piste, tentait une version hasardeuse du *moonwalk* en équilibre précaire sur ses talons hauts.

— Ouais, je vois ça.

— Amy cache très bien son jeu. Où étais-tu ?

J'avais eu un rendez-vous secret avec Thierry. Puis j'avais voulu sauver une jeune vampire innocente, mais fâchée avec l'élégance. Enfin, je m'étais transformée en tueuse, et j'avais bien failli faire de la fille autre chose qu'une victime de la mode. Pour terminer, j'avais été ramenée à la réalité par le Diable Rouge.

Rien que ça.

— J'étais aux toilettes, mentis-je.

— Pendant plus d'un quart d'heure ?

Je posai une main sur mon estomac.

— Tu n'as pas envie de connaître les détails. Crois-moi.

Il grimaça

— Oublie ma question.

Je ne retirerais plus jamais la chaîne. Jamais. Croix de bois, croix de fer… J'enroulai autour de mon index le bijou sans lequel je ne pouvais plus vivre.

George m'étudia de plus près.

— Maintenant que tu me le dis, c'est vrai que tu n'as pas l'air dans ton assiette.

— Vraiment ? lançai-je sèchement. Parce que je me sens en pleine forme.

Il croisa les bras.

— Ah oui ? Qu'est-ce que ça doit être quand tu ne l'es pas. Tu veux partir ? Tu as assez fait la fête pour cette nuit ?

Je lâchai un soupir à fendre l'âme.

— C'est rien de le dire.

Je me sentais malade et honteuse de ce qui s'était passé. Et sale. Et misérable. Oh, et horriblement embarrassée. Et terrifiée, aussi. Et… je crois que c'est tout.

Je devais faire face à un maelström d'émotions géant, et je ne pouvais pas cacher le stress qui se lisait sur mon visage.

Amy quitta la piste de danse en se déhanchant et se précipita vers nous.

— Hé, tu es revenue ! Tu veux danser ?

Je lui jetai un regard las.

— Je ne veux même pas y penser.

— Une vraie poétesse.

Elle sortit un portable de son petit sac en perles.

— Je te l'ai emprunté un peu plus tôt. Il fallait que j'appelle Barry, et la batterie du mien était morte. Tu as un message. Quelqu'un dont le nom commence par G ?

Elle réprimait avec peine sa curiosité.

— Qui est G, Sarah ? Hein ? Un type canon ?

Je lui arrachai le téléphone. Je ne m'étais même pas rendu compte que je ne l'avais plus. Un coup d'œil à l'écran, et mon cœur sombra un peu plus.

— G est la première lettre de God, Dieu en anglais, si tu veux tout savoir. Je suis devenue très croyante. Ça doit être mon verset quotidien de la Bible.

Oui, comme si elle allait gober ça.

— Grant ? essaya-t-elle de deviner. Peut-être Gary ? Geoffrey ? Gérard ? Greg ? Gaston ? Arrête-moi si je brûle.

Gideon.

Mes phalanges blanchirent tant je serrai le petit boîtier rose.

— Je n'avais pas l'intention de le lire, ajouta-t-elle innocemment. Mais il veut te voir immédiatement, et apparemment tu sais ce qu'il veut.

Je lui adressai un sourire pincé.

— Super. Merci pour l'info.

— Alors ? Qu'est-ce qu'il veut ? Un rendez-vous de minuit ? Une partie de jambes en l'air ? m'interrogea-t-elle avec un sourire éblouissant. Je suis impressionnée, Sarah. Tu avais réussi à me convaincre que tu en pinçais toujours pour cet idiot de Thierry. Tu aurais pu tout me dire, tu sais, au lieu de faire des cachotteries sur ce nouvel étalon. Je ne me serais pas donné la peine de t'arranger un rencard avec Jeremy.

— Je suis du genre mystérieux, dans ce domaine, soupirai-je avec lassitude.

— Des détails ! s'écria Amy. Je veux des détails !

George haussa un sourcil.

— Nous sommes deux. Je vis avec toi, Sarah, et je n'étais même pas au courant de ça. T'as des secrets pour tes meilleurs amis ?

Ah, s'ils savaient.

Je glissai le téléphone dans mon sac.

— Très bien. Je crois que je vais rentrer.

Amy et George échangèrent un regard.

— Parfait, dit-elle d'un air boudeur. Prends-le comme ça. Mais je découvrirai qui est l'homme mystère. Donne-moi juste un peu de temps.

Je plaquai un sourire froid sur mes lèvres.

— Tu es immortelle, maintenant. Prends tout le temps qu'il te faudra.

Sur ces mots, j'attrapai mon manteau et quittai le club, essayant de ne pas faire attention à son regard noir et à celui, surpris, de George. Aucun d'eux n'essaya de me suivre, ce qui, étant donné mon humeur et l'endroit où j'allais, me convenait tout à fait.

— Vous avez eu mon message ?

La voix grave de Gideon m'accueillit, venant des ombres de sa suite au quatrième étage du *Madison Manor*. Il n'y avait qu'une seule bonne chose dans ce scénario : l'hôtel, situé entre Spadina et Bloor, dans le quartier de Toronto qu'on appelait l'Annexe, n'était qu'à quelques pâtés de maisons du *Côté Obscur*. La chambre qu'il occupait dans le manoir victorien restauré possédait sa propre cheminée, mais il n'y avait pas de feu, malgré la fraîcheur qui régnait dans la pièce. Pour autant que je sache, il ne sortait jamais. Pourquoi le ferait-il, puisqu'il lui suffisait de m'envoyer un texto pour que je me charge de ses corvées ?

À part la salle de bains, la suite était plongée dans les ténèbres, les rideaux tirés. Sur ma gauche, une porte-fenêtre donnait sur une terrasse couverte de neige avec une vue plongeante sur Madison Avenue.

— Ça semble évident, répondis-je. Je suis là, non ?

— C'est vrai.

— Puis-je allumer ?

Je tâtonnai à la recherche de l'interrupteur.

— Je préférerais que vous vous absteniez.

Mais c'était déjà trop tard, parce que j'avais appuyé sur le bouton. Depuis son fauteuil dans un coin de la pièce, Gideon me foudroya du regard. Il leva aussitôt une main faible par réflexe pour dissimuler les cicatrices sur son visage, mais finit par agripper l'accoudoir.

J'avais vu assez de photos de Gideon dans sa prime jeunesse, avant l'accident, pour savoir qu'il avait été très attirant. Mais cette époque était révolue, du moins pour une moitié de lui. Un côté de son visage était recouvert de brûlures hideuses, l'autre était d'une beauté sans défaut.

Quand je l'avais rencontré, avant de savoir qui il était vraiment, il portait une écharpe enroulée autour de la tête autant pour cacher son identité et le fait qu'il était défiguré que pour se faire passer pour le Diable Rouge. Mais j'avais l'impression qu'il ne quittait plus sa chambre à présent. En plus des cicatrices, la douleur constante des feux de l'enfer continuait à le consumer. Tout cela n'était pas très gai, il fallait bien l'avouer.

— Comment vous vous sentez ? demandai-je.

— Aussi bien que j'en ai l'air.

— Si mal que ça, hein ?

Il haussa un sourcil.

— Peut-être même encore pire.

— Bien fait ! Vous avez déjà entendu parler du karma ? C'est peut-être votre punition pour avoir tué tous ces vampires.

— Peut-être.

Il prit une inspiration puis exhala lentement.

— Vous l'avez apporté ?

— Oui.

Je savais de quoi il parlait. Glissant la main dans mon sac, j'en tirai un petit paquet. Je n'avais aucune idée de ce qu'il contenait. Il m'avait seulement dit où aller le récupérer. L'homme derrière le comptoir de la boutique New Age me l'avait tendu comme s'il savait déjà qui j'étais et ce que je voulais, sans qu'aucune question ne soit posée.

— Apportez-le-moi.

Quand j'approchai, il détourna la tête pour que je ne puisse pas distinguer ses cicatrices. J'avais envie de lever les yeux au ciel. Gideon était si imbu de lui-même ! Il haïssait ce qu'il était devenu, et il ne voulait pas qu'on le voie ainsi. Je ne pouvais pas l'en blâmer. Il avait une tête à faire peur.

Les cicatrices semblaient s'étendre et empirer, lui causant encore plus de douleur qu'auparavant. Malgré moi, mon estomac se noua à cette idée. Il avait menacé tous ceux que j'aimais pour me forcer à faire de lui un vampire. Il m'avait endormie avec des fléchettes enduites de jus d'ail… deux fois. Il m'avait obligée à rompre avec l'homme que j'aimais.

Gideon Chase était le Mal incarné, cela ne faisait aucun doute.

Mais quand je le voyais, cela me rappelait combien je détestais voir qui que ce soit souffrir le martyre.

J'étais vraiment une lavette.

— Serait-ce de la sollicitude que je discerne sur vos traits ? demanda-t-il, comme s'il avait lu dans mes pensées, un sourire dans ses yeux verts.

— De la sollicitude ? Pour vous ? Ce serait étonnant. Je vous hais. Et dans trois jours, quand tout sera fini, je serai à jamais délivrée de vous.

Il secoua sa vilaine tête.

— Je ne crois pas que vous me haïssiez à moitié autant que vous le souhaiteriez.

Il représentait une telle menace et il symbolisait tellement le Mal qu'il aurait été complètement fou et illogique que je ressente autre chose que de la haine pour lui.

N'est-ce pas ?

Évidemment !

— Non, croyez-moi, l'assurai-je. Je vous méprise vraiment.

Il retroussa ses lèvres, du moins un seul côté, parce que le tissu cicatriciel sur l'autre était trop épais pour lui permettre de bouger.

— Honnêtement, je crois que vous devriez me remercier de vous avoir fait rompre avec le maître vampire.

Je croisai les bras.

— Je refuse de parler de Thierry avec vous.

— Ce n'est pas nécessaire.

Il posa le paquet que je venais de lui livrer sur la table à côté de lui et se laissa aller contre le dossier de son fauteuil.

— Je dis simplement qu'il ne vous appréciait pas à votre juste valeur.

— Je peux y aller, maintenant ?

Je lorgnai la porte.

— Dans une minute. Je crois que vous m'avez mal jugé, Sarah. Vous vous êtes convaincue que je suis le méchant…

— Parce que vous l'êtes ! lui rappelai-je.

— Si tel était le cas, vous aurais-je sauvée cette nuit-là ? Sans moi, vous seriez morte à l'heure qu'il est. Je vous ai aussi donné la chaîne en or très spéciale que vous portez autour du cou en ce moment même.

Je la touchai.

— C'était pour me forcer à vous obéir.

Il soupira.

— Il n'y a aucune raison pour que notre relation soit si désagréable. Nous pourrions être amis.

— *Amis* ? répétai-je. Vous êtes un chasseur, et moi une vampire !

— Et alors ?

Il semblait amusé par ma réaction.

— Je m'en vais. Je vous ai apporté votre… peu importe ce que c'est. Éclatez-vous.

Je me retournai pour sortir.

— Vous ne voulez pas rester pour découvrir ce que c'est ?

En fait, si. Je suis d'une curiosité maladive, ne vous en déplaise. J'avais décidé de ne pas ouvrir le colis quand je l'avais reçu, parce que chat échaudé craint l'eau froide et que j'avais frôlé la mort un peu trop souvent à mon goût, ces derniers temps. Mieux valait me montrer prudente et ne prendre aucun risque.

J'entendis un froissement de papier quand il commença à ôter l'emballage marron. Je pivotai sur mes talons au moment où il en sortait une boîte noire, à l'intérieur de laquelle se trouvait…

— Une montre ? m'étonnai-je, pas franchement impressionnée. C'est *ça* que je suis allée chercher pour vous ? C'est très décevant, je dois dire.

— C'est une montre vraiment spéciale. Pas autant que votre chaîne, mais presque.

Il caressa le cadran très ordinaire du bout de l'index. Puis passa la main sur les cicatrices de son visage.

— Il s'agit d'un sortilège d'illusion, enfermé dans un objet que l'on peut porter sur soi. Je l'ai fait fabriquer spécialement. Vous n'imaginez pas le prix d'un tel bijou. Heureusement, l'argent n'est pas un problème pour moi. J'en avais mis une belle somme de côté, au cas où j'aurais eu besoin de disparaître un jour.

Je savais qu'un tel sort permettait à quelqu'un de changer d'apparence. Une personne avec un gros nez pouvait le faire paraître plus petit, par exemple. Comme une retouche d'image. Cela ne changeait pas ce qu'il y avait dessous, mais parfois les apparences suffisaient.

Sans rien ajouter, Gideon attacha la montre à son poignet. L'instant suivant, un fin rayon de lumière le parcourut, faisant disparaître les cicatrices dans son sillage.

J'écarquillai les yeux, sous le choc.

— De quoi j'ai l'air ? demanda-t-il, levant la main pour toucher son visage désormais lisse.

Je déglutis avec peine.

— Vous semblez… différent.

En fait, « différent » n'était pas le terme exact. À présent, il ressemblait aux portraits que j'avais vus de lui. Ses cheveux étaient presque aussi sombres que ceux de Thierry, et son visage aussi beau que celui d'une star de cinéma. Je fus déconcertée par la vive intelligence qui brillait dans ses yeux verts. Il portait toujours les mêmes vêtements simples, pantalon noir un peu large et ample tee-shirt bleu, mais son bras gauche était à présent parfaitement lisse.

Il m'adressa un large sourire.

— Différent, c'est bien.

J'étais sonnée.

— Qu'est-ce que ça veut dire ? Vous êtes guéri, d'un seul coup ?

Son sourire s'effaça.

— Non. Ce n'est qu'une illusion. Ça ne change rien. Dans trois nuits, le rituel aura lieu comme prévu.

— Ce sera le moment où je planterai mes crocs dans votre cou pour absorber votre vie, n'est-ce pas ? Je meurs d'impatience, vraiment.

Ma fanfaronnade fit renaître son sourire.

— Bien sûr !

— Non, je suis sincère. Combien de vampires peuvent dire qu'ils ont pu mordre Gideon Chase avec sa permission ? Je devrais faire imprimer des cartes postales pour commémorer l'événement.

Il pinça les lèvres.

— J'ai quelques inquiétudes.

— Parce que je vais devoir garder les crocs plantés dans votre gorge pendant plusieurs minutes pour vous vampiriser ? La peur ferait-elle enfin son apparition, Gideon ?

— Non. Il s'agit du fait que vous n'ayez bu le sang que de deux maîtres vampires. D'après mes recherches, ça pourrait ne pas être suffisant pour vous donner le pouvoir de me guérir.

Je hochai la tête.

— Eh bien, dans ce cas, vous êtes libre de trouver un meilleur candidat pour vous transformer.

— Je suis sûr que tout ira bien, mais j'éprouve quelque anxiété.

— Gideon Chase, anxieux ? Où est ma caméra ?

Il se leva pour tirer les rideaux. C'était un homme imposant, même en ne tenant pas compte de sa réputation. Certaines des plus belles femmes du monde s'étaient conduites comme des groupies pour avoir la chance de passer un peu de temps avec lui, et pas seulement parce qu'il était milliardaire.

Des groupies.

Il pivota et s'avança vers moi.

Je reculai.

— J'ai quelque chose pour vous, dit-il.

Je fis encore un pas en arrière et me retrouvai dos à la porte.

Il leva la main.

— Pas de panique. C'est sans danger, je vous le promets.

— Pourquoi ai-je du mal à vous croire ?

Il se dirigea vers la table qui jouxtait son lit immense et m'apporta le petit sac en toile qu'il trouva dessus.

— Cadeau.

J'hésitai, puis finis par accepter. Je l'ouvris et découvris une paire de boucles d'oreilles. En *diamants*. De *gros* diamants.

— Qu'est-ce que c'est ?

Il haussa un sourcil.

— Des boucles d'oreilles en diamants.

— Je le vois bien. Mais pourquoi me les offrez-vous ?

— Pour vous montrer que j'apprécie vos sacrifices. Je sais que ça n'a pas été facile pour vous. Il m'arrive d'être un…

— … homme fou à lier et diabolique ? finis-je pour lui.

— Eh bien, j'allais dire « sacré emmerdeur », mais vous pouvez finir la phrase comme bon vous semble.

Un sourire qui avait dû faire mouiller sa petite culotte à plus d'une femme de la haute société par le passé éclaira ses traits harmonieux.

— Je ne peux pas accepter.

À regret – enfin, bon sang, c'étaient des diamants ! –, je les lui rendis.

Il hocha la tête.

— Il faudra que je trouve quelque chose que vous ne pourrez pas refuser si facilement, alors.

Il y eut un bruit de vibreur, et Gideon tira un BlackBerry d'une poche de son pantalon. Il jeta un coup d'œil à l'écran, puis le rangea.

J'étais très intéressée par cet appareil. Il devait contenir tous les noms et numéros de ses contacts, n'est-ce pas ? Cela me serait très utile.

— Alors, Sarah, avez-vous passé une bonne soirée au club avec George et Amy ?

Je sentis un frisson me parcourir l'échine. L'un de ses hommes venait-il de lui faire son rapport ? Et si oui, qu'avait-il bien pu voir d'autre ? Mon estomac se serra à l'idée qu'il ait pu nous espionner, Thierry et moi. Gideon était d'humeur généreuse pour le moment, mais je savais qu'il valait mieux ne pas le pousser à bout.

—Je me suis bien amusée, mentis-je. Amy m'avait organisé un rencard. Mais inutile d'être jaloux. Il est dans les ressources humaines. Et il est fort possible qu'il préfère les hommes.

—Comment est le Diable Rouge ? demanda-t-il doucement. Il vous a empêchée de céder à vos instincts de nocturne, n'est-ce pas ?

Oh, mais qui vient juste de se faire avoir comme une bleue ?

—Il a l'air en forme, répondis-je en touchant ma chaîne. Il semble que quand une fille doit tenir ses pulsions en laisse, il vaut mieux qu'elle évite de sortir sans ses accessoires.

—Que fait-il ici ?

—Il n'a pas été très bavard.

—De quoi a-t-il l'air ?

Je me mordillai la lèvre inférieure.

—Il portait un masque. Et moi j'étais légèrement occupée à lutter contre une grosse soif de sang, donc je n'avais pas les yeux en face des trous. Tout ce que je sais, c'est qu'il est grand.

—Il faudra être prudente quand vous êtes avec lui.

Cela me surprit.

—Avec lui ? Et c'est l'homme qui a fait la fortune des fabricants de pieux qui me dit ça ?

—S'il s'agit du vrai Diable Rouge, il est dangereux. Très imprévisible. J'ai appris beaucoup de choses sur lui, assez pour savoir qu'il est une menace pour quiconque croise son chemin.

—Moi aussi, quand je ne porte pas ma chaîne.

—C'est différent. Le Diable Rouge, quelle que soit son identité, a tué de nombreuses personnes au cours de sa longue vie. Des chasseurs, mais aussi des vampires. Il aurait mieux fallu pour tout le monde qu'il continue de se tenir à l'écart.

Il secoua la tête en voyant mon air sceptique.

— Je sais que vous voyez les chasseurs, et moi aussi, comme des êtres mauvais, mais vous savez que ce n'est pas toujours le cas. Certains désirent seulement débarrasser le monde de prédateurs démoniaques.

— Le Diable Rouge n'est pas un prédateur démoniaque, affirmai-je.

— En êtes-vous certaine ?

Il gagna l'autre bout de la pièce pour contempler la vue depuis la terrasse. Son visage désormais intact se refléta dans la porte vitrée.

Je trépignai sans répondre. Je ne connaissais ce Diable Rouge ni d'Ève ni d'Adam, comme on dit. Tout ce que je savais, c'était que Thierry lui faisait confiance.

Thierry. S'il avait su que j'étais en train de papoter amicalement avec Gideon dans sa chambre d'hôtel, seule, il aurait sans doute eu une attaque.

— J'ai autre chose pour vous, en fait, annonça Gideon. Je n'avais pas l'intention de le mentionner tout de suite, mais puisque vous n'aimez pas les boucles d'oreilles…

— Rien de ce que vous pourriez m'avoir acheté sur Internet ne pourra me plaire, pour info.

Il haussa les épaules.

— Vous avez sans doute raison. Ce n'est pas grand-chose, vraiment. Juste le grimoire de la sorcière qui vous a ensorcelée. Le livre dans lequel elle notait tous ses sorts, dont celui qu'elle vous a jeté.

J'en eus le souffle coupé. C'était la dernière chose que je m'attendais à l'entendre dire.

— La sorcière que vous avez assassinée, vous voulez dire.

— Elle était maléfique, rétorqua-t-il avec fermeté.

— C'est super que vous vous soyez nommé juge, jury et bourreau.

— Vous avez le droit d'avoir votre opinion. Mais ça ne change rien au fait que j'ai son livre de magie. Et il renferme l'incantation qui vous débarrassera de vos petits ennuis.

Mon cœur s'emballa.

— Vous vous moquez de moi.

Il secoua la tête.

— Pas le moins du monde.

— Où est-il ?

Je balayai la pièce du regard.

— Dans un endroit sûr. Et vous l'aurez, en échange de quelque chose.

Je le lorgnai avec un mélange de scepticisme et d'espoir.

— Qu'est-ce que vous voulez ?

— Le Diable Rouge.

Mon estomac fit un salto arrière digne d'un gymnaste aux jeux Olympiques.

— Qu'est-ce que vous lui voulez ?

— Vous n'êtes pas si naïve, Sarah.

Je haussai les sourcils.

— Apparemment, vous me surestimez.

— Je veux le tuer. Je veux l'empêcher de faire du mal à autrui, maintenant qu'il est de retour.

— Donc, je n'aurai le grimoire que si je vous aide à tuer le Diable Rouge ?

Je voulais être sûre de bien le comprendre.

— Exact.

La faible lueur d'espoir s'éteignit.

— Vous n'avez pas des choses plus pressantes à faire pour le moment ?

Il lâcha un long soupir tremblant.

— En fait, cette distraction serait la bienvenue. J'ai besoin de me concentrer sur un nouveau défi. Vaincre le Diable Rouge, ce vampire dont la réputation a pris des proportions mythiques, serait mon plus bel exploit.

Il me fit un clin d'œil.

— Enfin, à part ce démon, à Las Vegas, bien sûr. Mais vous devez vous douter que je ne chéris pas réellement ce souvenir.

Le grimoire. La solution de tous mes problèmes magiques.

— Je ne sais pas, Gideon…

— Merde.

Il grogna et recula de quelques pas en chancelant, se tenant le visage à deux mains.

— Pourquoi a-t-il fallu que j'en parle ?

Avant que j'aie pu répliquer, il poussa un cri et tomba à genoux sur l'épaisse moquette de la suite. C'étaient les feux de l'enfer. Gideon se convulsa, à l'agonie, luttant contre ces flammes invisibles que lui seul pouvait sentir.

Je restai là, figée, malade, à le regarder souffrir. Je me pressai contre la porte, désirant partir, mais incapable de bouger.

— Qu'est-ce que je peux faire ? demandai-je.

— Rien.

Sa voix se brisa quand un frisson le parcourut. Il serrait les dents. J'aurais parié mon dernier dollar que personne n'avait jamais vu Gideon dans cet état. Si faible et pathétique. Cette pensée ne m'aida pas à me sentir mieux.

— Peut-être devrais-je appeler un médecin…

Il tourna vers moi des yeux fous de douleur.

— Je ne veux pas que vous me voyiez comme ça.

Je ne bougeai pas, et il éleva la voix.

— Partez ! Maintenant !

— Très bien.

Je tournai les talons, ouvris la porte et laissai Gideon à sa souffrance et à sa solitude.

Je me fichais qu'il ait mal. Cet homme tenait ma vie entre ses mains et me forçait à faire ses quatre volontés.

Je le haïssais.

Mais, plus encore, je haïssais la petite partie de moi qui ne le haïssait pas. C'était une position très inconfortable.

Chapitre 4

J'aurais peut-être dû accepter les boucles d'oreilles, après tout.

Non.

J'écartai cette pensée. En fait, j'essayais très fort d'oublier toutes celles qui concernaient Gideon, sa souffrance, ses plans et son nouveau visage sans cicatrice mais toujours aussi maléfique. Malheureusement, mon cerveau avait d'autres projets et les ressassait à l'intérieur de mon crâne fatigué.

Je quittai l'hôtel et marchai lentement sur le trottoir, les bras croisés. J'aurais aimé appeler Thierry et aller le voir, mais c'était impossible. Tout cela craignait vraiment. D'autant plus que je ne voulais pas qu'il sache que je rencontrais régulièrement Gideon derrière son dos.

J'avais décidé que cette nuit serait la dernière où je me rendrais à son hôtel comme une bonne petite scout, mais il venait de me proposer un marché que je ne pouvais pas oublier. Même si j'aurais bien voulu.

Le grimoire.

L'avait-il réellement en sa possession ou était-ce encore un moyen de me manipuler ?

Le Diable Rouge était-il aussi mauvais que le prétendait Gideon ? Bien sûr, je me doutais qu'il ne passait pas son temps à prodiguer aux gens des conseils sur la mode ou à leur distribuer des chèques-cadeau. C'était un justicier immortel, après tout. Il était possible qu'il ait commis des choses super glauques pour acquérir sa réputation. Des choses que je pourrais même trouver maléfiques.

Mais avais-je assez de preuves pour offrir sa tête sur un plateau à Gideon, juste pour obtenir ce que je voulais ?

Cette pensée me rendait malade. Si seulement j'avais été un peu plus égoïste. Juste un chouïa plus méchante. Les gentilles filles n'obtenaient jamais rien. On leur marchait dessus. Et on les… eh bien, on leur jetait des mauvais sorts.

En parlant de tête sur un plateau, je sentis soudain quelque chose. Je n'entendis aucun bruit de pas, je ne vis aucune ombre, mais tout au fond de moi mes sens de vampire m'avertirent que j'étais suivie. La sensation de fourmis dansant la conga le long de mes bras fut un signal d'alarme suffisant.

Et j'eus l'étrange sentiment que je savais de qui il s'agissait.

— J'aurais cru que vous étiez bien meilleur pour espionner les gens, dis-je d'une voix un peu tremblante dans le silence, tout en me dirigeant vers l'arrêt de bus le plus proche.

Il n'y avait personne dans les environs.

— En même temps, vous n'avez rien d'un ninja.

— Je suppose que je suis un peu rouillé.

La voix du Diable Rouge était étrange, comme s'il essayait de la rendre plus basse et plus rauque qu'elle l'était en réalité. Peut-être avait-il un rhume ?

Les vampires pouvaient-ils prendre froid ? Je pris mentalement note de vérifier ça sur le Net plus tard.

Je ne me retournai pas pour le regarder. J'étais trop occupée à affronter mes émotions contradictoires. D'un côté, j'étais méfiante, à cause de ce que Gideon avait dit plus tôt. De l'autre, j'étais encore gênée par ce qui s'était passé avec la jeune vampire.

En conclusion, cette nuit venait de me rappeler combien la malédiction dont j'étais victime était terrible. Il fallait que je m'en débarrasse à tout prix.

Si le Diable Rouge ne m'avait pas arrêtée…

Je me sentis frissonner à cette idée.

— À qui avez-vous rendu visite ? demanda-t-il.

Aïe… J'avais oublié mon nouveau garde du corps lors de ma petite visite dans l'antre du chasseur de vampires.

— Ma tante, répondis-je vivement. Elle est en ville pour quelques jours.

— Vous mentez. Qui était-ce ? Dites-le-moi.

Le jury délibérait encore pour déterminer si cet homme était un gentil ou un méchant, mais il ne me faisait pas une très bonne seconde impression.

— Ça ne vous regarde pas.

— Votre sécurité me regarde.

— Thierry doit grassement vous payer.

Il ne dit mot durant un moment.

— Est-ce que Gideon vit là ?

Prise en flagrant délit. Le Diable Rouge était du genre tyrannique… et perspicace. J'en pris mentalement note.

Nerveuse, je passai la langue sur mes lèvres sèches. Je n'avais toujours pas envie de tourner la tête pour regarder son visage masqué.

— Écoutez, je sais que je ne devrais pas être là. C'est dangereux, et tout et tout. Mais ce n'est pas aussi terrible que vous croyez. Il voulait que je fasse une course pour lui, et je l'ai faite. Voilà.

— Ce n'est pas la première fois, n'est-ce pas ?

— La troisième, peut-être, hésitai-je. Mais il n'y a aucune raison d'en parler à Thierry. Ni de lui raconter ce qui s'est passé dans l'allée. Je ne veux pas qu'il s'inquiète.

— Vous lui cachez des tas de choses, n'est-ce pas ?

Sa voix était froide.

Je déglutis.

— Malheureusement, il le faut.

— Je vois.

— Non, vous ne comprenez pas. Vous ne savez pas comment il est. Il prendrait tout de travers.

Je n'eus pas de réponse.

Je jetai un coup d'œil par-dessus mon épaule ; il n'y avait plus personne.

Il était parti au beau milieu d'une conversation maladroite et inamicale ? Quelle grossièreté !

Qui est ce vampire masqué, de toute manière ?

Je me posai la question tout en attendant le bus. J'avais l'intention de rentrer dans la petite maison que je partageais avec George, même si je ne lui avais toujours pas payé ma part de loyer.

Je me demandais où le Diable Rouge s'était caché pendant un siècle. Qu'avait-il pu arriver pour qu'il cesse d'aider les autres ? Pourquoi était-il revenu ? Thierry n'avait rien voulu me dire, et je brûlais d'en savoir plus.

Allait-il raconter à Thierry qu'il m'avait vue quitter l'hôtel de Gideon ? J'espérais que non. Je le ferais moi-même, la prochaine fois que je le rencontrerais en secret. Il valait mieux que je sois franche et que j'affronte sa réaction.

Je lui parlerais aussi du marché de Gideon : le Diable Rouge contre le grimoire. Au début je pensais attendre que mes problèmes avec Gideon soient résolus pour m'attaquer à celui de la malédiction, mais je comprenais à présent qu'il n'y avait pas de temps à perdre. Il fallait que je m'en débarrasse avant de blesser quelqu'un. Ce n'était plus qu'une question de temps.

Est-ce que j'avais un autre choix que d'accepter le marché ignoble de Gideon ? Étais-je condamnée à vivre avec la nocturne en moi ?

Ma vie n'était plus qu'un grand point d'interrogation.

George n'était pas rentré quand je passai la porte, mais il y avait cependant quelqu'un.

— Deux fois dans la même nuit, dis-je. J'ai de la chance !

Thierry m'attendait à l'intérieur de la minuscule maison. En silence. Dans l'obscurité. Vous savez, comme un petit ami normal.

Je m'avançai pour l'embrasser, puis je m'arrêtai net quand je discernai l'expression de son visage. Il ne montrait pas souvent ses émotions. Je m'étais entraînée à les lire, mais il m'arrivait encore de me tromper quand il n'en affichait aucune.

Il n'y avait pourtant pas d'erreur possible en cet instant. Il avait l'air furieux.

— Pourquoi ne me l'as-tu pas dit ? demanda-t-il.

Oh, *merde*. Ce Diable Rouge était une vraie pipelette. Il avait peut-être même un blog et un compte Facebook.

— À quel sujet ?

Je jouai les innocentes, tout en sachant que c'était inutile.

— Tu es en contact avec Gideon, pourtant tu ne m'en as rien dit. Je croyais que tu ne l'avais plus rencontré depuis cette première nuit. Que tu ne devais pas le revoir avant la prochaine pleine lune.

Je laissai tomber mon sac et mon manteau sur le canapé, essayant de paraître à l'aise alors que je ne l'étais pas du tout.

— Il le faut. Si je n'obéis pas, il risque d'entrer dans une rage meurtrière et de tuer tous ceux que j'aime, comme il a menacé de le faire, tu te rappelles ?

— Alors il te force à venir à son hôtel contre ta volonté ?

— Non, je ne peux pas dire qu'il m'ait réellement *forcée.*

Merde, c'était compliqué. Et c'était entièrement ma faute.

— Il me l'a demandé gentiment, en fait. Ce n'était rien.

— Si ça n'était rien, tu m'en aurais parlé.

— Ah oui ? Pendant les quelques minutes où l'on peut se voir ces jours-ci ?

— C'est justement à cause de ses menaces que nous devons nous rencontrer en cachette ! Ou as-tu oublié ce petit détail ?

— Bien sûr que non.

Il secoua la tête.

— Gideon est bien connu pour sa faculté à charmer les autres. Ne le laisse pas te faire croire qu'il est autre chose qu'un assassin.

— Aucun risque.

— Vraiment ?

Il fronça les sourcils et son expression se radoucit enfin.

— Je sais que tu es capable de la plus grande compassion, Sarah. Ne la laisse pas aveugler ton jugement.

— Ne t'inquiète pas. J'aurais préféré que le Diable Rouge ne te dise rien.

— Je suis content qu'il l'ait fait.

Il approcha de moi et caressa ma joue brûlante de sa main fraîche.

— Il m'a également parlé de ce qui s'est passé avec la jeune vampire.

Je tressaillis.

— Il t'a dit que j'étais devenue dingue et que j'avais essayé de lui arracher la gorge ?

Il secoua la tête.

— Non, que tu as tenté de l'aider.

— C'est après que je suis devenue dingue et que j'ai essayé de lui arracher la gorge.

Je le serrai très fort contre moi et inhalai l'odeur épicée et familière de son eau de toilette.

— Tu ne l'as pas fait.

— Grâce à Rouge. Ou je ne sais qui, soupirai-je, levant les yeux vers lui. Ne vas-tu pas m'en dire plus à son sujet ?

— Il restera peut-être un secret, comme tes rendez-vous avec Gideon Chase, répondit-il d'un ton légèrement cassant.

Je haussai les sourcils.

— Ne me dis pas que tu es jaloux ?

Il soutint mon regard.

— Je sais que tu as un faible pour les chasseurs que tu crois pouvoir aider à se racheter.

Je me raidis entre ses bras.

— Gideon en serait incapable.

— Ne l'oublie jamais.

Il m'embrassa, et pendant un instant j'oubliai tous mes problèmes.

— Tu peux rester, cette nuit ? murmurai-je contre ses lèvres.

— Tu en as envie ?

Je glissai la main sous sa chemise pour toucher sa peau si chaude.

— Très.

Un sourire joua sur ses lèvres.

— Alors…

On entendit soudain le bruit d'une clé dans la serrure ; Thierry tourna la tête vers la porte.

— … malheureusement, cela devra attendre.

Son sourire s'effaça.

— Fais bien attention à toi, Sarah. Et, s'il te plaît, ne vois plus Gideon seule. C'est trop dangereux.

L'instant suivant, il n'était plus ni dans mes bras, ni dans la pièce.

George entra et me regarda, debout dans le noir, toute seule.

— Tiens, salut. Tu te sens mieux ?

Je soupirai.

— Jusqu'à ce que tu arrives.

— Tu t'es bien amusée avec le mystérieux Monsieur G ? demanda-t-il en remuant les sourcils de manière suggestive.

Je me forçai à sourire.

— J'ai passé un vrai moment de folie.

— Bon, j'adorerais entendre les détails, mais je suis épuisé. Comme disait Scarlett : « Demain est un autre jour. »

Oui, et je n'étais pas vraiment convaincue que ce soit une bonne chose.

Le lendemain matin, je sentis quelque chose me toucher l'épaule, me tirant d'un sommeil parfait, sans rêve. J'aimais bien dormir paisiblement. C'était rare, ces temps-ci, mes nuits étant pour la plupart peuplées de cauchemars. Je rabattis les couvertures pour jeter un regard noir à l'intrus.

George me sourit.

— Bonjour, rayon de soleil.

— Qu'est-ce que tu veux ?

Il tenait le téléphone sans fil à la main.

— C'est ton amie Claire. Elle dit que c'est urgent.

Cela suffit à me réveiller. J'attrapai le combiné.

— Claire ? Que se passe-t-il ?

— Sarah, j'ai de bonnes nouvelles. J'ai trouvé quelqu'un qui pourra t'aider.

Claire était une vieille amie de lycée que j'avais retrouvée à l'occasion d'une réunion d'anciens élèves, le soir où on m'avait jeté un mauvais sort. Puisqu'elle était elle-même une sorcière, elle avait essayé de m'aider, mais sans résultat. Elle était donc rentrée chez elle, à Niagara Falls, avec la promesse de continuer à chercher.

— Tu ne peux pas savoir combien je suis heureuse d'entendre ça.

Mon cœur faisait des bonds d'allégresse à l'idée que je ne dépendais peut-être pas entièrement de Gideon pour lever la malédiction.

— C'est un sorcier, et il peut te recevoir aujourd'hui. Il doit déménager bientôt quelque part en Europe, alors ramène tes fesses à Mississauga très vite tant qu'il est encore là.

Je notai les informations qu'elle me donna, un numéro de téléphone et l'itinéraire jusqu'à la ville, à vingt minutes à l'ouest de Toronto.

— C'est fantastique. Comment l'as-tu trouvé ?

— Honnêtement ? Dans une petite annonce. Mais il a une excellente réputation. Lever les malédictions, c'est sa spécialité et il a un CV impressionnant. Ou, du moins, c'est ce qu'il dit. La bonne nouvelle, c'est qu'il ne te prendra que deux mille dollars.

J'écarquillai les yeux.

— C'est beaucoup d'argent.

— Crois-moi, ce genre de truc coûte beaucoup plus cher d'habitude.

— Tu n'aurais pas deux mille dollars à me prêter, par hasard, n'est-ce pas ?

Elle éclata de rire.

— Navrée, mais non. Pourquoi ne demandes-tu pas à ton petit ami si sexy ? J'ai cru comprendre qu'il était plein aux as.

Je m'éclaircis la voix.

— Nous avons rompu.

Je l'entendis retenir sa respiration.

— Mais vous alliez si bien ensemble.

— Tu es la seule personne que je connaisse qui le pense.

Je lançai un regard à George, qui était resté, visiblement curieux.

— Nous ne sommes plus ensemble. J'ai tourné la page. Tu connais un riche maître vampire avec qui je pourrais sortir ?

— N'oublie pas qu'il doit être sinistre et triste, ajouta George.

— Non, aucun, répondit Claire. Mais ce sorcier est peut-être célibataire. D'après les mails que nous avons échangés, il a l'air sympa.

— Merci beaucoup pour ton aide, Claire. Je te raconterai comment ça s'est passé.

Je raccrochai et levai les yeux vers George.

— Tu fais quelque chose, aujourd'hui ?

Il haussa les sourcils.

— Vais-je devoir conduire ta petite personne non motorisée quelque part ?

Je hochai la tête.

— Mais tu n'es pas obligé si tu n'en as pas envie. Il s'agit seulement de mon bonheur futur… ou de mon malheur sans limite.

Il eut l'air d'hésiter.

— J'ai un entretien d'embauche.

— Le club de striptease ?

— C'est une boîte de nuit où on trouve des danseurs mâles. Striptease, ça sonne vraiment sordide.

— J'y suis déjà allée. C'est sordide.

— Je sais, c'est super, non ? Malheureusement, on me propose seulement un travail de serveur. Il paraît que je n'ai pas le sens du rythme.

Il soupira.

— Mais on peut rêver.

Je jetai un coup d'œil à mon réveil. Il était 9 heures.

— Nous serons de retour à midi, au plus tard.

— Promis ?

— Croix de bois, croix de fer, si je mens je vais en enfer.

— D'accord, prépare-toi. On part dans dix minutes.

J'éprouvais une certaine excitation. De la joie aussi, peut-être, mais je n'en étais pas très sûre. Cela faisait bien longtemps que je n'avais pas ressenti cette émotion sans que d'autres viennent la parasiter. C'était agréable.

— Il faudra d'abord passer chez Amy, dis-je. Je dois lui demander quelque chose.

— Quoi ?

— De me prêter deux mille dollars. À moins que tu les aies ?

— OK pour aller voir Amy ! répondit-il vivement.

Une demi-heure plus tard, nous nous garions devant la maison de ma meilleure amie. J'essayais de ne pas trop m'emballer à l'idée que je serais bientôt libérée de la malédiction, mais j'avais du mal à me détendre. J'avais peut-être la solution pour redevenir normale. À condition de trouver une belle somme d'argent.

Sans perdre de temps, je courus jusqu'à la porte et sonnai. George décida de rester dans la voiture.

Au bout d'un moment, la porte s'ouvrit avec lenteur. Je jetai un coup d'œil à l'intérieur de la maison d'Amy et baissai les yeux.

Barry Jordan me foudroyait du regard.

Pour résumer Barry… Eh bien, c'était le mari d'Amy. Entre eux, cela avait été le coup de foudre, et il l'avait transformée lors de leur premier rendez-vous. Oh, et il était petit. Très petit. Il portait souvent un minuscule smoking et affichait une expression coléreuse… même si, en cet instant, le smoking avait laissé la place à une robe de chambre bleue.

Il était aussi… le serviteur de Thierry. Oui, il n'y avait pas d'autre terme pour décrire leur relation. Ils se connaissaient depuis trois siècles, depuis que Thierry l'avait aidé à s'échapper du cirque itinérant où il était exhibé et maltraité. Cette bonne action avait valu à Thierry la loyauté indéfectible de Barry.

Pour terminer, Barry ne pouvait absolument pas me sentir.

Dès l'instant où nous nous étions rencontrés, il avait décidé que je n'étais qu'un nid à problèmes et une opportuniste uniquement intéressée par le fric. Pas nécessairement dans cet ordre.

Je me demandai s'il accepterait de me prêter de l'argent…

— Toi ! dit-il d'un ton qui n'augurait rien de bon.

— Bonjour, répondis-je, décidant qu'il valait mieux ne pas le provoquer, parce que l'enjeu, ce jour-là, était bien trop important. Pourrais-je parler à ta charmante épouse un instant ?

— Amy n'est pas là. Elle se fait faire une manucure, grogna-t-il en me regardant avec dégoût. Va-t'en.

S'il avait eu des revolvers à la place des yeux, je serais morte. C'était vraiment dommage qu'au moment où il avait commencé à croire que j'étais réellement amoureuse de Thierry, ce dernier et moi avions dû « rompre ». Ce qui avait conforté Barry dans sa première impression.

Bon, on ne pouvait pas gagner tous les cœurs.

— Qui est là, Barry ? demanda une voix familière.

Thierry apparut dans le hall d'entrée. Nos regards se croisèrent et ne se quittèrent plus.

Pour autant que Barry le sache, c'était la première fois que Thierry et moi étions en présence l'un de l'autre depuis que nous avions mis un terme à notre relation. Même Barry, qui n'aurait jamais trahi Thierry, ne devait pas savoir ce qu'il en était vraiment. Le risque était trop grand.

J'aurais voulu courir vers Thierry et lui sauter au cou pour finir ce que nous avions commencé la nuit précédente. J'aurais voulu lui parler du grimoire et de mon rendez-vous avec le sorcier. Mais c'était impossible.

Dommage. Il était exactement le banquier rêvé.

Je n'étais pas attirée par l'argent, vraiment pas. Mais quand même, l'homme que j'aimais portait un costume noir Hugo Boss différent tous les jours. Fait sur mesure. Cela prouvait quelque chose, non ? Et pas seulement qu'il avait bon goût... même si c'était un bon goût monochrome.

— C'est personne, maître, répondit Barry. Et *personne* allait justement partir.

Oh, c'était si subtil.

Je détachais mon regard de celui de Thierry quand une troisième personne fit son apparition. Une personne en robe rouge, qui avait de longs cheveux aile de corbeau, une peau d'ivoire sans la moindre imperfection et un maquillage appliqué avec un art consommé.

— Sarah, ma chère, dit Véronique en souriant, puis elle se tourna vers Thierry et demanda : Est-ce que j'arrive au mauvais moment ?

Eh bien, oui, merci d'avoir posé la question.

Thierry garda les yeux rivés sur moi.

— Pas du tout. Sarah et moi avons décidé de suivre des chemins séparés. Il n'y a rien de gênant.

— Et d'ailleurs, elle s'en va, répéta Barry.

Je résistai à la pulsion de lui flanquer un coup de pied et de le faire pleurer.

— Je suis curieuse, commença Véronique. Lequel de vous a mis fin à votre relation, si courte fut-elle ?

— Moi, répondîmes Thierry et moi en chœur.

Thierry eut l'air étonné.

— La décision a été mutuelle, expliquai-je.

Véronique haussa des sourcils impeccablement arqués.

— Comme c'est étrange. Une minute… (elle désigna Thierry de la tête) tu me demandes de signer l'annulation de notre mariage, et vous… (elle me regarda) déclarez que vous éprouvez un amour profond et honnête pour mon *mari*…

Je tressaillais toujours à ce mot.

— … et la suivante vous mettez fin à votre histoire.

Elle inclina la tête sur le côté.

— C'est très étrange, vous ne trouvez pas ?

Super. Véronique doutait de la véracité de notre histoire. Il ne manquait plus que cela. C'était le début de la fin. S'il y avait une personne à qui je ne faisais pas confiance pour garder le silence, c'était bien elle.

— Étrange, mais vrai. Que puis-je dire ? Je n'ai plus du tout envie d'être avec lui. Je suis bizarre, que voulez-vous.

Le silence tomba, lourd et inconfortable, pendant qu'elle m'observait comme si j'étais une chose curieuse et gluante qu'elle aurait étudiée au microscope.

— Est-il vrai que vous avez récemment rencontré le Diable Rouge ? demanda-t-elle.

Je sentis que je m'empourprais. Je supposais qu'il serait impossible de garder le secret sur ce qui s'était passé. Cela ne fit que raviver ma honte d'avoir été incapable de me contrôler. Il fallait absolument que ma rencontre avec le sorcier soit un succès. Je devais me débarrasser du mauvais sort. Malgré la chaîne en or autour de mon cou, je sentais la présence de la nocturne, tapie dans les profondeurs de mon esprit, tel un poison épais et sombre attendant l'occasion de se manifester de nouveau.

Je m'éclaircis la voix.

— Oh, je ne l'ai rencontré qu'un instant. Ce n'était rien.

— En es-tu sûre ? s'enquit Thierry.

— Ouais. Il est de retour en ville et il voulait juste dire bonjour.

Et m'empêcher de commettre un meurtre. Devenir mon garde du corps. *Et cætera.*

Je levai de nouveau les yeux vers Thierry. Les siens ne m'avaient pas quittée une seconde. Son regard trahissait une certaine inquiétude.

Véronique et Barry le verraient-ils si je m'avançais vers lui pour l'embrasser ? Si je passais les bras autour de son cou ? Si je lui disais à quel point il m'avait manqué et combien j'étais impatiente que tout cela soit fini ?

Oui, ils le verraient sans doute. Ils étaient plutôt observateurs, ces deux-là.

— Alors que se passe-t-il ici, ce matin ? demandai-je, désirant changer de sujet. Une version vampire de *Friends* ?

— Ce que nous faisons ne te regarde pas, répondit Barry d'un ton sec. Comme je te l'ai déjà dit, Amy n'est pas là. Alors tu n'as aucune raison de rester.

Je résistai de nouveau à l'envie de le frapper.

— Tu as raison.

Pas d'Amy. Pas d'argent. Je restais envoûtée.

— Il est temps que je m'en aille aussi, déclara Véronique.

Elle embrassa l'air à côté des joues de Thierry, puis de Barry.

— Au revoir, Sarah, dit Thierry d'un ton égal.

Après un dernier regard pénétrant, si intime que je sentis presque ses lèvres se presser contre les miennes – j'avais une imagination fertile –, je fis demi-tour et partis.

La porte se ferma derrière Véronique et moi, et j'entendis Barry la verrouiller. Il ne voulait décidément prendre aucun risque. Qui sait, j'aurais pu décider de me glisser en douce chez lui.

Véronique continuait à m'étudier de près.

— L'un de mes nombreux talents est de savoir lire les gens. Je sais donc que vous aimez toujours mon mari. Même maintenant, je vois des regrets et du désir dans vos yeux.

Au moins, elle ne me traitait pas comme un déchet malodorant, au contraire de Barry. Son comportement envers moi était toujours le même : à la fois dédaigneux et un peu curieux.

Je me forçai à hausser les épaules.

— Que voulez-vous que je vous dise ? Il est agréable à regarder. Mais ça ne change rien.

J'hésitai.

— Et puis, je suis sûre que des tas de femmes sont tombées amoureuses de Thierry par le passé.

Je regrettai mes paroles dès qu'elles eurent franchi mes lèvres, jalouse à l'idée d'autres femmes dans la vie de Thierry. Savoir qu'il était marié était une croix bien assez difficile à porter.

— Bien sûr, répondit simplement Véronique.

Je déglutis.

— Oh.

— Cependant, poursuivit-elle, il ne m'avait encore jamais fait le coup de l'annulation du mariage. Je me demande ce qui lui a pris d'aborder ce sujet, après si longtemps. J'ai bien failli croire qu'il voulait avoir un avenir avec vous.

Elle me regarda un instant.

— Vous allez bien, ma chère ? Vous êtes devenue toute pâle.

La seule mention d'un avenir pour Thierry et moi me donnait le vertige. C'était ce que je désirais par-dessus tout. En dépit de nos problèmes, je voulais être avec lui, mais tout semblait déterminé à nous séparer. J'avais l'impression de lutter contre le destin lui-même. Je n'avais jamais vraiment cru en ce concept, mais dernièrement j'en étais arrivée à penser qu'il n'était qu'un sale enfoiré.

— Ça va. Je suis juste un peu distraite.

Je coulai un regard en direction de la voiture de George. Il s'était tassé dans son siège pour ne pas se faire voir, et seuls ses cheveux blonds et ses yeux cachés derrière des lunettes de soleil étaient visibles par-dessus le volant. Véronique l'intimidait, aussi préférait-il l'éviter autant que possible.

— Distraite à cause de… cette petite malédiction, sans doute ? demanda-t-elle.

Tout le monde était au courant de mon problème. C'est toujours comme ça, vous avez tendance à vous transformer en monstre aux yeux noirs.

J'opinai du chef.

— C'est la raison principale, oui. Mais ce n'est pas la seule.

— Il y a aussi le Diable Rouge ? Vous l'avez vu ?

— En chair et en os, répondis-je. Et en masque.

Un autre coup d'œil à la voiture, et je vis George me faire signe de me dépêcher. Après tout, le temps, c'était de l'argent. Argent que je n'avais pas. Le sorcier ne pouvait-il réellement me recevoir qu'aujourd'hui ? Quand devait-il quitter le pays ? Pourquoi rien n'était-il jamais simple ?

L'expression de Véronique s'éclaira.

— Le Diable Rouge est magnifique, n'est-ce pas ? Je me demande s'il est toujours le même que lorsqu'il m'a sauvée il y a si longtemps… Il était si fort, si brave et si beau.

— Et aussi dangereux, non ? m'enquis-je, songeant à ce qu'avait dit Gideon. Et mortel ?

— Tout cela à la fois, acquiesça Véronique, avec un étrange petit soupir de contentement. J'imagine que c'est aussi un amant extraordinaire, qu'en pensez-vous ?

Eh ben ça alors.

Je regardai mon poignet nu.

— Ouah, regardez l'heure ! Il faut que j'y aille.

— Tant d'années ont passé, poursuivit-elle sans se laisser décourager. Je me demande s'il se souviendrait de moi. Peut-être pourrions-nous reprendre où nous en étions restés.

— Bien sûr, pourquoi pas ?

Je fis quelques pas déterminés vers la voiture. Il n'était pas facile d'arrêter Véronique quand elle était lancée sur son sujet préféré : elle-même.

— Je sais que ça n'a rien à voir avec le Diable Rouge, mais j'ai trouvé quelqu'un qui pourrait avoir les compétences pour lever la malédiction.

Elle s'approcha et serra ma main dans la sienne.

— C'est merveilleux, ma chère. Les mauvais sorts sont des choses si déplaisantes. Je ne les recommande pas.

— Je suis entièrement d'accord avec vous.

Elle fronça les sourcils.

— Pourquoi cette détresse, puisque les nouvelles sont bonnes ? Y a-t-il un problème ?

Je me mordillai la lèvre inférieure.

— Oui, il y en a un. Ce n'est pas gratuit. Et si je ne trouve pas l'argent avant que le sorcier quitte le pays, cette chance me passera sous le nez. Vu que je suis fauchée comme les blés, je ne sais pas quoi faire.

— Combien ?

— Deux mille.

— Ça semble raisonnable.

Elle fouilla dans son sac Prada.

— Des billets de cent dollars feront-ils l'affaire ?

J'écarquillai les yeux et faillis protester, mais ma main se tendit comme si elle était animée d'une vie propre. Elle compta vingt billets de cent, tout droit sortis de la *Banque de Véronique*.

— Je… je ne peux pas prendre votre argent, balbutiai-je.

Elle me referma la main sur la liasse.

— Bien sûr que si. Vous allez le faire. Et vous allez vous débarrasser de ce terrible fardeau une bonne fois pour toutes.

Je sentis les larmes me monter aux yeux. Oubliez toutes les vilaines choses que j'avais pu dire sur Véronique. Elle était formidablement chaleureuse, désintéressée, amicale, généreuse…

— Et vous me remercierez en organisant une rencontre entre le Diable Rouge et moi, dit-elle. Pour que nous devenions amants.

… et plutôt en manque, apparemment.

Je la regardai, puis l'argent, puis de nouveau Véronique. Puis je fourrai les billets dans mon sac.

— Je suis certaine que vous ferez un très beau couple.

— Il faudra aussi vous trouver un nouvel amant. La vie d'un vampire peut être terriblement longue et solitaire.

Elle serra ses lèvres pleines et rouges un instant, avant de poursuivre :

— C'est mieux de la partager avec quelqu'un, si possible.

— Je suis d'accord.

Je tournai la tête vers la maison de Barry, imaginant Thierry à l'intérieur. Si proche, et pourtant si loin.

— Malheureusement, l'amour est parfois bien compliqué.

J'aperçus Barry à la fenêtre. Il s'empressa de me faire un doigt d'honneur.

Une demi-heure plus tard, je sonnai à l'adresse que Claire m'avait donnée.

— C'est super, dit George alors que je lui adressais un coup d'œil nerveux. Je vais enfin pouvoir me débarrasser du pistolet paralysant que je trimbale partout pour me protéger de ton côté obscur.

— Très drôle.

— En fait… je ne plaisante pas.

Je touchai la chaîne en or. Je n'étais pas prête à me détendre à ce sujet. Pas avant que ce soit fini. Mais au moins j'avais l'argent. Je jouerais les marieuses entre Véronique et le Diable Rouge, même si je n'étais pas sûre de faire confiance à ce dernier. Si cela fonctionnait, cela pouvait en valoir la peine.

Un instant plus tard, la porte s'ouvrit et un gamin d'environ quatorze ans nous toisa. Il avait de longs cheveux raides brun foncé et l'air morose. Il portait un tee-shirt orné de la photo d'un groupe de rock dont les membres avaient tous la même coupe et la même expression que lui.

— Quoi ? demanda-t-il, réussissant à exprimer autant d'antipathie que possible dans ce seul mot.

Je fronçai les sourcils et vérifiai l'adresse que j'avais griffonnée un peu plus tôt dans la matinée sur un Post-it.

— Je cherche Steven Kendall.

— Vous lui voulez quoi ?

Je serrai les dents, mais réussis à sourire.

— C'est pour affaires. C'est ton père ? Tu peux aller le chercher ? C'est plutôt urgent.

Il m'étudia, plissant les yeux.

— C'est vous, la vampire ?

Je regardai George, puis le gamin.

— Vampire ?

Il leva les yeux au ciel.

— Eh bien, c'est vous ou pas ?

Je déglutis.

— C'est moi. Mais je suis sympa, promis.

— Ça dépend des jours, me corrigea George, debout près de moi.

Je lui flanquai un coup de coude dans les côtes.

L'adolescent ouvrit la porte en grand.

— Entrez. Je vous préviens, va falloir faire vite. Ma mère est sortie faire des courses et elle va rentrer bientôt.

— Et ton père ?

— Aux dernières nouvelles, il était mort, répondit-il sans la moindre émotion. Et, s'il sait ce qui est bon pour lui, il le restera.

— D'accord, clignai-je des yeux, surprise. Donc, j'en conclus que tu es Steven.

— Il ne faut pas m'appeler comme ça. Je suis l'Obscur.

— L'Obscur, répétai-je.

— C'est ça.

— Je devrais peut-être attendre dans la voiture, proposa George.

Mais je lui pris le bras et le tirai dans le bungalow. Il n'était pas question que j'affronte « l'Obscur » toute seule.

Le sorcier qu'avait trouvé Claire était un adolescent. Un genre d'Harry Potter gothique et haineux.

Je pouvais faire face. Tout se passerait très bien. Après tout, ce n'était pas comme si j'avais le choix en la matière. Il fallait que cela fonctionne. Sinon, ma seule autre option serait de livrer le Diable Rouge à Gideon en échange du grimoire. Or je l'avais déjà promis à Véronique, donc son emploi du temps était surchargé.

— Vous avez le fric ? demanda le gosse.

Je hochai la tête.

— Alors suivez-moi.

Un escalier grinçant descendait dans une cave aux murs lambrissés. Il y avait une tête de chevreuil accrochée à un mur. Un canapé en Skaï orange lui faisait face, flanqué d'une table en faux bois craquelé sur un tapis blanc rétro à longs poils. Il y avait des cartons partout, preuves du départ imminent de l'Obscur. Au milieu de tout cela, une centaine de bougies allumées – je ne fis aucun commentaire sur les risques d'incendie – dessinaient un chemin jusqu'à un bureau, sur lequel étaient posés un écran et une tour d'ordinateur.

— L'argent d'abord, annonça l'Obscur, tendant la main.

Je m'accrochai au bras de George.

— Je vais être honnête avec toi. Je m'attendais à quelqu'un de plus vieux. Je n'ai pas envie de me faire avoir.

— Vous êtes sous le coup d'une malédiction, dit-il en s'asseyant devant son ordinateur et commençant à taper sur le clavier. Je peux la lever. L'éradiquer entièrement.

Je lançai un coup d'œil à George, qui se dandinait d'un pied sur l'autre, mal à l'aise, puis reportai mon attention sur l'adolescent, qui nous observait par-dessus son épaule.

— Tu penses à un genre de sort d'inversion ?

— Pas exactement.

Mon estomac se serra.

— Alors que faisons-nous ici ?

Il leva de nouveau les yeux au ciel.

— Les sorts d'inversion sont instables, et ce n'est pas mon truc. Quand je m'occupe de la malédiction lancée par un autre sorcier, je dois puiser plus profond dans ma magie.

— Et qu'est-ce que ça signifie, au juste ? demanda George.

Le gamin se renfonça dans son siège, le fit pivoter et m'étudia, commençant par mes pieds, mon jean, puis mon chemisier violet. Il s'arrêta sur mes seins pendant dix bonnes secondes. Je croisai les bras.

— Allô, dis-je, la Terre appelle l'Obscur.

— Je prends la moitié du fric maintenant, l'autre quand ce sera terminé. Il va falloir donner l'argent à votre ami, pour que je sois sûr de l'avoir.

— Comment ça « pour que tu sois sûr de l'avoir » ? Si ça marche, je te paierai. Crois-moi, je considérerai que tu mérites jusqu'au dernier *cent*.

Il secoua la tête et passa les doigts dans ses cheveux gras.

— Je vous l'ai déjà dit, ce n'est pas un sort, c'est une *éradication*. Il faut que j'emploie la magie noire, c'est pour ça que c'est pas donné.

— En quoi une éradication est-elle différente d'un sort ? voulut savoir George.

Le gamin jeta un coup d'œil à son écran. Même le site qu'il visitait semblait effrayant. Il y avait des crânes, des cercueils et la police était violette sur fond noir. Le genre qui fait mal aux yeux.

— Je n'en ai encore jamais pratiqué sur un vampire, alors je suis plutôt excité.

Ça ne se voyait pas.

— Une éradication demande une bonne dose de magie noire, expliqua-t-il. Il faut en farcir l'âme du sujet et aspirer la malédiction.

Je frissonnai.

— On se croirait chez le docteur Frankenstein.

— Il y a des effets secondaires, bien sûr.

Claire ne m'avait rien dit à ce sujet.

— Quel genre d'effets secondaires ?

— Asseyez-vous.

— Je ne suis pas sûre…

— Vous voulez vous débarrasser de ce mauvais sort, oui ou non ?

Il paraissait agacé par toutes mes questions.

— Comme je vous l'ai déjà dit, ma mère sera de retour d'une minute à l'autre, et si elle me chope encore à faire une éradication, je serai puni, poursuivit-il, touchant son tee-shirt. Et si je loupe les Rats Morts en concert cette semaine, je me tue.

Je m'assis sur le canapé en vinyle orange, qui protesta. Puis je tendis l'argent à George, qui le plia et le fourra dans sa poche.

— Si ça devait mal tourner, dit-il, je promets de le dépenser pour mettre un fabuleux bouquet sur ta tombe.

— Très drôle.

— Cette fois encore, je ne plaisantais pas. Mais espérons que tout se passera bien, d'accord ?

L'Obscur apporta une bougie noire et la fit passer lentement devant mon visage, si près qu'à un moment je crus que mes sourcils allaient commencer à roussir. Je me reculai vivement. Il tira une chaise pour s'installer en face de moi.

— J'ai besoin de me concentrer, déclara-t-il.

— Tu vas me dire quels sont les effets secondaires, oui ou non ?

— Bien sûr ! cracha-t-il. Bon sang, vous n'avez aucune patience ? Les vieux sont tellement agaçants.

Je serrai les dents. Je serais patiente avec ce petit cinglé qui me prenait de haut. Oui. Si je pouvais être libérée de la malédiction, je serais la personne la plus patiente au monde. Cependant, je sentais mon stress augmenter et menacer de me faire exploser. Il me fallut faire appel à toute ma volonté pour rester tranquille.

Est-ce qu'il pouvait vraiment le faire ? Éradiquer la malédiction ? Un filet de transpiration coula le long de ma colonne vertébrale comme sur un toboggan.

On se détend, m'ordonnai-je. *Essaie de rester calme et de n'avoir que des pensées positives.*

Je me forçai à imaginer Thierry en smoking. Et moi, dans une longue robe blanche très chère. Nous étions sur le point de nous marier dans une grande et belle église. C'était l'un de mes fantasmes et la meilleure façon de me détendre.

Ommm…

— Je veux la moitié de l'argent, dit l'Obscur en tendant la main vers George, qui compta mille dollars et les donna au gamin.

— Très bien.

L'Obscur ferma les yeux et expira par la bouche. Une odeur de sauce bolognaise flottait dans l'air.

— Je dois me concentrer pour que la magie noire m'envahisse.

Pendant un long moment, je me mis à penser que ce gamin n'était rien d'autre qu'un arnaqueur génial. Cela valait le coup d'avoir essayé, mais je ne pensais pas que cela servirait à grand-chose. Cela semblait trop facile. J'appréciais que Claire ait voulu m'aider, mais c'était trop beau pour être vrai. J'allais me lever, reprendre l'argent de Véronique et sortir de cette maison avant de perdre davantage de temps.

Que dirait Thierry s'il apprenait dans quelle situation je m'étais encore fourrée ? Il valait mieux qu'il l'ignore. Sauf si ça fonctionnait. Alors là, j'organiserais une fête.

La flamme de la bougie vacilla, puis devint bleue. Je pris une grande inspiration quand la température de la pièce se mit à chuter de plusieurs degrés en cinq secondes.

L'Obscur hocha la tête avec lenteur.

— Je vois le prix que vous aurez à payer, en plus de l'argent. Éradiquer la malédiction vous coûtera une demi-année de vie.

Je frissonnai.

— Ce qui veut dire, en langage clair ?

— Les résultats sont spécifiques au sujet. Autrement dit, dans ce cas précis, *vous*. Six mois s'envoleront, et avec eux tout ce qui s'est passé durant ce temps. Toutes vos blessures, vos maladies… tout disparaîtra à jamais. Ce sera toujours aujourd'hui, mais vous serez telle que vous étiez alors.

Je me tournai vers George, le cœur cognant fort dans ma poitrine. J'avais les yeux si grands ouverts qu'ils me faisaient mal.

— Est-ce que ça veut dire ce que je crois ?

Ses yeux aussi étaient écarquillés.

— Je l'ignore.

Je tendis le bras et pointai l'index sur la poitrine de l'Obscur.

— Il m'est arrivé des tas de choses au cours des six derniers mois.

Il hocha la tête sans rouvrir les yeux.

— Je le sens. La malédiction n'est pas la seule chose qui sera retirée. Il y a aussi le virus du vampirisme.

Ce gamin voulait-il dire que lorsqu'il aurait éradiqué le mauvais sort, je ne serais plus une vampire ?

La lumière de la bougie projetait des ombres sur son visage.

— Lorsque j'aurai éradiqué le mauvais sort, vous ne serez plus une vampire.

Voilà, c'était bien ce qu'il voulait dire.

Chapitre 5

La solution. C'était donc cela.

Merde alors.

Au début, j'avais eu tellement de mal à me faire à ma nouvelle vie que je m'étais accrochée à la rumeur selon laquelle il existait un remède contre le vampirisme. Ce qui m'avait créé des tas de problèmes, sans parler de la déception que j'avais ressentie en apprenant que ce n'était qu'un leurre. Une fois infecté, on l'était pour toujours.

On gardait ses crocs.

Cette fois, il ne s'agissait pas d'un remède, mais d'une éradication pure et simple. Tout ce qui m'était arrivé serait effacé. En plus de me débarrasser de la malédiction, cela me rendrait de nouveau humaine.

Je n'aurais plus à craindre le pieu d'un chasseur trop zélé. Fini les dents pointues. Et le régime à base de sang.

Je retrouverais mon reflet. Je pourrais manger de la nourriture solide. J'aurais une chance de mener une vie normale, sans plus avoir à me soucier de l'existence d'un bar où je trouverais mon groupe sanguin favori à la pression.

— C'est vraiment super, Sarah, dit George. Je sais que c'est ce que tu as toujours voulu.

Bien sûr.

C'était vraiment trop beau pour être vrai. Autrement dit…

— D'accord, c'est quoi l'embrouille ? demandai-je.

L'Obscur avait toujours les yeux clos.

— L'embrouille ?

— Si je fais ce truc, ça m'enlève le mauvais sort et le vampirisme, d'accord ?

— Et six mois de votre vie.

Je compris alors.

— Je n'aurais plus aucun souvenir, n'est-ce pas ? De tout ce qui m'est arrivé depuis six mois ?

— Exact.

Mon cœur sombra. C'était une chose de venir ici pour me débarrasser de ma malédiction. Le remède contre le vampirisme était un bonus inattendu. Mais effacer ma mémoire ?

C'est-à-dire les gens que j'avais rencontrés, les expériences vécues. Tout ce qui avait fait de moi, pour le meilleur et pour le pire, la femme que j'étais aujourd'hui ?

Et en plus de tout ça, si Gideon apprenait que j'avais conclu un marché avec Monsieur Goth pour éliminer la part de moi sur laquelle il comptait pour guérir… Et si en plus j'oubliais carrément qui il était…

Il ne prendrait pas bien la nouvelle. Appelez ça un pressentiment.

Il n'essaierait plus de m'offrir des bijoux. Il mettrait ses menaces à exécution… sans que je sache de qui ça venait ou pourquoi.

Juste entre le marteau et l'enclume. Ma nouvelle place de rêve.

— Écoute, Obscur…

— C'est *l'Obscur.*

— Peu importe. Et si on modifiait le contrat ? Disons que tu me débarrasses seulement de la malédiction, et que je peux revenir plus tard pour le reste, si j'en ai envie ?

Il ouvrit les yeux. J'inspirai vivement et pris la main de George quand je vis qu'ils étaient complètement rouges, sans plus de blanc ni d'iris. C'était un vrai sorcier après tout. Les yeux des gens normaux ne faisaient pas ça. Évidemment.

— Vous plaisantez, n'est-ce pas ? cracha-t-il.

— Euh… non, pas vraiment.

— Écoutez, madame, c'est à prendre ou à laisser. Vous me payez, je procède à l'éradication, vous repartez. D'autant qu'avec ce genre de magie noire, il n'y a pas de période d'essai. Elle vous a déjà jaugée. Si vous ne le faites pas maintenant, vous serez marquée.

— Marquée ?

— Ouais. Autrement dit, si je devais recommencer, le pouvoir démoniaque que je canalise m'endommagerait. Sévèrement. Je vous parle de lobotomie et de se mettre à baver. Et même si vous n'étiez pas marquée, ma mère et moi partons bientôt pour l'Allemagne, et c'est un aller simple. Je dois m'estimer heureux qu'elle me laisse assister au concert des Rats Morts. C'est votre seule chance.

— Tu devrais le faire, Sarah, conseilla George. Qu'est-ce que quelques souvenirs à côté d'un truc aussi énorme ?

— Décidez-vous vite.

La voix de l'Obscur était encore moins amicale qu'avant.

— À l'instant où cette bougie s'éteindra, ce sera terminé.

George me serra la main.

— Tu peux te débarrasser de la malédiction. *Pouf!* Disparue. Rien que pour ça, ça en vaut la peine, non ? Et tu ne veux pas tout oublier et redevenir normale ?

Il ne savait pas pourquoi j'hésitais, bien sûr. Il pensait que perdre la mémoire était la seule chose qui me retenait.

Tous les scénarios possibles se bousculèrent dans mon esprit comme des chauves-souris folles.

J'avais la migraine. J'aurais aimé qu'il y ait d'autres solutions, mais ce n'était pas le cas. Pas aujourd'hui. Ni demain. Peut-être jamais.

— Je suppose…

Ma voix était plus tendue que jamais.

— … que je n'ai plus envie d'être normale.

Et je soufflai la bougie.

L'Obscur, aussi connu sous le nom de Steven Kendall, fan des Rats Morts et futur immigré en Allemagne, piqua sa crise quand je lui réclamai l'avance de mille dollars. Je la lui laissai.

George démarra au moment ou la mère du sorcier rentrait.

Tout ça n'était pas drôle. Et c'était un euphémisme.

J'étais déçue. On aurait dit qu'on m'avait agité sous le nez un bout de gâteau au chocolat, censé résoudre tous mes problèmes… et que je m'étais soudain souvenue que j'étais de ces vampires qui ne peuvent pas avaler de nourriture solide.

Perdre six mois de ma vie était un prix bien plus élevé que les deux mille dollars que j'étais prête à débourser. Au moins, l'argent pouvait se gagner.

Pourquoi six mois ? C'était durant les trois derniers que j'avais vécu les pires moments de ma vie. Mais aussi certains des meilleurs.

Si je n'étais pas devenue une vampire, je n'aurais pas rencontré Thierry.

Ni George.

Ou Barry.

Eh bien, au moins un point positif.

Mon téléphone portable vibra ; je l'attrapai au fond de mon sac pour regarder l'écran.

APPEL DE G.

La situation ne s'améliorait pas.

Je songeai à le laisser parler à mon répondeur. Puis, après avoir constaté que George avait les yeux rivés sur la voie rapide, je pris l'appel.

— Oui ? commençai-je.

— Votre rendez-vous avec le jeune sorcier s'est bien passé ? demanda Gideon.

J'en eus la chair de poule. Il semblait toujours tout savoir, comme s'il avait des pouvoirs surnaturels plutôt que des espions. C'était si énervant.

— Non, on ne peut pas dire ça.

— Toujours envoûtée ?

— J'en ai peur.

— Qui c'est ? demanda George, tendant la main pour baisser le volume de la radio. Amy ?

— Non, répondis-je. Rien à voir avec Amy.

— Amy vient de se faire faire une manucure, et maintenant elle en est au soin du visage, m'informa Gideon. Elle est dans un joli petit spa doublé d'un salon de coiffure du nom de Studio V. Au cas où ça vous intéresse, elle laisse quinze pour cent de pourboire.

Les propriétaires d'un commerce destiné aux seuls vampires ne seraient sans doute pas très heureux d'apprendre qu'ils avaient été repérés par un homme comme Gideon Chase. Les doigts dans le nez, en plus. Si j'avais jamais pensé être à l'abri des chasseurs, je m'étais trompée. Et nous croyions que nos clubs étaient sûrs ?

— Je ne peux pas parler pour le moment, dis-je.

— Vous n'aimeriez pas que George soit au courant de notre petite association ?

— Ce n'est pas comme ça que je l'appellerais.

Je déglutis au souvenir de l'état dans lequel je l'avais laissé dans sa chambre d'hôtel, la veille.

— Vous vous sentez mieux aujourd'hui ?

— Vous voyez ? Je savais que vous étiez inquiète pour moi.

Je serrai les dents.

— Pas du tout. Mais ça n'avait pas l'air d'aller.

— Oh, je pensais pourtant avoir donné le change, tout bien considéré.

Gideon garda le silence un instant.

— Mais vous avez raison, poursuivit-il. Je ne vais pas bien. Si je peux tenir encore deux jours, tout ira mieux.

— Qu'est-ce que vous voulez ? Ou bien vous appelez juste comme ça ? Vous ne pouvez pas me laisser tranquille jusqu'à ce que je sois obligée de vous revoir ?

— Si je vous laissais tranquille, vous feriez tout votre possible pour contrecarrer mes plans. Si vous pouviez bien vous conduire pendant quelques jours, peut-être serais-je prêt à vous lâcher un peu la bride.

Il n'avait plus son ton charmeur. Ce qui n'était pas bon signe. Ses paroles étaient un avertissement. Une tape sur la main. Savait-il combien j'avais été près de ruiner toutes ses chances ?

— Je me conduis très bien.

— Je sais que vous avez vu Thierry ce matin. Je crois pourtant que nous avions convenu que ça n'arriverait pas.

Je sentis la panique me gagner et étreindre mon cœur.

— Ce n'était rien. J'ignorais qu'il serait là. Je n'avais pas prévu de le croiser.

— Je vous crois.

Mais quelque chose dans le ton de sa voix me disait qu'il n'en était rien. J'avais éveillé ses doutes.

— Faites en sorte que ça n'arrive plus.

— Puisque vous me l'ordonnez si gentiment.

— Il faut que je vous voie. J'ai quelque chose à vous demander.

— Quoi ? Vous voulez des histoires drôles ? Vous avez fait le mauvais numéro.

— Non, autre chose. Venez me voir dans ma chambre d'hôtel à 20 heures. Je vous y attendrai.

Il raccrocha. Je serrais mon téléphone si fort que mes doigts étaient tout engourdis.

Je m'éclaircis la voix.

— D'accord, maman. C'est super d'avoir eu de vos nouvelles. Je promets de venir vous voir bientôt, papa et toi. Bisous.

Je raccrochai et regardai George, qui m'observait, l'air confus.

— C'était ta mère ? Je n'ai entendu qu'un côté de la conversation, mais c'était plutôt étrange.

— C'est parce que tu ne la connais pas.

Je croyais savoir ce que Gideon voulait. À présent qu'il savait que ma quête d'une solution à la malédiction n'avait pas abouti, il devait se dire que j'étais assez désespérée pour lui donner le Diable Rouge en échange du grimoire.

Et il avait raison.

Je ne connaissais pas ce type. Peut-être était-il maléfique et méritait-il de se retrouver au bout du pieu de Gideon.

Mais peut-être pas.

Ce genre de questionnement sans fin n'allait pas m'aider à me débarrasser de l'envoûtement. J'entortillai la chaîne autour de mes doigts. J'avais besoin de plus de temps pour réfléchir. Et, pour cela, j'allais devoir le faire patienter. Autant que je le pourrais.

J'essayai de faire une sieste quand George m'eut déposée à la maison avant de partir pour son entretien d'embauche. Mais je ne réussis pas à fermer l'œil. Ce qui ne me surprit pas le moins du monde. Les événements de la journée tournaient en boucle dans ma tête comme un manège.

Alors je fis les cent pas. Je regardai la télé. Et je lançai quelques recherches sur Internet.

Les vampires n'attrapaient pas de rhume. C'était bon à savoir.

Puis j'essayai de me renseigner sur Gideon Chase. Je trouvai toutes sortes d'informations et de photographies de lui toutes aussi flatteuses les unes que les autres, une bimbo au bras, paradant à la première d'un film ou à l'inauguration d'un restaurant à la mode. Il donnait de l'argent aux œuvres de charité. Il faisait bâtir des hôpitaux pour enfants.

C'était un putain de héros. Du moins en surface.

Je dus creuser un peu plus profond pour trouver des références à son association avec l'organisation des chasseurs de vampires. Quatre-vingt-dix-neuf pour cent des curieux n'y auraient pas prêté la moindre attention, puisque la majorité des gens croyaient que les vampires n'existaient pas, sinon dans les productions hollywoodiennes. Pour eux, il ne s'agissait que d'une rumeur, un peu comme mon surnom de Tueuse de Tueurs. Ou d'une pure fiction. Pour eux, Gideon n'était qu'un milliardaire : un très bel homme plein aux as qui aimait voyager et faire la fête.

Bien sûr, désormais, pour le commun des mortels, il était… mort.

Et il ressusciterait dans deux jours, en tant que vampire. Grâce à moi.

Si je vivais assez longtemps, je pourrais sans doute vendre les droits de cette histoire au cinéma.

Amy avait dû finir par apprendre que j'avais cherché à la voir plus tôt dans la journée, car elle me rappela en fin d'après-midi pour aller prendre un café avec elle. Puisque je n'avais rien de prévu avant mon rendez-vous de 20 heures avec Gideon, je décidai d'arrêter de ressasser mes problèmes et acceptai sa proposition.

Je la rejoignis au *Bodacious Bean*, un genre de Starbucks local où l'on trouvait un excellent café colombien à la noisette. Amy était déjà là, assise à une table dans un coin. Un mochaccino et une part de gâteau à la banane étaient posés devant elle.

Encore une information sur les vampires : certains peuvent manger de la nourriture solide sans aussitôt éprouver le besoin de vomir leurs tripes. D'autres, comme moi, n'ont pas ce privilège.

Amy pouvait ingurgiter tout ce qui lui plaisait. Et elle oubliait généralement que tout le monde n'était pas comme elle.

— Tu veux un bout de gâteau ?

— Non, merci, Amy.

Je m'assis en face d'elle et remontai mes lunettes de soleil sur ma tête. La vitrine donnait sur Yonge Street, toujours noire de monde, même en cette fin de dimanche après-midi de février.

Amy sembla vouloir sourire, mais sans grand succès. Sa bouche semblait figée comme celle d'un clown triste.

— Comment tu vas, Sarah ?

— Tu as l'air un peu mélancolique. Ta manucure ne s'est pas bien passée ?

— Oh, si.

Elle baissa les yeux sur sa main gauche à la french manucure impeccable, l'annulaire orné d'une bague au diamant minuscule – cadeau de Barry – et d'une petite chauve-souris dessinée sur l'ongle.

— Barry a dit que tu étais passée.

— Je suis surprise qu'il t'en ait parlé, étant donné qu'il me hait.

Elle haussa les épaules.

— Je ne sais pas pourquoi il est si grincheux en ce moment.

— Seulement en ce moment ?

— Il a dit que Thierry était là quand tu es arrivée et que tu étais extrêmement malheureuse de le voir.

— Il a dit ça ?

J'avalai maladroitement une gorgée de café.

Elle hocha la tête avec gravité, et je fronçai les sourcils. Qu'est-ce qui se tramait ? Elle n'avait plus rien de la blonde enjouée que je connaissais.

Le silence dura un long moment.

Enfin, Amy lâcha un soupir tremblant.

— Je suis inquiète pour toi.

Je haussai les sourcils.

— Pour moi ?

Elle acquiesça.

— Je sais que tu essaies de convaincre tout le monde que tu vas bien, mais je sais que c'est faux. Sarah, nous sommes amies. Tu ne peux pas me mentir.

Tout cela ne me disait rien qui vaille.

— Je ne sais pas de quoi tu veux parler. Tout est bien dans le meilleur des mondes. Merveilleux, vraiment.

— Je sais que tu prétends que c'est toi qui as rompu avec Thierry, mais ce n'est pas vrai, n'est-ce pas ?

J'en étais malade. Étais-je une si piètre menteuse que je ne pouvais même pas convaincre Amy ? Je l'adorais, mais elle n'était pas très futée. Elle acceptait généralement les choses telles qu'elles lui étaient présentées, sans poser de question. Je lui avais dit que j'avais mis fin à ma relation avec Thierry, et elle m'avait crue. Elle avait même été heureuse que je me sois enfin débarrassée de « l'autre salaud », comme elle l'appelait.

— Bien sûr que c'est vrai. C'est moi qui l'ai plaqué.

— Alors, pourquoi es-tu venue chez moi aujourd'hui pour lui parler ?

Je pris le temps de scruter les environs. Puisque Gideon semblait toujours savoir ce que je faisais, j'étais certaine d'être espionnée en ce moment même. Mais par qui ? Ce groupe d'adolescents à l'air distrait ? Ou cette vieille femme au double expresso, près de l'étagère où s'alignaient les tasses à café en céramique peintes à la main et hors de prix ? Ou encore ce type accompagné d'un chien d'aveugle, qui buvait un *chaï latte* ? Il avait l'air sournois… et son chien aussi, d'ailleurs.

— J'étais là pour te voir toi, pas lui, expliquai-je. Si Thierry était là, c'était une simple coïncidence. Je n'y peux rien si ton mari est l'esclave de mon ex-petit ami.

— Je n'aime pas ce mot. Je préfère valet.

— D'accord. Bon, peu importe ce qu'il est, je ne suis pas restée très longtemps. Je ne voulais pas me mêler de ce qui se passait entre lui, Véronique et Thierry.

— Ça avait quelque chose à voir avec le Cercle, dit Amy. Ils ont contacté Thierry.

Le Cercle ? Très intéressant. Cela suffit à piquer ma curiosité. Le Cercle était le conseil des vampires. Basé en Californie, il avait des représentants dans le monde entier. Ils s'étaient intéressés à moi quand j'avais gagné ma réputation de Tueuse de Tueurs.

Je fronçai les sourcils.

— Je me demande ce qu'ils lui veulent maintenant.

— C'est à cause de ta malédiction, répondit-elle avec simplicité. Ils en ont entendu parler et ils désirent savoir si tu es une menace pour la vie, la liberté et la race des vampires.

J'écarquillai les yeux.

— Et ?

— Je sais que Thierry t'a défendue. Il a dit que ce n'était qu'un état temporaire et que ça n'a rien à voir avec ta vraie nature.

Mon héros !

— C'est gentil de sa part

— Il a quand même ajouté qu'en ce moment tu étais très imprévisible.

Tu parles d'un héros !

— Vraiment ?

Amy haussa les épaules.

— C'est ce que j'ai entendu dire.

Je n'avais rencontré qu'un seul membre du Cercle jusque-là. Il avait essayé de me tuer. Même s'il était fou, cela ne m'avait pas laissé une excellente opinion de cette organisation.

— C'est pour ça que tu as voulu me rencontrer ici ? demandai-je. J'apprécie que tu t'inquiètes pour moi, mais je ne vais pas flipper pour ça. Thierry peut s'occuper du Cercle, et aussi longtemps que j'ai ma chaîne je ne suis un danger pour personne.

Oui, aussi longtemps que je la gardais autour du cou. Pour l'éternité. Je revis le visage pâle et effrayé de la jeune vampire dans la ruelle, le pouls si tentant qui battait sur sa gorge. J'enfonçai si fort mes ongles dans le bord de la table que mes articulations blanchirent. Puis, tremblante, je me forçai à prendre une gorgée de café.

— Tu es toujours amoureuse de lui, hein ? glissa Amy.

Je secouai la tête.

— Amy…

— Et c'est lui qui t'a larguée, n'est-ce pas ? Et pas l'inverse ?

Bon, il était inutile d'essayer de la convaincre du contraire puisqu'elle s'était mis en tête qu'elle avait raison. Ce n'était peut-être pas une lumière, mais elle ne renonçait jamais.

— Tu m'as eue. C'est Thierry qui a rompu. J'essayais juste de sauver la face en disant que c'était moi.

Elle eut l'air bouleversée par ma révélation.

— Je le savais !

— Je fais ce que je peux. C'est fini. Ça fait mal, mais j'essaie vraiment de tourner la page.

Je n'arrêtais pas de mentir, et je m'étonnais que mon nez ne se soit pas encore allongé.

— Barry m'avait bien dit qu'il ne croyait pas que c'était toi qui l'avais quitté.

— Ouais, ça ne m'étonne pas de lui, dis-je, réprimant l'envie de lever les yeux au ciel. Allez, détends-toi. Ça n'a pas d'importance, d'accord ? Je vais bien. J'accepte la situation, lentement mais sûrement.

— Il t'a laissé tomber alors que les choses devenaient vraiment difficiles… avec la malédiction.

Son visage se durcit.

— J'ai toujours su qu'il n'était qu'un connard égoïste. Tout d'abord, il trompait sa femme avec toi…

Je tressaillis à ces mots.

— Je n'appellerais pas ça « tromper » puisque Véronique le savait et qu'elle s'en fichait.

— Quand même.

Elle avait les larmes aux yeux.

— Oh, Sarah, je n'ai pas envie de te le dire, mais il le faut.

Je me penchai pour lui prendre la main.

— Oh, mon Dieu, Amy, qu'est-ce qu'il y a ? Qu'est-ce qui ne va pas ?

— Je… j'ai vu Thierry il y a une heure, dans un restaurant pas très loin d'ici. Il y est peut-être encore. C'est pour ça que je t'ai appelée.

— Eh bien, c'est choquant, étant donné qu'il ne mange rien.

Amy secoua la tête.

— Il buvait un verre avec quelqu'un. Quand j'ai vu qui c'était… j'ai été choquée. Jamais je n'aurais pu imaginer ça. Sarah…

Elle lâcha un soupir tremblant.

— Je pense que Thierry avait une liaison avec quelqu'un d'autre pendant qu'il était avec toi. Il vous trompait toutes les deux, sa femme et toi.

Une de mes paupières fut prise d'un tic nerveux.

— De quoi tu parles ?

— Je ne voulais pas te le dire, mais c'est important que tu saches la vérité. Ça prouve juste qu'il n'est qu'un imbécile et qu'il n'est pas assez bien pour toi !

— Tu es en train de me dire que tu l'as vu prendre un verre avec une autre femme ?

Amy acquiesça, l'air grave.

— Et ce n'était pas Véronique ?

Elle fit « non » de la tête, toujours aussi sérieuse.

Je m'éclaircis la voix.

— Et ils avaient l'air d'être ensemble… vraiment ensemble ? Pas juste pour boire un verre, c'était un rendez-vous amoureux ?

Encore un hochement.

— Qu'est-ce qui t'a conduit à cette conclusion ?

Elle fourra la main dans son sac et en tira son téléphone portable.

— J'ai des preuves.

— Tu as pris des photos de lui ?

— Je songe à demander ma licence de détective privé. (Son expression s'éclaira un peu.) Je serais imbattable pour choper les bons à rien en flagrant délit d'adultère. Et j'ai entendu dire qu'on pouvait se faire un max d'argent.

Je n'étais pas sûre de savoir pourquoi j'avais du mal à la croire. Elle m'envoyait sans cesse des photos prises dans des cabines d'essayage pour avoir mon opinion sur tel vêtement. En quoi serait-ce différent ?

— Tu n'as pas besoin de regarder si tu n'en as pas envie. Je veux dire, vous êtes séparés. Je voulais juste te prouver qu'il n'est qu'un mufle. Un vrai mufle, étant donné la fille avec qui il est. Tu ne devrais pas regretter la rupture.

Je n'en croyais pas un mot. D'abord, « mufle » était une expression ringarde. Et puis, Thierry ne ferait jamais cela, n'est-ce pas ? Non. Bien sûr que non. Nous n'étions pas toujours d'accord sur tout – c'était un euphémisme –, mais il m'aimait. Nous avions traversé bien trop d'épreuves ensemble pour qu'il commence une nouvelle relation au beau milieu de la plus grosse crise de notre vie. J'avais en lui une confiance absolue.

Sarah + Thierry.

Amour pour toujours.

Mais bon. Je ne risquais rien à jeter un coup d'œil.

— Montre-moi, dis-je.

Amy parcourut le menu, puis elle me tendit le téléphone. Je baissai les yeux sur la première photo, puis regardai la suivante… et ainsi de suite.

Thierry prenait un verre dans un restaurant haut de gamme. Il était assis près d'une fenêtre, raison pour laquelle Amy avait pu prendre ces clichés.

Il y avait une photographie de Thierry en train de rire.

Euh. Lui, rire ? Cela ne lui ressemblait tellement pas.

Une autre le montrait en train de tendre le bras en travers de la table pour prendre la main de la femme assise en face de lui.

Sur la suivante, il déposait un baiser… sur… cette… main.

Je serrai les dents.

Je le vis ensuite se pencher pour… embrasser… la fille… sur… la bouche.

Ma vision se brouilla alors, et mon cœur se mit à cogner dans ma poitrine.

La fille souriait. Apparemment, elle passait un très bon moment. Sur l'une des photos, on voyait clairement son visage tourné vers la fenêtre.

— Tu peux croire ça, toi ? souffla Amy. Je pensais qu'elle venait de se fiancer. La garce ! Cette sale garce blonde !

Je la reconnus aussitôt. Il n'y avait pas le moindre doute quant à l'identité de la jeune femme avec qui Thierry flirtait.

— C'est Janie Parker, poursuivit Amy avec un mélange de dégoût et de colère. Non mais tu peux croire ça ?

Non. Impossible, je n'y arrivais pas.

Quelque temps auparavant, Janie avait été engagée comme garde du corps, pour me protéger des chasseurs qui voulaient ma peau à cause de ma fausse réputation. À la fin, j'avais appris qu'elle m'avait menti sur son identité. Elle était en fait une mercenaire qui voulait se venger parce que j'avais abattu son cinglé de frère en légitime défense, gagnant du même coup mon surnom de Tueuse de Tueurs.

À la fin, elle s'était rachetée en sauvant ma peau, mais nous n'étions pas les meilleures amies du monde, loin de là. Aux dernières nouvelles, elle s'était fiancée à l'un de mes amis, Quinn, après une romance éclair qui m'avait surprise moi-même.

Autrefois, Quinn était un chasseur de vampires, mais il avait été transformé, et il avait eu beaucoup de mal à se faire à sa nouvelle condition. Ce n'était rien de le dire. Je le considérais comme un excellent ami, même s'il aurait voulu pousser les choses plus loin que la simple amitié. Et franchement, si je n'avais pas été si amoureuse de Thierry, Quinn aurait eu ce qu'il voulait. Même s'il avait essayé de me tuer deux fois quand il était encore chasseur, c'était un homme bien. Et il était super canon.

Il avait quitté la ville. Janie aussi. Et j'avais entendu dire qu'ils étaient ensemble, ce qui m'avait vraiment étonnée. La dernière fois que j'avais entendu parler d'eux, ils étaient censés revenir à Toronto pour se marier.

À la manière dont Janie regardait mon homme, j'aurais dit que le projet était annulé.

J'allais la tuer. Et lui aussi. Pas nécessairement dans cet ordre.

Mais non. C'était impossible. Il y avait autre chose derrière tout cela.

Thierry avait suggéré que nous devrions voir d'autres gens pour sauver les apparences, n'est-ce pas ? Il pensait que cela aiderait à convaincre Gideon qu'il n'y avait plus rien entre lui et moi, que j'avais suivi ses ordres et rompu avec mon maître vampire.

Je n'avais ni le temps ni la patience de jouer dans une comédie romantique à la sauce vampire. Mais j'avais commencé à me dire que si nous sortions avec d'autres personnes, Gideon nous ficherait la paix.

Je me demandais si ces photos étaient supposées faire croire à tout le monde qu'entre nous c'était bien fini. Mais si

Janie se trouvait avec Thierry en ce moment, où diable était…

— Eh, Sarah, appela une voix masculine par-dessus mon épaule gauche. Je t'ai cherchée partout.

Je la reconnus immédiatement. Et Amy aussi. Elle regarda derrière moi, d'abord stupéfaite, puis elle m'adressa un large sourire.

— Oh, la vilaine ! rit-elle. Bien sûr ! Tout ça est parfaitement logique. Pourquoi tu ne m'as pas dit que vous étiez de nouveau ensemble ? C'est merveilleux !

Un homme s'assit sur la chaise à côté de la mienne.

— Sarah aime bien avoir ses petits secrets, hein ? Oui, Amy, elle et moi sommes de nouveau ensemble, et nous n'avons jamais été plus heureux. Tu peux même le dire à tout le monde.

Amy était déjà en train de composer un texto sur son téléphone portable.

— Si tu crois que j'ai attendu ta permission. George va être fou de rage quand il va savoir ça. Fou de rage !

Je me tournai lentement vers Quinn. Le choc de le revoir de façon aussi inattendue m'avait rendue muette.

Chapitre 6

Quinn n'avait pas du tout changé depuis notre dernière rencontre, ce qui ne me surprit pas vraiment, puisque c'était seulement un mois plus tôt. Il avait des cheveux blond foncé, des yeux d'un bleu intense et un charme gamin, même si je savais qu'il aurait toujours trente ans. Il était vêtu d'un jean délavé et, sous sa veste en cuir noir, il portait un tee-shirt vert qui mettait en valeur sa silhouette musclée.

J'avais l'habitude de le voir angoissé et malheureux, mais à présent il arborait un sourire presque assez large pour dévoiler ses crocs.

— Tu es superbe, Sarah, dit-il.

Et avant que j'aie pu prononcer un mot, il se pencha pour m'embrasser.

J'écarquillai les yeux et entendis un *clic* ; Amy venait de prendre une photo.

Quinn se tourna vers elle.

— Content de te revoir, Amy.

— Pareil, répondit-elle, aux anges. Vous ne pouvez pas savoir combien je suis heureuse en ce moment. J'ai toujours pensé que toi et Sarah, vous étiez faits l'un pour l'autre. J'étais à cent pour cent dans la Team Quinn. C'est bon de voir que Sarah a enfin trouvé l'homme idéal.

— Tu es vraiment pleine de bon sens quand il s'agit d'amour, approuva-t-il. C'est sans doute ce que j'aime le plus chez toi.

— Quand j'ai entendu dire que tu allais épouser Janie…

Il agita la main.

— De simples rumeurs.

Elle fronça les sourcils.

— Mais… tu me l'as annoncé toi-même. Quand tu as appelé, il y a deux semaines, tu t'en souviens ?

— Oh, oui, c'est vrai.

Il toussota.

— Euh… disons seulement que Janie et moi avons changé d'avis. Ça arrive. Nous sommes restés bons amis.

— Super ! dit Amy en rangeant son téléphone dans son sac. Bon, je me sens comme la cinquième roue du carrosse, alors je vais m'en aller et laisser les amoureux en tête à tête.

— Euh…, commençai-je maladroitement, attends une seconde. Amy…

Quinn tendit la main pour prendre la mienne et la serrer.

— À plus, Amy. Merci d'avoir pris soin de mon ange en mon absence.

Elle lui adressa un grand sourire.

— Aucun problème.

Elle partit, non sans quelques coups d'œil excités par-dessus son épaule.

— Elle est gentille, dit Quinn quand elle eut quitté le café. C'est une vraie blonde, hein ? Nous devrions garder un œil sur elle à l'avenir. Ce serait dommage qu'elle se blesse, n'est-ce pas ?

— Quinn…

— Viens, dit-il en se levant. Allons faire une promenade romantique au clair de lune.

— Mais, Quinn…

Il me serra de nouveau les doigts, et cette fois il me fit mal.

Bon, j'avais compris.

Ferme-la, Sarah.

Main dans la main, on quitta le café pour marcher dans la rue. Je l'observai derrière mes lunettes noires.

— Bon, dis-moi ce qui se passe.

— Pas ici, murmura-t-il, accélérant le pas. Quelqu'un pourrait nous suivre. Tout ce que tu as à savoir, c'est que nous avons recommencé à sortir ensemble et que tout va pour le mieux dans le meilleur des mondes.

— Qui t'a contacté ?

— À ton avis ?

Thierry, bien sûr. Au lieu d'être impressionnée par son sens de l'organisation, j'étais furieuse à l'idée qu'il ait pu monter un bateau pareil sans m'en avertir. Cet homme me cachait bien trop de choses, d'abord concernant le Diable Rouge, et à présent au sujet de Janie et Quinn, avec Amy dans le rôle de la bonne copine qui a des révélations à faire.

— J'ignorais à quel point je t'adorais jusqu'à ce que je parte, dit-il, assez fort pour être entendu à plusieurs mètres à la ronde. Je suis allé partout. En Arizona, à Las Vegas, en Floride. Je suis passé par New York avant de revenir à Toronto. Tu es un rayon de soleil dans ma vie de ténèbres, et cette lumière m'a ramené vers toi.

— Tu n'en fais pas un peu trop ?

Je ne pus m'empêcher de sourire en dépit de l'agacement que m'inspirait la conduite de Thierry. J'aimais vraiment beaucoup Quinn. Quand il était parti, j'avais cru qu'il me haïssait, même s'il m'avait assurée du contraire, et que je ne le reverrais plus jamais. Nous avions traversé bien des épreuves ensemble, unis par notre condition commune de jeune vampire. Je l'aurais oublié lui aussi si j'avais accepté l'offre de l'Obscur.

Après avoir tourné le coin de la rue, son sourire diminua un peu tandis qu'il regardait par-dessus son épaule.

— D'accord, je crois que nous sommes seuls. Thierry m'a contacté.

— J'ai du mal à le croire, mais continue.

Il ricana.

— Je sais, nous ne sommes pas les meilleurs amis du monde, lui et moi, hein ? Enfin, bon, il m'a expliqué la situation. Merde, Sarah. J'ai l'impression que tout ça est ma faute. C'est moi qui vous ai dit que Gideon était mort.

— Eh bien, tu t'es trompé.

— Je sais. Il est comme les cafards ; il peut survivre à tout. Cet homme est dangereux. Et encore plus maintenant qu'il est désespéré.

J'eus du mal à sourire tant j'étais tendue.

— Et voilà que tu dois faire semblant de sortir avec moi. Quel plan d'enfer pour affronter un tueur désespéré comme Gideon Chase !

Il haussa les épaules.

— Tu ne connais pas aussi bien Gideon que moi. Lui et moi étions amis, il y a dix ans, jusqu'à ce que je comprenne qu'il n'est qu'un psychopathe. Ne commets pas l'erreur de le sous-estimer, sous aucun prétexte.

— Ne t'inquiète pas.

Je fronçai les sourcils.

— Aucun espoir de le raisonner ? Il n'y a vraiment rien à sauver chez lui ?

— Il tue des vampires.

— Tu le faisais aussi, et finalement tu es devenu un mec bien.

Il grimaça.

— Contrairement à lui, je n'y prenais aucun plaisir.

J'avais aidé Quinn. En fait, je l'avais fait quand je n'aurais sans doute pas dû, à l'époque où il pensait que je n'étais bonne qu'à être écrasée comme un moustique. Après avoir été transformé, il avait eu besoin de temps pour se rendre compte qu'il ne se sentait pas différent de l'humain qu'il avait été. Puis il avait compris qu'il avait mal agi par le passé. Il n'avait jamais été un de ces chasseurs à la nature maléfique.

Gideon allait devenir un vampire… si tout se passait comme il l'avait prévu. Verrait-il la lumière ? Était-il possible qu'il ne soit pas complètement pourri ? Qu'il reste une once de bonté en lui ?

On ne sait jamais, après tout.

— Thierry m'a mis au courant, pour la malédiction, poursuivit Quinn dans un murmure, avec un regard de côté.

Nous avions repris notre promenade, croisant quelques passants qui venaient de la direction opposée. Des gens apparemment ordinaires et inoffensifs.

— Il pense que c'est une bonne idée que je sois près de toi, au cas où.

Mon estomac fit un looping.

— Au cas où… quoi ?

— Par exemple si le Cercle décidait d'envoyer quelqu'un pour enquêter sur toi. Et quand je dis « enquêter », je sous-entends « éliminer ». Tu n'as qu'à me considérer comme une barrière de protection supplémentaire.

Je déglutis avec difficulté. Une nouvelle cause de tourments.

— Et Janie ? demandai-je à mi-voix.

— Elle aussi a accepté de jouer le jeu.

Je haussai un sourcil.

— J'ai vu une photo d'elle en train d'embrasser Thierry.

Quinn serra les dents et son expression se fit grave.

— Peut-être que je vais le tuer, après tout, en souvenir du bon vieux temps. Je suis sûr que je dois encore avoir un pieu affûté quelque part.

— Alors, c'est vrai ? Elle et toi, vous êtes ensemble ?

Il garda le silence un moment.

— Sauf si elle se rend compte finalement qu'elle préfère les vieux vampires sans aucun humour ni personnalité, comme d'autres femmes que je connais, rétorqua-t-il en me regardant, un petit sourire aux lèvres. Oui, nous sommes ensemble.

— Tu as de drôles de goûts en matière de femmes.

— Et toi en matière d'hommes.

— Ça nous met à égalité.

Il éclata de rire.

— Je sais que ça peut sembler dingue, mais je l'aime. Comme un fou. Et je veux passer le reste de ma vie avec elle.

— Mais elle est humaine. Tu imagines quand elle aura quatre-vingts ans et que toi tu seras toujours le même qu'aujourd'hui ?

— Elle est… eh bien, non, elle n'est plus humaine. C'est une vampire.

Il prit une grande inspiration.

— C'est une longue histoire, d'accord ? Quand il est question de vie ou de mort, il vaut mieux ne pas trop réfléchir avant de prendre des décisions.

J'essayai de ne pas trahir ma stupéfaction. Tout le monde semblait vouloir devenir vampire, ces temps-ci. Une nouvelle mode ? Ou le retour du *vintage* ? On était dans l'air du temps ? Peut-être était-ce cool d'être un buveur de sang.

Ben voyons.

J'aurais pu y croire, si j'avais été aussi naïve qu'Amy. J'aurais bien aimé, d'ailleurs.

Je soupirai.

— Je suis sûre que Janie n'est pas très heureuse à l'idée que tu fasses semblant d'être avec moi.

— Elle a promis de t'ouvrir en deux pour te dévorer le cœur si tu poses ne serait-ce qu'un doigt sur moi.

Je haussai les sourcils.

— Elle plaisantait, bien sûr, ajouta-t-il. Enfin, presque.

Il plissa les yeux, le regard perdu au loin.

— Quand on parle du loup.

Nous marchions de nouveau dans Yonge Street. Nous avions fait le tour du pâté de maisons tout en poursuivant notre conversation à mi-voix. Droit devant nous, je vis les silhouettes familières de deux vampires sortir du restaurant huppé dans lequel ils avaient passé une partie de l'après-midi, là où Amy avait joué les paparazzi un peu plus tôt.

Quinn passa un bras autour de ma taille alors que nous approchions.

Le regard de Thierry passa de l'un à l'autre.

— Quelle coïncidence. C'est toujours un plaisir, Sarah.

Ses paroles étaient chaleureuses, mais pas son expression. En fait, elle était glaciale.

Et d'ailleurs, la mienne aussi. J'étais à la fois heureuse de le voir et bien décidée à le snober parce qu'il ne me disait jamais rien. Absolument rien.

C'était tellement énervant.

Pourtant, j'étais censée jouer le jeu, et avec le sourire, en plus.

— Thierry, dis-je, sans essayer d'être aimable. Je vois que tu as une nouvelle amie.

— Une vieille amie, rectifia-t-il en prenant la main de Janie pour y déposer un baiser.

Je sentis mes joues s'empourprer et m'efforçai de me détendre et de donner le change.

Pour le moment.

Les yeux de Janie lançaient des éclairs.

— Contente de te revoir, Sarah.

— C'est réciproque.

Ma voix était tendue.

— Quel horrible collier, poursuivit-elle. Mais je suppose que tu n'as pas le choix des accessoires, en ce moment, n'est-ce pas ?

Je touchai la chaîne.

— Va te faire foutre.

Je foudroyai Thierry du regard.

— Et toi aussi.

Il haussa les sourcils.

— C'est une proposition ou tu essaies d'être grossière ?

— Plutôt la seconde option, répondis-je.

En fait, il trouvait ça drôle. Génial. Ma carrière de comique démarrait fort.

Janie afficha un sourire pincé.

— Seigneur, je plaisantais ! On dirait que tu as perdu ton sens de l'humour…

— Et toi l'adresse de ton coiffeur.

Elle se toucha les cheveux.

— Ça, c'est un coup bas.

J'essayai de contrôler mon démon intérieur. La nocturne tournait dans sa cage, grondant, cherchant un moyen de s'échapper même si je portais la chaîne autour du cou.

— Tu sais, Janie, je n'aurais jamais cru que Thierry soit ton genre, dis-je.

Un couple sortit du restaurant et passa entre nous pour monter dans un taxi. J'attendis qu'ils soient partis pour poursuivre :

— Je veux dire, la dernière fois que je vous ai vus ensemble, tu l'avais menotté et tu t'apprêtais à lui planter un pieu dans le cœur.

Elle s'appuya contre le grand corps musclé de Thierry.

— Il n'est plus question de pieu entre nous. Mais les menottes, ça peut être amusant, parfois.

J'enfonçai mes ongles dans le flanc de Quinn.

Il tressaillit et se racla la gorge.

— Nous devrions peut-être y aller.

L'expression de Janie se radoucit quand leurs yeux se croisèrent, et je sentis quelque chose passer entre eux.

— Je ne voudrais pas vous empêcher, toi et ta nouvelle petite amie… Enfin, je ne sais pas ce que Sarah fait de son temps libre.

— Elle s'envoie en l'air, dis-je. Des tas de fois. Et après, nous irons voir un film, si Quinn n'est pas trop fatigué. Je veux dire, après tout ce sexe.

— D'accord. Comme nous, quoi, répondit Janie d'un ton sec, s'accrochant plus fort au bras de Thierry.

C'était si gênant.

— Salut.

Alors que je passais près de Thierry, il me prit la main. Ce simple geste fit bondir mon cœur.

— Ce fut un plaisir de te revoir, Sarah, dit-il.

J'aurais juré lire du regret dans son regard gris argenté. Savait-il pourquoi j'étais en rogne ? Cela devait être écrit sur mon visage. Heureusement, un témoin de la scène aurait pensé que j'avais juste envie d'être aussi loin de Thierry que possible, une réaction tout à fait normale quand on croisait son ex.

Il me lâcha, et nos mains glissèrent l'une contre l'autre.

Je clignai des yeux et hochai la tête, la gorge serrée.

Je réussis enfin à détacher mon regard du sien. Thierry jeta un bref coup d'œil à Quinn, et bien qu'il ait lui-même fait appel à l'ancien chasseur pour nous aider, je ne discernai aucune once de chaleur dans son expression.

Quinn et moi reprîmes notre chemin.

— Ça n'a pas été franchement drôle, commenta-t-il. Et en plus, je vais devoir refuser de m'envoyer en l'air avec toi, parce que je suis un homme fidèle.

— Tant mieux, parce que je plaisantais.

Je me retournai et vis Thierry et Janie partir dans la direction opposée. Thierry regarda brièvement par-dessus son épaule, l'air toujours aussi tendu.

J'étais contente que cela l'ennuie de me voir avec un autre. Quelle mesquinerie de ma part.

Quinn sourit.

— Pour être honnête, quand je faisais une fixation sur toi, Sarah, je n'aurais pas cru possible qu'une autre femme me plaise. Mais Janie a déboulé dans ma vie au pire des moments. Je n'avais aucune envie d'une relation amoureuse, mais c'est comme si elle m'avait été envoyée par le destin.

— Ouais, elle a vraiment l'air d'une fille charmante, dis-je d'un ton sarcastique.

— Elle l'est. Mais elle sait le cacher.

Il garda le silence un moment.

— Thierry m'a dit que le Diable Rouge est de retour et qu'il garde un œil sur toi, lui aussi.

Je soupirai.

— Il y a tellement de gens qui m'observent que j'ai l'impression d'être dans une émission de téléréalité.

— La situation redeviendra très vite normale.

— Si on excepte la malédiction, et la transformation de Gideon en super-vampire.

— Oui, à part ça.

Et il rit.

— Tu es un aimant à problèmes. On ne te l'a jamais dit ?

— C'est un don.

En fait, c'était plutôt drôle. Disons que si cela arrivait à quelqu'un d'autre, alors, oui, je verrais l'humour de la situation.

— Est-ce que Thierry et toi avez discuté d'un plan, quelque chose dont je devrais être au courant, ou est-ce que nous allons juste continuer à sillonner la ville ?

Quinn me tira à l'écart, loin de la foule de plus en plus dense, pour que nous puissions parler plus ou moins en privé.

— Gideon doit mourir. Dès que nous aurons découvert l'identité des assassins qui travaillent pour lui et que tout le monde sera en sécurité.

J'ignore pourquoi cela me surprit.

— Et qui appuiera sur la détente ? Toi ?

Il secoua la tête.

— Thierry a confié cette tâche au Diable Rouge, qui que puisse être ce type. Il t'aime, Sarah. Je sais que j'en doutais, par le passé. Franchement, j'avais du mal à croire qu'un cœur battait sous cette façade d'abruti prétentieux.

Il m'adressa un grand sourire.

— Sans vouloir t'offenser.

— Partons donc du principe que nous ne sommes pas d'accord à propos de nos moitiés respectives.

— Marché conclu !

— Tu crois qu'on peut faire confiance au Diable Rouge ? demandai-je. Tu ne penses pas qu'il est dangereux ? Je veux dire, où était-il, ces cent dernières années ?

— Aucune idée. Mais Thierry a l'air de croire en ses capacités. Ça doit bien compter, non ?

— Je suppose.

Ce n'était que justice, en fait. Gideon voulait tuer le Diable Rouge. Et à présent, le Diable Rouge allait éliminer Gideon.

Alors pourquoi cela me semblait-il si mal ?

Est-ce que j'avais vraiment cru que cette histoire pouvait bien finir pour tout le monde ? N'importe quoi, n'est-ce pas ?

Je croisai les bras.

— Donc, tu approuves qu'on tue Gideon de sang-froid ?

Quinn regarda autour de lui, puis il m'attira plus près, comme si nous étions un vrai couple et qu'il ne pouvait pas s'empêcher de me toucher. Il répondit d'une voix si basse que je dus tendre l'oreille pour comprendre ses paroles.

— Qu'est-ce que tu fais, Sarah ?

— Comment ça ?

— Cet homme est un meurtrier. Tu ne t'attendris pas sur lui, n'est-ce pas ? Ce serait une énorme erreur.

— Bien sûr que non !

— Thierry m'a dit que tu étais allée le voir plusieurs fois à son hôtel.

— Thierry semble beaucoup plus bavard avec toi qu'il ne l'a été avec moi ces derniers temps. Mais c'est vrai. Et qu'est-ce que je suis censée faire ? Refuser ? En fait, j'ai rendez-vous avec lui ce soir.

— Pourquoi ?

— Peut-être qu'il n'arrive pas à se faire livrer une pizza où il est ? Je n'en sais rien. Tu vas m'empêcher d'y aller ?

— Non.

Son expression était dénuée d'humour.

— Sarah, je sais que c'est dans ta nature de voir le bon côté des gens. C'est un atout, mais ça pourrait aussi t'attirer des ennuis. Comme maintenant.

— J'ai tout de suite compris que tu étais quelqu'un de bien, non ?

— C'était différent, répondit-il, les traits tendus. J'ignore ce qu'il te dit ou la manière dont il agit avec toi, mais c'est un tueur vicieux. Ne l'oublie pas.

— Je sais y faire avec Gideon.

— Il pense que les vampires sont une forme de vie inférieure qu'il faut éradiquer. Je me fous qu'il prétende vouloir en devenir un ou qu'il te fasse son sourire à un milliard de dollars. Il est dangereux. Parce que tu es une vampire, il croit qu'il peut se servir de toi et t'écraser ensuite. N'oublie jamais ça.

Je me rappelai soudain un entrepôt glacial et sombre. Des photos de mes amis et de ma famille étalées sur une table pour me prouver qu'il savait où chacun d'eux vivait. De ses paroles menaçantes et froides au creux de mon oreille.

« Je les tuerai tous. »

Depuis cette nuit, je n'avais plus revu cette facette de Gideon. Il avait toujours semblé amical et heureux de me voir quand j'arrivais à son hôtel, sauf quand il souffrait le martyre.

Mais je ne devais pas oublier ce qu'il était vraiment. De quoi il était capable.

Je déglutis.

— Ne t'inquiète pas.

Quinn se pencha pour m'embrasser sur la joue.

— Sois prudente. Et tiens-toi sur tes gardes si tu revois le Diable Rouge. Je ne suis pas sûr de lui faire confiance.

— Moi non plus. Tu n'as pas la moindre idée de son identité, hein ?

Il secoua la tête.

— Tout ce que je sais, c'est que je n'aimerais pas être à la place de Gideon.

Je me mordillai la lèvre inférieure.

— Si Gideon meurt, il ira en enfer. Les feux l'y entraîneront aussitôt.

— Gideon y a sa place depuis longtemps, pour tout ce qu'il a fait au cours de sa vie. Ne te bile pas pour quelqu'un comme lui, Sarah.

— Non, évidemment.

Et c'était la vérité. Je haïssais Gideon. Il méritait de mourir.

Dans ce cas, pourquoi l'idée de le conduire à ce sort funeste me mettait-elle mal à l'aise ?

Quinn avait raison. J'étais faible. Une vraie guimauve.

Je ne devais plus voir en Gideon qu'un tueur implacable. Il n'avait rien en commun avec Quinn, qui avait changé, et il n'était pas Thierry, qui avait affronté son côté obscur au cours de sa longue vie d'immortel.

Je devais me souvenir de cela. Il y avait beaucoup trop de choses en jeu pour que je me permette de l'oublier.

Chapitre 7

J'étais aussi tendue et nerveuse quand j'entrai dans la chambre d'hôtel de Gideon que si j'avais passé la journée à avaler des doubles expressos. Thierry serait fou de rage quand il apprendrait où je me trouvais. Et je savais qu'il finirait par en entendre parler, grâce à mes pipelettes de gardes du corps, autrement dit Quinn et le Diable Rouge.

Pourtant, j'étais là.

J'assumerais les conséquences de mes actes plus tard.

Gideon m'attendait, assis dans le même fauteuil que la dernière fois où je l'avais vu. L'illusion tenait bon : je ne voyais toujours aucune cicatrice ternir la beauté de ses traits. Bien sûr, elles n'avaient pas disparu ; elles étaient juste dissimulées par la magie. Sa tenue laissait à désirer, cependant. Il ne portait qu'un pantalon de pyjama, et son torse musclé était nu.

Je ne pus m'empêcher de remarquer une dague à la lame incurvée, posée sur la table près de lui.

Gideon n'avait pas dit un mot depuis que j'étais entrée. Il se contentait de me regarder fixement.

Ce qui me mettait bien plus mal à l'aise que j'aurais voulu l'avouer.

— Le temps est-il agréable ? demanda-t-il enfin.

— Agréable ? répétai-je. Comment ça ?

— J'ai vu qu'il y avait du soleil, mais je ne suis pas sorti de la journée.

Je parlais de la pluie et du beau temps avec l'homme le plus dangereux que j'aie jamais rencontré. Bien sûr. Pourquoi pas ?

— Oui, c'était agréable. Il ne faisait pas trop froid.

— Le soleil ne vous dérange pas du tout, en tant que vampire ?

Je secouai la tête.

— Pas vraiment. Il m'éblouit un peu, comme lorsqu'on conduit sans lunettes de soleil, et j'ai toujours envie de faire la sieste après une exposition prolongée, mais ce n'est pas si terrible.

— Et quand vous êtes une nocturne ?

Je déglutis.

— Alors je fais comme dans les films : je fonds, et je deviens une grosse flaque de la mort.

— Ça n'a pas l'air plaisant.

C'était peu de le dire. Et c'est pourquoi j'avais besoin du grimoire de la sorcière. Terriblement besoin. Le sorcier adolescent ne m'avait pas donné l'impression qu'il tenterait de nouveau l'éradication, même si j'acceptais d'y laisser six mois de souvenirs. Je crois qu'il avait parlé de lobotomie, s'il essayait. Mais comment allais-je pouvoir me procurer ce maudit manuscrit sans vendre mon mystérieux garde du corps ? Qu'il mérite ou pas ma loyauté était matière à débat, mais il devait bien y avoir un moyen pour que je mette la main sur ce que je voulais sans avoir à me rendre complice d'un meurtre.

Bien sûr, je pouvais changer d'avis à tout instant. La menace de me transformer en flaque de la mort était une puissante force de motivation.

J'observai le leader des chasseurs de vampires.

— J'espère que vous ne m'en voudrez pas de ma franchise, Gideon, mais malgré l'illusion vous avez une sale tête.

Il serrait les accoudoirs, muscles saillants. Sa peau avait une pâleur malsaine et son front était recouvert d'une fine pellicule de transpiration.

— Sans doute parce que je me sens mal.

— C'est toujours cette douleur ?

— Depuis que j'ai été touché par les feux de l'enfer, elle ne me quitte jamais vraiment. Aujourd'hui, elle est pire que jamais.

Je ne pus m'empêcher de tressaillir en voyant sa détresse. Comme Quinn me l'avait rappelé un peu plus tôt, j'étais un ourson en guimauve avec des crocs.

Reprends-toi, la fille au cœur tendre, m'intimai-je. *C'est l'homme qui a menacé de tuer tous ceux que tu aimes si tu dis ou fais une chose qu'il désapprouve. N'oublie jamais ça.*

Je n'allais certainement pas l'oublier.

— J'ai besoin de vous, dit-il entre ses dents serrées.

— Quoi ?

— Approchez.

Mon regard alla se poser brièvement sur la dague alors que je m'exécutais.

— C'est pour quoi faire ? Affûter vos pieux ? L'un des chasseurs que j'ai rencontrés en avait fait un hobby.

— J'ai besoin d'un peu de votre sang. Maintenant. Ça ne peut pas attendre.

Je fus surprise.

— Mais le rituel…

Il prit une inspiration saccadée et leva les yeux pour croiser mon regard.

— Il aura lieu comme prévu. C'est… différent. D'après mes recherches sur votre sang particulier, il pourrait atténuer la douleur que je ressens. Si je pouvais en boire un peu dès à présent… ça m'aiderait peut-être à réfléchir. La douleur… me détruit. S'il vous plaît, Sarah. Aidez-moi.

Ce qui coulait dans mes veines était un élixir capable de guérir tous les maux ? Et moi qui cherchais justement un nouveau boulot. Je pourrais vendre mon sang à prix d'or.

Gideon voulait que je le soulage. Il comptait sur moi. C'était un bon début.

— Je vous aiderai, répondis-je. Mais il va falloir me promettre que tous mes amis n'auront plus rien à craindre. Plus d'assassins ni d'espions. Je veux que vous les rappeliez tous.

— Non.

Je plissai les yeux.

— Non ? On ne peut même pas négocier ?

— Demandez-moi autre chose. N'importe quoi.

— Le grimoire.

Il secoua la tête.

— Vous l'aurez en échange des informations qui me conduiront au Diable Rouge. Exigez de l'argent, des cadeaux… des fourrures, des diamants, ce que vous voudrez. Je peux vous donner ce qui vous fera plaisir.

— Je n'ai rien à faire de tout ça, l'assurai-je, campant sur mes positions. Rappelez les assassins ou donnez-moi le grimoire, et je vous aiderai.

Je le vis tressaillir.

— Qu'est-ce qui me prouve qu'ensuite, vous accepterez de prendre part au rituel ?

— Vous avez ma parole.

Il me foudroya du regard.

— Je ne peux pas me contenter de ça.

— Vous ne me faites pas confiance ?

— Non.

— Oh, ça fait mal, Gideon. Vraiment. Je croyais que nous étions amis.

Il réussit à rire de mes paroles.

— J'en suis sûr.

Je croisai les bras.

— D'accord, je n'y ai jamais cru. Mais vous vous êtes donné beaucoup de mal pour me faire gober que vous êtes un homme bien.

— Et c'est si difficile à croire ?

— Plus que vous ne pourriez l'imaginer.

Ses lèvres frémirent.

— Vous êtes la première femme au monde qui m'ait jamais résisté.

Je levai les yeux au ciel.

— Même à l'agonie, vous êtes encore tellement puant d'orgueil, Gideon. Je vais vous dire, je peux vous résister parce que je sais ce que vous êtes. Et je sais ce que je suis. Les chasseurs tuent les vampires, au cas où vous l'auriez oublié.

— Je n'ai rien oublié.

Je secouai la tête.

— Pourquoi devrais-je vous aider si vous ne voulez rien faire pour moi en retour ? Ce n'est pas très équitable, comme marché.

Il haussa un sourcil.

— Eh bien, parce que j'ai des assassins à ma solde, et qu'il me suffirait d'un coup de fil pour mettre mes menaces à exécution. Vous ne m'en croyez pas capable ?

Je plissai les yeux.

— Oh, si. Je ne vous sous-estime pas. Je sais qui vous êtes. J'ai fait des recherches.

— Et qui suis-je ?

— Un meurtrier. Pourquoi aiderais-je un homme comme vous par simple bonté d'âme ? Vous n'obtiendriez rien de moi sans menaces.

— Vous avez absolument raison, dit-il à mi-voix.

— J'ai croisé bien des chasseurs au cours des trois derniers mois, et je dois dire que la plupart étaient de vrais crétins. Mais vous n'êtes pas idiot. Je n'arrive pas à croire que vous pensiez vraiment que tous les vampires méritent de mourir. Ce sont des êtres vivants. Ils pensent, pleurent, plaisantent et font l'amour. Ils vivent leur vie, vont au boulot et se marient. Mais parce qu'ils sont un peu différents, vous trouvez ça suffisant pour les mettre à mort. Vous savez que ce que vous faites est mal, et ça ne vous arrête pas.

Comme il ne répondait pas, je marchai jusqu'à l'autre bout de la pièce, puis revins me camper devant lui.

— Malgré toutes vos femmes, votre argent et votre pouvoir, vous êtes donc complètement mort à l'intérieur, Gideon ? Oui, bien sûr. Oubliez les feux de l'enfer. Vous êtes déjà mort, et tuer des vampires est la seule chose qui vous aide à vous sentir vivant.

D'accord, je ne m'attendais pas à faire un si long discours. Je devrais penser à faire de la politique. Mais ce n'était pas tous les jours qu'une jeune vampire comme moi avait l'occasion de se retrouver en face du chef des chasseurs et de lui dire le fond de sa pensée.

Finalement, mon demi-semestre de psychologie à l'université n'avait pas été inutile. Gideon avait peut-être été très beau et incroyablement populaire auprès des bimbos de la haute et joui d'un pouvoir immense auprès des chasseurs du monde entier, comme son père et son grand-père avant lui. Mais il n'était qu'une coquille vide qui n'avait d'humain que l'aspect. Soudain, je me sentis étrangement désolée pour lui.

Gideon me regardait fixement, immobile et silencieux. La seule chose qui indiquait qu'il était toujours vivant était l'expression de douleur traversant parfois son regard.

J'attendis sa réponse, craignant d'être allée trop loin, mais assez en colère pour ne pas m'en soucier.

— Vous n'êtes pas ma première vampire, dit-il. Il y a quelque temps, j'en ai rencontré une autre. Elle était très belle, forte et dangereuse. J'allais la tuer, mais elle m'a séduit. Le sexe a été grandiose, parmi les meilleures expériences de ma vie, mais je savais qu'elle ne faisait ça que pour sauver sa peau. C'était une opportuniste. Une égoïste de première. Elle aurait fait n'importe quoi pour assurer sa survie. Quand je me suis réveillé au matin, elle était partie.

Je m'humectai les lèvres.

— Vous devriez écrire cette histoire et l'envoyer à *Playboy*, au courrier des lecteurs. Je suis sûre qu'ils adoreraient.

Il ne m'avait pas quittée du regard.

— Pendant un moment, durant la nuit, je l'ai considérée autrement qu'une vampire, ou qu'un monstre. Je l'ai vue comme une femme. Si elle avait toujours été là à mon réveil, je ne crois pas que je l'aurais tuée. Je me sentais différent à l'intérieur. Quelque chose avait changé. Mais son absence m'a permis de mettre ça de côté. Depuis cependant, j'ai toujours eu au fond de moi un sentiment qui fait écho au vôtre. C'est moi, le monstre. Pas elle. Pas vous.

— Eh bien, elle devait vraiment être bonne au lit.

Je parlais d'un ton léger, mais j'avais la gorge serrée de l'avoir entendu dire qu'il avait été à un doigt de changer ses mauvaises habitudes.

— Pourtant, vous êtes retourné au boulot, comme si de rien n'était, n'est-ce pas ?

— Oui. Je ne le nie pas. Et vous aviez raison. Chasser me procurait la sensation d'être vivant. Ça me donnait un objectif. Je n'en avais pas d'autre. Mais…

Il fronça les sourcils.

— À la veille de devenir un vampire moi-même, de mon plein gré…

— Vous n'avez pas vraiment le choix.

— Non, mais l'idée d'être transformé en une créature que j'ai chassée et massacrée toute ma vie ne m'emplit ni d'effroi ni d'appréhension. Cela me donne de l'espoir. Je ne veux pas redevenir celui que j'étais avant. Je veux être différent. Je veux changer. Et quand ce sera fait, peut-être pourrais-je faire évoluer d'autres chasseurs.

J'en eus la chair de poule et secouai la tête, refusant de le croire.

— Vous êtes en train de me mentir, n'est-ce pas ?

— Je vous assure que non.

Il cligna des yeux.

— Aidez-moi, Sarah. S'il vous plaît, donnez-moi un peu de votre sang ce soir. Il est possible que ça ne marche pas, mais vous êtes la seule qui pourrait faire cesser la douleur.

Je n'arrivais pas à assimiler ce qu'il venait de dire. C'était trop incroyable. Gideon voulait être différent ? Il voulait changer les choses ?

— Merde, murmurai-je dans un souffle en le voyant se tordre sous un nouvel assaut des flammes invisibles.

Son torse se souleva.

Bon. La Sarah *happy hour* était officiellement ouverte… même s'il ne m'avait donné que des mots en échange.

Je ne sentis même pas la lame quand je m'entaillai l'avant-bras. Bon, d'accord, c'était un mensonge. Cela me fit un mal de chien, mais j'étais un peu sonnée par le récit de Gideon et ça m'aida considérablement.

Puis je lui présentai mon bras.

— À la vôtre.

Il l'étudia un instant, comme s'il était surpris que j'aie fini par accepter d'être son digestif du soir. Une ligne rouge grossissait là où je m'étais coupée. Il porta enfin le bras que je lui offrais à sa bouche.

N'ayant aucune faim de sang, parce qu'il était toujours humain, il ne but pas avec avidité, comme l'aurait fait un vampire affamé. Je sentis la caresse de sa bouche, hésitante, alors qu'il me goûtait.

Notre proximité me rendait gauche et plus que craintive, tandis qu'il aspirait plus fort. Il ne me lâcha pas. En fait, sa prise se raffermit.

Au bout d'une minute, il leva vers moi un regard surpris.

— Je crois que ça fonctionne. La douleur n'est déjà plus aussi vive.

— Je suis un remède vivant et parlant contre toutes les blessures démoniaques.

— Oui, vous l'êtes.

Il me sourit, et se pencha de nouveau.

Je sentis quelque chose remuer en moi sous l'effet du contact de sa langue contre ma peau. Cela me perturba infiniment plus que tout ce qui s'était passé ce soir.

Gideon n'est pas Quinn, me rappelai-je avec sévérité. *Il est mauvais. Peu importe ce qu'il essaie de te faire croire, ça ne change rien. Ce ne sont que des mots.*

Et il n'était pas Thierry. J'aimais Thierry. Même si sa nature secrète et bornée me rendait folle, cela ne changeait rien au fait que je désirais être avec lui. C'était pour cela que je jouais le jeu avec Gideon. Pour m'assurer que tout irait bien. Que tout finirait par s'arranger, à la fin.

Gideon me tenait si fort que je dus m'appuyer contre son fauteuil pendant qu'il buvait.

Il émit un son étrange, comme un soupir de soulagement.

— C'est la première fois depuis l'accident que je n'ai plus mal du tout.

Il se leva de son siège, ayant recouvré ses forces. Il posa les mains dans le creux de mes reins et m'attira contre lui. Je voulus le repousser.

— Le bar est fermé, dis-je.

— Alors, il faut que je règle l'addition.

Il se pencha pour m'embrasser dans le cou, parcourant ma taille et mes hanches du bout des doigts.

— Arrêtez, Gideon…

Et soudain, il posa ses lèvres sur les miennes.

Gideon Chase était en train de m'embrasser.

C'était si mal.

Et ce qui l'était encore plus, c'était que je lui rendis son baiser.

Mais juste une seconde.

Je le repoussai, usant de ma force accrue de vampire. Cela suffit à l'éloigner de moi.

Je m'essuyai la bouche avec le dos de la main.

— Ce n'était pas au menu.

— Je ne m'étais pas senti aussi bien depuis longtemps. Je n'ai pas pu me retenir.

Il m'adressa un large sourire, exhibant ses parfaites dents blanches.

— Je savais que vous m'aimiez bien, en dépit de tout. Vous ne pouvez plus le nier, n'est-ce pas ? Je pense que nous pourrions être d'excellents amis, si vous vous laissiez aller.

— Dans vos rêves.

— Très bientôt, je serai un vampire, et vous ma créatrice. Cela crée un lien très spécial, n'est-ce pas ?

Mes joues étaient en feu.

— Pas le genre de lien auquel vous pensez. Nous avons fini. Je m'en vais.

Je me retournai pour sortir.

Il s'interposa entre la porte et moi.

— Restez avec moi.

— Non, pas question.

Je tendis la main vers la poignée.

Il m'agrippa juste au-dessus de la blessure qui cicatrisait déjà.

— Je sais que vous êtes de nouveau avec Quinn. On m'a informé que vous aviez été vus ensemble, dans la journée.

Les nouvelles allaient vite. Ce devait être un coup de l'« aveugle » et de son chien louche.

— Et alors ?

Il changea sa prise pour me prendre la main et entrelacer nos doigts.

— Oubliez-le.

Il se pencha pour murmurer contre mes lèvres :

— Et oubliez Thierry. Passez la nuit avec moi. J'ai envie de vous.

Il m'embrassa de nouveau. Mais il avait réussi à implanter la pensée de Thierry dans mon esprit, et une vague de culpabilité me submergea. Pourquoi étais-je encore là ?

Je voulus me dégager, mais il glissa sa langue entre mes lèvres. Je la lui mordis. Une petite entaille ne permettrait pas à mon fidèle virus de pénétrer dans son système sanguin, mais cela réussit à le faire reculer. Il porta la main à sa bouche.

— Ne recommencez plus jamais, l'avertis-je.

Il plissa les yeux et me serra le bras plus fort, à me faire mal.

— D'habitude, je prends ce qui me plaît, quand j'en ai envie.

— Je m'en souviendrai si je dois porter plainte.

Je secouai la tête.

— Vous voyez ? Je savais que le vrai Gideon était là, tapi sous cette façade sympathique.

Il haussa un sourcil.

— Et ça ne vous a pas empêchée de vous approcher de moi, n'est-ce pas ? Vous m'avez embrassé aussi. Inutile de le nier.

Mon cœur se serra.

— Je n'en avais pas l'intention. Mais écoutez-moi, Gideon. Je me fiche de ce que vous pouvez me dire ou essayer de me faire croire. La seule raison qui me pousse à vous obéir, c'est que je n'ai pas le choix. Vous avez menacé mes amis. Vous gardez le grimoire pour m'obliger à faire vos caprices.

— Je regrette d'avoir dû employer des moyens aussi extrêmes, mais il fallait que je m'assure de votre coopération. Je promets de vous revaloir ça un jour. Réfléchissez à ma proposition, restez avec moi cette nuit. Nous pourrions découvrir qu'il y a bien plus entre nous que des différences.

Il fit glisser sa main jusqu'en bas de ma colonne vertébrale.

Je fis « non » de la tête.

— Bonne nuit, Gideon. Cette entrevue est terminée.

Son expression se fit plus grave et il resserra sa prise un instant, avant de me lâcher.

—À bientôt, Sarah.

J'ouvris la porte et sortis de sa suite sans un regard en arrière, complètement ébranlée.

J'étais dans la merde.

Une merde noire.

Mais qu'est-ce qui m'avait pris, bon sang ? Je maîtrisais complètement la situation à mon arrivée. Puis j'avais vu sa souffrance. Il m'avait parlé de son comportement passé de psychopathe, et son histoire m'avait laissé entendre qu'il existait peut-être encore quelque chose de bon en lui, assez pour qu'il puisse souhaiter se racheter. Je lui avais donné un peu de mon sang… et je l'avais embrassé.

Ou plutôt, il m'avait embrassée.

De la sémantique. Disons qu'il y avait eu un baiser.

Comme je le haïssais !

Vraiment.

Ou du moins essayais-je de m'en convaincre.

Étais-je atteinte du syndrome de Stockholm ? Quand la victime commençait à éprouver de la sympathie pour son ravisseur ? Croyais-je réellement qu'il voulait changer de vie, après toutes ces années ?

Il fallait que j'aille voir un psy. Peut-être me faire enfermer dans une chambre capitonnée. Le plus tôt serait le mieux.

Au moins, je savais sans l'ombre d'un doute que je n'étais pas en train de tomber amoureuse de lui. Après tout, j'aimais déjà Thierry.

Ce que j'éprouvais pour Gideon, c'était… autre chose. Un sentiment plus effrayant, que je n'aurais pas su nommer.

Je descendis Bloor Street, essayant de ne pas penser. Parce que c'était très douloureux. Vraiment.

Mais cela ne m'empêcha pas de m'apercevoir que j'étais suivie. Ce qui voulait dire qu'il ne pouvait s'agir que de mon fidèle garde du corps masqué, puisque mes sens en alerte le repéraient instinctivement dès qu'il se trouvait à moins de vingt pas.

Peut-être était-il assez vieux pour émettre des méga vibrations de maître vampire ? Parfois, Thierry et moi avions ce genre de connexion. Je ne l'utilisais pas très souvent, parce que j'aurais eu l'impression de le suivre partout comme une petite amie folle de jalousie. Mais je pouvais le trouver si nécessaire, aussi facilement que s'il avait porté un GPS, à condition de me concentrer à fond. Ce dont j'étais bien incapable pour le moment.

Je m'arrêtai et pivotai sur les talons, mais il n'y avait personne. Je soupirai, tremblante, les nerfs à vif après avoir rencontré Gideon. Il n'avait pas beaucoup bu, pourtant je me sentais encore un peu faible.

Et pas parce que j'avais donné mon sang.

Mon ombre commençait à sérieusement m'agacer. Il aurait au moins pu se montrer. Dire « bonjour » ou quelque chose dans le genre. Je pouvais même me contenter d'un hochement poli de la tête.

— Il faut que je vous parle, dis-je, assez fort pour que le Diable Rouge m'entende.

Une femme qui venait vers moi m'adressa un drôle de regard.

— Non, pas vous. Circulez.

Qu'allais-je bien pouvoir lui dire ? Je l'ignorais. Mais je voulais des réponses. Si Thierry refusait de me révéler quoi que ce soit au sujet de ce justicier vampire, l'homme masqué lui-même se révélerait peut-être plus bavard.

Je poursuivis ma route jusqu'à l'intersection suivante. Un restaurant italien se trouvait au coin de la rue, avec son parking à moitié vide. Je gagnai l'arrière du bâtiment et m'arrêtai, adossée au mur. Je n'attendis pas longtemps qu'une silhouette sombre apparaisse : c'était le Diable Rouge. Il resta en retrait, à quelques mètres au-delà du cercle de lumière diffusé par le réverbère sous lequel je me tenais. Son visage était dans l'ombre et je ne pouvais discerner que son masque, ses cheveux noirs et son long manteau.

Il m'étudia en silence.

— Qui êtes-vous ? demandai-je.

— Quelqu'un qui veut apporter son aide.

Il parlait bas, d'une voix rauque, m'obligeant à tendre l'oreille.

Je le lorgnai avec scepticisme.

— Où étiez-vous, ces cent dernières années ?

— Ici et là.

Très précis. Je faisais une overdose d'informations.

— Super réponse. Vraiment.

Il resta silencieux un moment.

— Je sais que vous êtes retournée voir Gideon. Je vous ai attendue devant l'hôtel.

— Tapi dans l'ombre.

— C'est comme ça que j'opère.

— Quinn m'a parlé de ce que vous projetez de faire. Tuer Gideon.

Il pinça les lèvres.

— Et vous êtes contre cette décision ?

Ma lèvre inférieure trembla un peu.

— Peut-être ne suis-je pas très à l'aise avec l'idée d'un meurtre.

— Vous semblez bouleversée.

— Vraiment ?

— Oui. Que s'est-il passé ?

— À part rester seule dans une ruelle, derrière un restaurant, avec un type masqué qui refuse de répondre à mes questions ?

— Que s'est-il passé avec Gideon ? demanda-t-il encore d'une voix tendue. Vous a-t-il fait du mal ?

— Vous savez, c'est drôle. Il n'a jamais posé la main sur moi. Du moins pas comme vous pensez.

— Qu'est-ce que ça veut dire ?

— Ce soir, il voulait un peu de mon sang. Il pensait que cela apaiserait sa douleur. Je lui en ai donné.

Il plissa les yeux.

— Et ça a fonctionné ?

— Bizarrement, oui.

— Et ensuite, qu'a-t-il fait ? Il vous a encore menacée ? Il vous a rappelé qu'il vous tenait en son pouvoir ?

— Pas vraiment, haussai-je les épaules. Mais, si vous voulez le savoir, il m'a embrassée.

— *Quoi ?*

Sa réaction fut plus vive que prévu, et cela m'étonna. J'observai l'homme caché dans l'ombre. J'ignorais pourquoi je partageais cela avec lui. Sans doute était-ce moins cher qu'une thérapie.

— Qu'est-ce que vous voulez que je vous dise ? Je suppose que je suis irrésistible quand je saigne.

Il jura tout bas.

— Peut-être vais-je devoir le tuer dès maintenant.

Je le regardai avec stupeur.

— Qu'est-ce que ça peut bien vous faire ? Il ne m'a pas fait de mal.

— Vous…

Il ne termina pas sa phrase.

— On dirait que vous le défendez. J'aurais cru que vous seriez bouleversée, mais je commence à me dire que vous aimez ce genre d'attentions.

— Ah oui, vraiment ? dis-je d'un ton sec.

— Peut-être que ça vous a plu.

Je le foudroyai du regard.

— Qui sait ? Et c'est peut-être ce qui me bouleverse.

— Intéressant.

Il avait dit cela avec une telle froideur.

— Merci.

— J'ai entendu dire que vous aimiez bien recevoir les hommages de beaux chasseurs de vampires.

Mon visage s'empourpra à ces mots.

— Quoi ? Seigneur, je me demande qui vous a raconté ça.

— Pour moi, c'est un peu… quel est le terme exact…

— Stupide ? achevai-je à sa place. Je crois que c'est comme ça que vous m'avez appelée cette nuit-là, dans la ruelle. Et vous aviez raison, comme vous avez sans doute raison maintenant.

Il afficha un petit sourire.

— Je préfère « naïve ».

— Merci pour votre opinion.

Il me regardait avec une telle intensité que j'en ressentais presque une brûlure.

— Croyez-vous que Gideon soit un autre de ces chasseurs que vous pourrez ramener dans le droit chemin ?

— On ne sait jamais.

Il secoua la tête.

— Comme je le disais… naïve. Et totalement égocentrique. Vous n'arrivez pas à voir la situation de manière objective.

Je lui adressai un regard noir. Mon anxiété s'était lentement muée en colère.

— Pour info, Gideon veut vous tuer, maintenant que vous avez refait surface après un siècle passé Dieu sait où. Il veut que je le conduise à vous, et en échange il me donnera le grimoire qui m'aidera à rompre la malédiction. Mais je ne lui ai encore rien dit à votre sujet.

— Vous ne savez rien de moi, si ce n'est que je suis ici pour protéger une personne qui paraît bien décidée à ne pas l'être.

Ma colère retomba un peu à ces paroles.

— Je suis navrée. Je sais que vous essayez vraiment de m'aider. Sans vous, j'aurais fait du mal à cette jeune vampire… J'aurais même pu la tuer.

— Il ne s'est rien passé.

— Uniquement grâce à vous.

Je croisai les bras, me sentant démunie face à mes multiples faiblesses et erreurs. Il était temps que je rentre chez George et ajoute cette journée à la liste des plus merdiques de mon existence. Je touchai la chaîne en or.

— J'ai peur de ne pas trouver le moyen de rompre la malédiction. Un jour, je perdrai le contrôle et je blesserai quelqu'un pour de bon s'il n'y a personne pour m'en empêcher. Et Gideon semble détenir l'unique solution à mon problème.

Il garda le silence un moment.

— Vous pouvez trouver en vous la force de combattre ces pulsions.

Je haussai les sourcils.

— On dirait que vous parlez d'expérience.

Il se détourna, et je crus que c'était fini, qu'il allait disparaître dans l'obscurité. Mais il s'arrêta.

— Je pense que vous êtes très forte, Sarah. Il faut seulement que vous y croyiez.

Quelque chose dans la façon dont il prononça mon nom de sa voix basse et rauque me sembla soudain étrangement familier.

Je m'avançai vers lui alors qu'il s'apprêtait à s'en aller et je l'attrapai par le bras.

— Hé, attendez une seconde…

Il tourna un peu la tête. Et durant une fraction de seconde, je vis la partie de son visage qui n'était pas cachée par le masque. Sa bouche, son menton, sa mâchoire et ses yeux. J'étais également assez près pour sentir l'odeur de son eau de toilette, épicée et étrangement familière.

— Rentrez chez vous, dit-il d'un ton bourru.

Et il s'écarta vivement de moi.

Lors de nos deux premières rencontres, c'était comme si j'avais porté des œillères. Même ce soir, j'avais été trop préoccupée par ce qui s'était passé avec Gideon pour remarquer le moindre détail. Le Diable Rouge était toujours resté dans l'ombre. Et il déguisait sa voix quand il me parlait.

J'avais cru que cela faisait partie du personnage. Mais non. Il y avait autre chose. Il ne voulait pas que je puisse l'identifier.

Mais je savais désormais. La véritable identité du Diable Rouge venait de me percuter comme une lame de fond.

C'était Thierry.

Chapitre 8

Par tous les démons de l'enfer !
Thierry était le Diable Rouge.

Hébétée, je rentrai chez George, ouvris la porte et allumai l'ordinateur d'une main tremblante. Le vieux portable que m'avait prêté Amy était capricieux et je devais emprunter – « voler » est un terme si déplaisant – la connexion des voisins, mais tout ça fonctionnait assez bien. Il fallait que je fasse des recherches. Chaque minute passée loin du Diable Rouge me faisait douter un peu plus de ce que j'avais vu. Quelqu'un avait dû me faire prendre du LSD à mon insu. Peut-être que j'étais fatiguée, ou prête à prendre mes désirs pour des réalités… ou folle à lier. Après tout, mon rendez-vous avec Gideon m'avait laissée complètement déboussolée.

Il devait y avoir une explication plus rationnelle, parce que l'idée que Thierry puisse être le Diable Rouge appartenait à la quatrième dimension. Et pourquoi ne m'aurait-il rien dit à ce sujet ?

Bien sûr, il était du genre secret, mais… quand même, là, c'était énorme !

Et très difficile à croire, parce que même s'il était sexy, merveilleux et que j'étais folle de lui, à mes yeux, Thierry n'avait rien d'un justicier. Du tout. Il préférait éviter les conflits, et affirmait même qu'il était plus sûr de vivre caché pour ne pas se retrouver au bout d'un pieu. Tous ceux qui le connaissaient en personne ou de réputation savaient que c'était sa méthode préférée pour affronter les situations difficiles. Pourtant il savait se battre, en cas de besoin, et je savais qu'il pouvait en imposer dans un combat. Je l'avais vu projeter un homme d'un bout à l'autre d'une pièce. Cet homme, c'était Quinn, et c'était une autre histoire.

Mais ça ?

C'était incroyable. Et pourtant, tout au fond de moi, je sentais que j'avais toujours su la vérité.

D'accord, c'était un gros mensonge. Je n'avais absolument rien capté.

J'ouvris mon navigateur Internet et lançai une recherche sur les termes « diable rouge », et j'obtins une multitude de liens vers des sites de groupes de rock ou de clubs de striptease. Ce qui ne m'aida pas beaucoup, évidemment. J'ajoutai les mots clés « vampire » et « justicier » à l'équation et récoltai quelques références obscures. Rien de concret. Il me fallut une heure pour dénicher enfin un petit croquis. Il n'était pas très bon, et il était possible qu'il ait été fait par quelqu'un qui ne l'avait jamais vu en vrai. Cependant, le masque et la bouche étaient plutôt ressemblants. Ce n'était pas une preuve, mais je tenais quelque chose.

Il n'existait pas beaucoup d'informations sur lui, et ce que je trouvai ne fit que confirmer ce que je savais déjà. Il avait sauvé les vampires des chasseurs pendant des siècles avant de disparaître, voilà cent ans. Ce qui correspondait à la période où Thierry s'était tenu à l'écart du monde vampirique.

Jusqu'à ce qu'il me rencontre.

Véronique s'intéressait au Diable Rouge et voulait avoir une aventure avec lui. Elle me l'avait dit elle-même. Je savais qu'il lui avait sauvé la vie il y avait longtemps, donc ils s'étaient déjà retrouvés face à face. Or elle ne m'avait donné aucune indication sur la possibilité que ce soit Thierry. Comment avait-elle pu être aveugle à ce point ? Elle connaissait Thierry depuis six siècles, n'est-ce pas ? Je ne l'avais rencontré que trois mois auparavant, et je l'avais immédiatement reconnu !

Enfin, presque immédiatement. Une fois près de lui.

Le lendemain matin, après une nuit agitée, j'appelai Véronique dans sa chambre d'hôtel au *Windsor Arms*. Elle accepta de prendre un café avec moi à 10 heures.

— Bonjour, ma chère, commença-t-elle en prenant place. Dois-je en conclure que vous êtes libérée de la malédiction et que vous voulez fêter ça avec une amie proche ?

Elle parlait d'elle-même, bien sûr. J'aurais souhaité avoir un centième de sa confiance en elle.

Je sortis de mon sac l'argent qu'il me restait sur les deux mille dollars qu'elle m'avait donnés, en lui expliquant ce qui s'était passé avec le jeune sorcier, et pourquoi l'éradication n'avait pas été pratiquée.

— Je vous rendrai le reste aussi vite que possible, dis-je en poussant les billets vers elle. Je suis sûre de pouvoir économiser une telle somme en quelques… euh… je vais aussi vous écrire une reconnaissance de dette.

Elle fronça les sourcils.

— Donc, vous n'êtes pas guérie.

— J'en ai peur.

— C'est une très mauvaise nouvelle.

— Ne m'en parlez pas, soupirai-je. Si vous avez l'occasion de parler avec le Cercle, dites-leur que je fais tout mon possible pour me débarrasser du mauvais sort et que ce serait sympa qu'ils ne me tuent pas tout de suite.

— Je n'y manquerai pas.

Elle était vraiment troublée par cette nouvelle, ce qui me rendit nerveuse. Véronique semblait toujours si imperturbable.

— Quelque chose ne va pas ? demandai-je d'un ton hésitant.

— Seriez-vous d'accord pour subir cette éradication dans le futur ? Même si cela signifiait perdre tous vos souvenirs de vampire ?

Je serrai la tasse en face de moi.

— Je ne sais pas.

— Existe-t-il un autre moyen de lever la malédiction ?

Autre que de servir le Diable Rouge, alias Thierry, sur un plateau à Gideon Chase puis de rouler de grosses pelles à ce dernier ?

— Je suis toujours à la recherche d'autres options. (Je touchai mon collier hideux.) Mais au moins j'ai cette chaîne. Je n'ai pas l'intention de la retirer de sitôt, même si elle se mettait à me donner des allergies.

Elle regarda ma gorge.

— C'est vrai, vous avez un Carastrand.

Je clignai des yeux.

— Un quoi ?

Elle se renfonça dans son siège et montra la chaîne de la tête.

— Un Carastrand.

— J'ignorais qu'on l'appelait comme ça. Thierry ne me l'avait pas dit.

— Thierry ne sait pas tout, dit-elle avec simplicité. Je me rappelle très bien l'époque où les nocturnes existaient en nombre. Il y en avait surtout à Londres et Paris. C'était au XIXe siècle. Ils semblaient si humains. En fait, certains n'avaient pas de crocs et devaient arracher la gorge de leurs victimes de manière vraiment violente…

Elle frissonna.

Je touchai de nouveau la chaîne.

— J'ai essayé de faire des recherches, mais en vain. J'en ai déduit qu'il s'agit d'un remède secret.

— Un Carastrand diminue les effets de la magie noire et tempère les natures mauvaises. C'est ce pour quoi il est créé. Son nom vient de l'espagnol *cara*, qui signifie « visage », autrement dit, il n'agit que sur les apparences. Sa force diminue rapidement, parce qu'il faut beaucoup d'énergie pour contrôler les appétits d'un nocturne. Malheureusement, cette solution n'est que temporaire.

Cette information me fit l'effet d'un coup de poing dans le ventre.

— Temporaire ?

— Oui.

— Thierry l'ignore, soufflai-je. Ou il a oublié de le mentionner.

— Comme je l'ai déjà dit, mon époux ne sait pas tout, ma chère, déclara Véronique en tendant la main pour toucher la mienne. Je crois que vous avez encore du temps devant vous. Vous n'avez été envoûtée qu'il y a deux semaines, n'est-ce pas ? Le Carastrand devrait encore fonctionner quelque temps. Mais faites bien attention de ne pas le casser. Autrefois, j'ai connu un nocturne qui désirait se contrôler, alors il en portait un, lui aussi. Au cours d'un combat, le bijou fut arraché de son cou, et la fermeture se brisa. Même réparé, il n'a plus jamais fonctionné.

— Qu'est-il arrivé à cet homme ?

— La même chose qu'aux autres nocturnes, dit Véronique d'un ton grave. Il a été éliminé pour assurer la sécurité des autres vampires et des humains.

Je frissonnai.

— Alors, même s'il voulait être bon, il en était incapable.

Elle secoua la tête.

— Sauf qu'il n'avait jamais été autre chose qu'un nocturne. Vos propres tendances viennent d'une source artificielle et magique. Peut-être peuvent-elles être contrôlées.

— Vous dites ça pour que je me sente mieux, n'est-ce pas ?

— Oui. Ai-je réussi ?

Mon estomac se serra.

— Pas vraiment.

— Vous ne pouvez donc pas tout simplement rejeter cette éradication, même si les effets secondaires sont indésirables.

— Il faut que je réfléchisse.

La perte de tous mes souvenirs contre l'idée de devenir une nocturne à plein temps, que je le veuille ou pas. Il fallait que je me débarrasse de cette malédiction. Le grimoire que Gideon avait en sa possession était mon seul espoir. Je devais mettre la main dessus.

— Et maintenant, parlons de choses moins déprimantes, dit Véronique.

— Comme quoi ? demandai-je d'une voix faible.

— Du Diable Rouge, par exemple. L'avez-vous revu ?

— En fait… oui.

— Et lui avez-vous fait part de mon intérêt pour lui ?

Je la regardai pendant un long moment.

— Le sujet n'a pas encore été abordé.

Elle pinça les lèvres.

— Je comprends. Vous avez d'autres problèmes à régler. Cependant, si vous pouviez lui dire que c'est moi, Véronique…

Je levai la main pour l'arrêter.

— Sans vouloir vous offenser, vous arranger le coup avec le Diable Rouge est tout en bas de ma liste de priorités pour le moment. Mais je veux bien que nous parlions de lui.

Elle inclina la tête sur le côté.

— Je ne veux pas d'une aventure d'un soir, mais d'une vraie relation, une romance avec l'homme le plus intéressant qu'il m'ait été donné de rencontrer. Je vous prenais pour une romantique, Sarah.

— J'en suis une. Enfin, ça dépend des jours.

Je m'efforçai d'empêcher toute pensée concernant la malédiction d'entrer dans mon cerveau déjà plein à craquer.

— Qu'est-ce qui vous attire tellement chez le Diable Rouge ? Je veux dire, vous pourriez avoir n'importe quel homme.

— Oui, c'est vrai. Mais depuis que je l'ai rencontré il y aura bientôt deux cents ans, je n'ai jamais vraiment cessé de penser à lui, et tous les hommes m'ont semblé bien fades comparés à son souvenir. Notre rencontre fut brève, mais si intense et incroyable qu'il m'arrive encore d'en rêver.

— Grand, plus d'un mètre quatre-vingts, dis-je. Cheveux foncés, larges épaules, yeux gris.

— Oui. Très beau, avec ou sans son masque, j'en suis certaine.

— Vous l'avez donc bien regardé. Avez-vous vu son visage ?

— Oui.

Elle ferma les yeux et soupira comme une groupie.

— Je l'ai même embrassé pour lui prouver ma gratitude.

Traînée.

— Il ne vous a pas semblé du tout familier ? N'y a-t-il personne de votre connaissance qui pourrait être le Diable Rouge à ses heures perdues ?

Elle sourit.

— Comme l'un de ces super-héros modernes dont l'identité secrète est jalousement gardée ?

— Voilà. Un truc comme ça.

Elle fronça légèrement les sourcils alors qu'elle se concentrait. Elle devait songer à sa rencontre avec le Diable Rouge. Il l'avait sauvée, et elle ne l'avait jamais revu en dépit de tous les efforts qu'elle avait déployés pour qu'il devienne son amant.

Elle secoua la tête avec lenteur.

— J'ai connu bien des gens, humains, chasseurs ou vampires, au cours de ma longue vie, et il n'y en a pas un qui d'après moi pourrait incarner le Diable Rouge.

Elle était sérieuse ? Elle ne savait réellement pas qui il était ?

— Bon, il fallait que je vous pose la question.

Elle se pencha par-dessus la table.

— Pourquoi ? Connaissez-vous l'homme qui se cache derrière le masque ?

— Non, mentis-je. Mais ça mérite réflexion.

— En effet.

Je poussai les billets de cent dollars vers elle.

— Voilà. Comme je vous l'ai déjà dit, je vous rembourserai le reste quand j'aurai trouvé du boulot. Peut-être qu'ils cherchent du personnel, au *Côté Obscur*.

— J'ai entendu dire qu'il avait été vendu. Les propriétés des vampires changent souvent de mains. Il est fort probable que les acheteurs ferment boutique pour protéger leur investissement.

— Même avec Gideon Chase… mort et enterré ? demandai-je. Ça reste dangereux ?

— Surtout maintenant. Les chasseurs ont besoin de se défouler et font encore moins de discrimination que par le passé.

Elle repoussa sa tasse d'expresso.

— C'est pour ça que je veux profiter de chaque jour. Chaque seconde compte.

— Pour quoi faire ?

— Pour devenir la maîtresse du Diable Rouge, bien sûr ! expliqua-t-elle, avant de froncer les sourcils. Honnêtement, Sarah, vous me semblez bien distraite, aujourd'hui.

Sans blague, Sherlock ?

Elle pressa ses lèvres pleines l'une contre l'autre et regarda autour d'elle.

— Avez-vous rendez-vous avec Barry après notre entrevue ?

— Barry ? répétai-je. Barry Jordan ? L'homme qui me hait de toutes les fibres de son corps minuscule ? Non. Pourquoi ?

— Parce qu'il a le regard rivé sur vous alors que nous parlons, répondit Véronique d'un haussement d'épaules élégant. Je suis sûre qu'il s'agit d'une coïncidence.

Je scrutai les clients du café sans reconnaître personne. Puis je me tournai vers la fenêtre qui donnait sur le trottoir.

Je sursautai. Debout de l'autre côté de la vitre, Barry Jordan ne me lâchait pas du regard. Comme j'étais assise, nous étions à la même hauteur, face à face.

Ça ne l'amusa pas. Il tendit l'index vers moi et me fit signe de le rejoindre dehors.

Je regardai derrière lui, pensant voir Amy, mais il était seul.

— Je crois qu'il essaie de vous dire quelque chose, fit remarquer Véronique.

Je portai la main à mon oreille et regardai Barry en articulant :

— Quoi ?

Mon comportement semblait l'énerver prodigieusement.

Je me tournai vers Véronique.

— Par pitié, dites-moi que ce n'est pas lui que le Cercle a chargé de mon assassinat. Ce serait tellement embarrassant.

— Bien sûr que non. Une telle mission ne serait jamais confiée à un simple serviteur.

— C'est un peu discriminatoire, vous ne trouvez pas ?

Elle eut l'air surpris.

— Il y a deux catégories, les maîtres et les serviteurs. Savoir se situer dans ce genre d'équation est une aide précieuse quand on vit une longue existence.

— Et moi, que suis-je ?

— Une servante, répondit-elle simplement. Votre pauvreté et votre statut social ne vous laissent pas le choix. Mais vous êtes une fille charmante et amusante dont j'apprécie beaucoup la compagnie, alors c'est déjà quelque chose.

— Thierry était pauvre quand il était humain. Je crois que vous l'avez même une fois traité de paysan, n'est-ce pas ? Pourtant, il est aujourd'hui un maître vampire.

— Il a gagné ce titre au fil des siècles, il ne le possédait pas à la naissance, c'est vrai.

— C'est pour ça que vous avez refusé de signer l'annulation ? Parce que je ne suis qu'une servante ?

Elle soupira.

— Ce sujet m'ennuie, très chère. En plus, quelle importance, puisque mon mari et vous avez rompu ?

— Si vous le dites.

J'essayai d'étouffer les mauvais sentiments que m'inspirait la femme en face de moi.

— Merci pour l'info concernant le… Carastrand. Apparemment, il valait mieux que je le sache.

Je me levai.

Elle m'observa.

— Et le Diable Rouge ?

— Honnêtement, Véronique ? Je ne pense pas que vous soyez son type. Je lui parlerai de vous, mais je me dis que, s'il avait voulu vous revoir, il l'aurait déjà fait. Deux cents ans, ça laisse le temps de recontacter une personne après un premier rendez-vous, non ? Peut-être que vous ne l'intéressez pas.

Un léger, très léger doute s'insinua dans son regard.

— Êtes-vous en train de me dire que vous le croyez homosexuel ?

Je clignai des yeux.

— Est-ce la seule raison envisageable pour qu'un homme ne veuille pas de vous ?

— Évidemment.

— Alors, ce doit être ça : il est aussi gay qu'un drapeau arc-en-ciel.

Un coup d'œil par la fenêtre me montra que le visage de Barry était encore plus rouge de colère qu'auparavant. Sa tête semblait prête à exploser.

— Il faut que j'y aille. À bientôt, Véronique.

— Oui, à bientôt.

Elle hocha la tête, mais elle semblait encore bouleversée à l'idée que son mystérieux super-amant soit intouchable.

C'était dingue. L'homme qu'elle désirait plus que tout, qui était à ses yeux le nombril du monde – d'où pouvait bien venir une telle expression ? –, qu'elle cherchait par tous les moyens à rencontrer… était son propre mari ! Il lui avait sauvé la vie et elle ne l'avait même pas reconnu.

Je connaissais la vraie identité du Diable Rouge, et ce savoir bouillonnait en moi et menaçait de jaillir en sifflant comme de la vapeur. J'étais en même temps profondément agacée.

Bien sûr, je savais que c'était du Thierry tout craché. Cet homme avait un problème, quand il s'agissait de faire confiance aux autres. Croyait-il que j'allais le crier sur tous les toits ?

Pouvais-je être avec un homme qui me cachait tant de choses ?

Barry m'attendait avec impatience devant le café quand je sortis.

— Tu as vu ma femme ? demanda-t-il sèchement.

J'essuyai les flocons de neige qui se déposaient sur mes joues. Le ciel était bas et gris, ce matin.

— Je vais très bien, merci de t'en inquiéter, Barry. Et toi ?

— Je n'ai pas de temps à perdre avec tes conneries. Je cherche Amy.

— Tu as essayé son boulot ? Généralement, c'est là qu'elle se trouve le lundi, pendant les heures de bureau, tu sais.

— Je ne suis pas idiot. Bien sûr que je l'ai fait. Ils m'ont dit qu'elle était sortie déjeuner.

Une femme qui promenait un grand danois nous regarda avec curiosité. Je la lorgnai, suspicieuse, me demandant si elle faisait partie des espions de Gideon. Le chien s'arrêta pour faire ses besoins, et elle se baissa pour ramasser avec un petit sac en plastique.

Dégoûtant.

Je me tournai de nouveau vers Barry.

— Alors, c'est là qu'elle est. Elle déjeune. Quelque part.

Il fronça les sourcils de plus belle.

— Elle ne répond pas sur son portable.

— Elle a peut-être besoin d'un peu de temps pour elle. Je me demande bien pourquoi.

Je l'étudiai un instant.

— C'est tout ?

Sa colère sembla un peu retomber.

— Je ne t'aurais pas dérangée, mais je t'ai vue en compagnie de Véronique, alors j'ai pensé à te poser la question.

— C'est chose faite. Et je t'ai répondu. Maintenant, si c'est tout, j'ai besoin d'affronter mes traumas quotidiens.

Je voulus le contourner, mais il attrapa la manche de mon manteau. Je pivotai vers lui.

— Elle est heureuse, n'est-ce pas ?

— Définis-moi le mot « heureuse », répondis-je. Je crois avoir oublié ce que ça signifie.

— Avec moi, insista Barry, avant de déglutir visiblement. Je veux dire, elle n'a aucun problème qui ferait qu'elle me… elle ne manque de rien, non ?

Oh, Seigneur.

Je n'avais pas besoin de cela en ce moment. Un vampire miniature avec un gros complexe d'infériorité… et qui ne pouvait pas me sentir.

— Amy est plus heureuse que jamais, lui dis-je. Elle est comme un loup-garou après un traitement antipuce. Ne me demande pas pourquoi, parce que je ne connais pas la réponse. Je ne crois pas que tu doives t'inquiéter.

Il hocha la tête.

— Parfait.

Plusieurs espions potentiels passèrent près de nous. L'un d'eux eut même l'audace de me demander l'heure avant de poursuivre son chemin.

— Je suis sûre qu'elle est quelque part en train de faire du shopping. Détends-toi. Vous deux, vous avez quelque chose de spécial. Vous êtes vraiment mordus. Je sais, c'est une blague pourrie.

J'allais partir, pour de bon cette fois, quand une idée me traversa l'esprit.

— Dis, tu ne saurais pas qui est le Diable Rouge, par hasard ?

Il secoua la tête.

— Qui que ce soit, je crois qu'il aurait dû rester où il était. Le maître dit que sa présence fait plus de mal que de bien.

Je plissai les yeux.

— C'est vrai ?

Bien sûr, Thierry était capable d'avoir dit cela… pour que personne ne remarque les similitudes évidentes – du moins pour moi – entre lui et le Diable Rouge.

Barry leva le menton.

— Il faut que tu saches que le maître voit quelqu'un d'autre.

— Je suis au courant, rétorquai-je.

Même si je savais que ce n'était qu'une couverture, cela m'ennuyait quand même.

— Qu'est-ce que tu penses d'elle ?

Il pinça les lèvres.

— C'est une fille vulgaire, à la langue acérée. J'ignore pourquoi il s'est entiché d'elle si vite après la fin de votre… relation… alors que ses préférences vont d'ordinaire à la solitude et à la réflexion.

— Thierry est un vrai boute-en-train, hein ?

— Pas du tout.

— C'était de l'ironie.

— Quelle surprise.

Il me lorgna un moment.

— Je l'avoue, j'ai été surpris par ce qui s'est passé entre le maître et toi. Même si je savais que vous ne resteriez pas ensemble très longtemps, je ne pensais pas que ça finirait si vite, étant donné son obsession douteuse pour toi et ton entêtement maladif.

Je lui souris.

— Je crois que c'est la chose la plus gentille que tu m'aies jamais dite. Tu veux bien qu'on s'embrasse ?

Il recula d'un pas.

— Pendant un temps, malgré tous tes défauts et tes problèmes, je crois qu'il a même été..., commença-t-il, avant de se racler la gorge et de reprendre : Heureux serait un mot trop fort. Mais peut-être... hum... je n'en suis pas sûr. Peut-être n'a-t-il plus été aussi malheureux. Oui, c'est la meilleure façon de décrire son humeur.

— Arrête, s'il te plaît. Tous ces compliments vont me monter à la tête. Si j'ai des nouvelles d'Amy, je lui dis de t'appeler, d'accord ?

Il hocha la tête avec raideur.

— Très bien.

Alors que je m'éloignais de lui, je touchai ma chaîne en or, le Carastrand, et repensai aux paroles de Véronique. Peut-être avait-elle tout inventé, ou mal compris. Après tout ce temps, il était possible d'oublier n'importe quel détail. Mais si elle avait raison et que la magie qui muselait la nocturne tapie en moi faiblissait, j'étais dans une situation encore pire que je l'avais cru.

Gideon m'avait dit que le grimoire serait à moi quand je lui dirais où trouver le Diable Rouge. Il avait besoin d'un adversaire à sa hauteur pour se changer les idées.

Il n'était pas question que je fasse une chose pareille. J'en voulais sacrément à Thierry depuis quelque temps, mais pas au point de le vendre pour me soulager.

Je n'envisageais pas non plus l'éradication à cause de la perte de mémoire qui en résulterait. Je n'y aurais recours qu'en toute dernière limite, et d'ailleurs le gamin n'accepterait sans doute plus de m'aider, même si je le suppliais.

Il devait y avoir une troisième option, et j'espérais que le Carastrand serait efficace assez longtemps pour que j'aie une chance de la découvrir.

Quand on jongle avec trop d'œufs, il est inévitable d'en casser quelques-uns. La question était : lesquels resteraient intacts ?

En arrivant chez George, je trouvai quelque chose d'inattendu devant la porte.

C'était pâle, maigre, avec des cheveux gras et un tee-shirt des Rats Morts.

L'Obscur m'attendait.

Et il n'avait pas l'air content.

Chapitre 9

L'Obscur n'était pas seul, mais accompagné d'une femme rousse d'âge moyen qui le tenait si fort par le bras que, même de loin, cela paraissait douloureux.

Je remontai l'allée, leur adressant un regard à la fois réservé et curieux. Comment avait-il su où j'habitais ?

— Vous me cherchez ? demandai-je.

La femme secoua l'adolescent.

— Dis-lui.

— D'accord. C'est bon, OK ? Bon sang, maman, mais tu me fais mal, enfin !

Elle le lâcha.

— Ne m'oblige pas à te le faire répéter.

Le gosse poussa un gros soupir et se tourna vers moi.

— J'ai eu tort de prendre votre argent, hier. Je suis vraiment désolé. Je suis venu vous le rendre.

Après un coup de coude de sa mère, il tendit la main, qui tenait les billets de cent dollars qu'il m'avait extorqués la veille. Je m'approchai et les étudiai, me demandant s'il y avait un piège, puis je les pris.

— Merci.

— Y a pas de quoi. J'ai un nouveau boulot qui paie bien mieux, de toute façon.

— Contente pour toi.

Il gratta un bouton d'acné sur son menton d'un geste absent. Sa peau était si pâle qu'elle avait une couleur malsaine sous le ciel nuageux. Génial. C'était cela, la personne sur qui je comptais pour mon plan B foireux ? Cela me rappelait à quel point j'étais désespérée.

— Très bien, Steven, nous devons y aller, dit sa mère d'un ton ferme.

— Il faut que je fasse pipi. J'ai bu ce soda géant et je ne pourrai jamais tenir jusqu'à la maison sans exploser.

— Tu peux utiliser mes toilettes, dis-je. C'est le moins que je puisse faire.

Ils me suivirent à l'intérieur. George était assis sur le canapé à regarder la télé, mais il leva les yeux à notre arrivée.

La mère de Steven fronça les sourcils.

— Nous avons sonné plusieurs fois, vous savez.

— Ouais, j'ai entendu, répondit George. Mais votre gosse me fiche trop les jetons.

Steven se tenait le bas-ventre, l'air mal à l'aise. Je pointai du doigt la salle de bains, et il disparut très vite dans le petit couloir.

— Je suis désolée, pour mon fils, dit la femme en me tendant la main. Je suis Meredith Kendall.

Je la lui serrai.

— Aucun problème.

C'était faux, mais je ne voulais pas rentrer dans les détails. J'ignorais ce qu'elle savait des capacités de son rejeton. Découvrir que votre « bébé » était un sorcier adepte de la magie noire était tout en haut de la liste des choses qui faisaient flipper les parents. Cela dépassait de loin la cigarette.

— Ce n'est pas la première fois, voyez-vous, poursuivit-elle. Et tout ne se termine pas toujours si bien. Il y a eu des… problèmes.

Oui, je l'aurais parié.

—Vraiment. Il va de soi qu'il ne faut pas donner de grosses sommes d'argent à un enfant, mais je suppose que les vampires ont un sens moral différent de celui des gens normaux.

Oh, parfait. Elle savait ce que j'étais, et elle ne hurlait pas ni ne brandissait un pieu en bois. Si j'excluais l'insulte voilée, c'était plutôt encourageant.

—Apparemment, vous êtes très au courant de ces choses-là, dis-je sans corriger ses erreurs ni lui donner un cours complet sur les vampires parce que ça aurait pris bien trop de temps. Comment avez-vous trouvé mon adresse ?

—Steven a jeté un sort de localisation. Je lui ai permis d'utiliser la magie pour cette fois, parce qu'il est important qu'il apprenne, expliqua-t-elle en se tordant les mains. J'avais cru que quitter le pays lui ferait passer ses penchants pour l'occulte, mais je me rends compte que ce ne sera pas si facile. Il commence à me rappeler beaucoup son père.

—Il a dit que celui-ci était décédé.

Elle lâcha un long soupir saccadé.

—Disons plutôt qu'il a été vaincu.

À ces mots, George se redressa sur le canapé.

—Vaincu… Vous voulez dire que son père était un… démon ?

Elle hocha la tête, l'air grave.

—J'ai bien peur que les pouvoirs magiques de Steven ne viennent de l'énergie démoniaque qu'il porte en lui. C'est pour ça que nous déménageons.

—Vous allez vivre à l'étranger pour que…

—… son père ne puisse pas nous retrouver. Il veut la garde partagée.

Son expression se fit amère.

—Moi vivante, jamais. Je ferai tout ce qui est en mon pouvoir pour protéger mon fils chéri de cet enfoiré.

— J'imagine qu'avoir un démon pour père n'est pas vraiment une bonne chose, dit George. Pour commencer, le trafic entre Toronto et l'Enfer aux heures de pointe est… eh bien, c'est l'enfer.

— Ça n'a rien à voir avec le fait qu'il soit un démon. Ce salaud m'a trompée quand nous étions ensemble et je veux qu'il souffre éternellement.

Sa lèvre inférieure tremblota.

— Le renvoyer d'où il venait n'a pas été une punition suffisante, à mon avis.

J'entendis la chasse d'eau, et quelques secondes plus tard Steven nous rejoignit dans le salon. Je le voyais différemment, à présent.

Engeance démoniaque.

J'allais retourner à l'église. Rapido. Et pas seulement pour célébrer Noël et Pâques.

— Allons-y, Steven, dit sa mère d'un ton sec. Nous avons des cartons à faire.

J'ouvris la porte, et Meredith sortit la première sans même m'accorder un regard. Steven marqua une pause et me tendit la main.

Cela me sembla d'une grande politesse, étant donné la grossièreté dont il avait fait preuve jusque-là. Je pris cela comme un bon signe et espérai qu'il était passé par le lavabo après être allé aux toilettes.

Je pris sa main. Démoniaque ou pas, j'aurais bien aimé pouvoir lui parler en privé de mes options d'éradication.

— C'est pour quand, déjà, le départ pour l'Allemagne ?

Il ne répondit pas. Ses doigts étaient froids, et il serrait si fort qu'il me faisait mal.

Je grimaçai.

— Hé, tu peux me lâcher, maintenant.

Steven leva son regard pour croiser le mien, et je laissai échapper un hoquet de surprise. Ses yeux étaient de nouveau complètement rouges… rouge foncé, sans plus aucun blanc.

— Libère la gentille vampire, ordonna sa mère. Immédiatement !

— La fin est proche maintenant, dit-il. Et si vous ne restez pas à l'écart quand le sang commencera à couler, il vous dévorera tout entière.

Sa voix n'était plus celle d'un adolescent. Elle était plus grave, plus rauque, et pleine de noirceur.

— Lâche-moi, réussis-je à articuler.

Mes doigts étaient devenus tout blancs.

Mais il n'en fit rien. Il attrapa mon autre poignet, le regard plongé dans le mien.

— Vous auriez dû mourir il y a longtemps, juste après avoir été transformée. Mais le destin a changé cette nuit-là.

Je ne pensais pas que ce soit toujours Steven qui me parlait… C'était un démon. Bien sûr, ce n'était qu'une supposition. La peur s'insinua en moi.

— Euh, balbutia George en s'avançant vers nous. Que se passe-t-il, ici ?

Steven ferma à demi ses yeux rouges, et George recula en titubant, comme si une main invisible le repoussait jusqu'à ce qu'il rejoigne la mère du gamin sur le seuil.

Puis la porte claqua.

— D'accord…

Mon cœur battait la chamade.

— Ça suffit. Pars maintenant, et personne n'aura de problèmes.

Le démon qui possédait le gosse lui fit incliner la tête sur le côté tandis qu'il m'étudiait de ses prunelles effrayantes.

— Les problèmes viennent de vous, vampire. Le seul fait que vous existiez encore en est un.

— Tu n'es pas le premier à me dire ça, tu sais. Tu ne connaîtrais pas un type du nom de Barry, par hasard ?

J'essayais d'empêcher ma voix de trembler et échouais lamentablement.

Le démon approcha son visage du mien et renifla le long de mon cou.

— Votre sang possède un grand pouvoir. Je n'aime pas ça.

— Moi non plus, tu sais.

— Une sorcière vous a touchée. Elle a laissé une trace de sa magie sur votre peau.

— Dans ta bouche, ça a presque l'air sexy.

Il posa son regard rouge sur ma chaîne.

— Une bien piètre tentative pour contrôler l'obscurité éternelle qui vit en vous. Il vous serait peut-être plus simple de vous y abandonner et d'embrasser votre vraie nature.

J'essayai de me dégager, mais je ne fus pas étonnée de constater qu'il possédait une force surnaturelle.

— Ma vraie nature n'est pas d'être une nocturne, si c'est ce que tu veux dire.

— Alors, à la fin, cet objet si fragile que vous portez ne signifiera plus rien.

Il sourit, et je sentis mon corps se glacer.

— Nous verrons qui de la lumière ou de l'obscurité sera la plus forte en vous.

— Qui es-tu ? haletai-je.

— Quelqu'un qui porte un grand intérêt aux choix que vous ferez.

— Tu ne pourrais pas me donner une toute petite indication sur ce que je dois faire ? Si je te le demande bien poliment ?

— Pourquoi pas, répondit-il, son sourire froid s'élargissant. Celui qui tue les vôtres, mais qui vous donne des diamants… il détient un indice au creux de sa main, la preuve d'une trahison dont vous ne vous douteriez jamais. Quelqu'un qui s'est déjà trop approché des flammes, et vous devrez décider si elles le brûleront.

— Que diable est-ce censé vouloir dire ? demandai-je, baissant la voix. Tu parles de Gideon ? D'un truc qu'il tient dans ses mains ? Il a été brûlé par les feux de l'enfer.

Un rictus lui tordit la bouche.

— Sa destinée et la vôtre sont désormais liées.

— Je ne l'aime pas. Je suis amoureuse de Thierry.

Les yeux du démon brillèrent, et j'aurais juré y voir danser des flammes.

— L'amour ne suffira pas à vous sauver.

Avant que j'aie pu répondre à cela, son sourire s'effaça et il enserra mon cou dans ses mains.

George tambourinait à la porte, essayant d'entrer. J'entendis la mère de Steven hurler son nom.

Je lui griffai les mains, essayant de me libérer. Ce n'était pas une étreinte amicale. Je réussis à écarter plusieurs de ses doigts avant qu'il me lâche enfin. J'aspirai l'air à grosses goulées, tenant ma gorge meurtrie.

— Pourquoi as-tu fait ça ?

— J'essaie seulement de vous aider.

Et il me gifla si fort que je partis en arrière, me cognant la tête contre le mur. Puis tout devint noir.

Même si ce n'était qu'un rêve, je pouvais quand même m'amuser.

Après tout, la robe de mariée que je portais était sublime. Mon tesson, l'un de ces miroirs ultra-chers réservés aux vampires, avait la taille d'une psyché, et je m'y reflétais de la tête aux talons aiguilles.

— Tu es magnifique, dit une voix familière, et je me tournai vers George. Je n'aurais jamais cru que le blanc soit ta couleur, mais je me suis planté.

— C'est blanc cassé. Comme ma vertu. Et je porte un soutien-gorge noir pour que l'équilibre soit préservé.

Il esquissa un large sourire.

— Prête pour le grand jour ?

Je hochai la tête, trouvant difficile de ne pas sourire.

— Je suis prête depuis très longtemps.

— Viens, tu l'as assez fait attendre.

George m'offrit son bras, et je le pris. Au bout du couloir se trouvait une passerelle aérienne qui menait directement dans l'église et surplombait le chœur.

Thierry se tenait debout devant l'autel, en smoking, l'air très appétissant.

— Ne devrais-je pas être en bas ? demandai-je. Je vais tout rater.

George secoua la tête.

— Crois-moi, c'est plus sûr ici.

Quelqu'un remontait l'allée centrale, une femme aux cheveux bruns mi-longs, vêtue d'une robe en tout point identique à la mienne. Elle regarda par-dessus son épaule, et je m'aperçus que c'était… moi.

Une sensation de panique me saisit.

L'autre moi leva les yeux vers l'endroit où je me tenais, et je vis qu'ils étaient entièrement noirs. Son cou était nu : elle ne portait pas la chaîne en or.

Puis la nocturne lâcha son bouquet, attrapa Thierry et lui planta ses crocs dans la gorge. Il n'essaya même pas de se défendre. Je hurlai, mais aucun son ne sortit de ma bouche.

Le Diable Rouge masqué apparut à côté de moi.

—Pourquoi n'as-tu rien fait pour empêcher ça ?

Sa voix était basse et pleine de colère. Il secoua la tête, déçu.

Un coup d'œil en bas me montra la nocturne en train de lâcher Thierry, dont le cadavre s'effondra sur le sol, avant de se désintégrer instantanément.

Un autre futur marié prit sa place : c'était Gideon. La nocturne le prit par le bras et ils commencèrent à réciter leurs vœux. Horrifiée, je regardai Gideon embrasser la nocturne dès qu'ils eurent été proclamés mari et femme. Puis il leva les yeux vers moi et m'adressa un clin d'œil, souriant largement pour me montrer ses crocs tout neufs.

—Merci pour tout, Sarah, dit-il. Je suis désolé de tout ce désordre. C'était inévitable. Mais nous sommes ensemble maintenant, et pour toujours.

—Je t'aime, Gideon, dit la nocturne.

Il se pencha de nouveau pour lui donner un baiser, et je compris que c'était moi qu'il embrassait et que je ne faisais rien pour l'en empêcher. Au contraire, les bras noués autour de son cou, je l'attirai encore plus près.

Je me tenais désormais devant l'autel avec Gideon. Le Diable Rouge avait disparu, ne laissant derrière lui que son masque, seul signe qu'il avait existé. Il reposait au milieu des cadavres de tous mes amis.

Je me mis à hurler.

Chapitre 10

Je sentis quelque chose de froid et humide sur ma tête. Je soulevai les paupières avec lenteur, la douleur me vrillant le crâne, et vis George appliquer un linge sur mon front. Il avait l'air inquiet.

— L'Obscur t'a mise KO, m'informa-t-il comme si je ne connaissais pas encore ce détail.

Je clignai péniblement des yeux et constatai que j'étais allongée sur le canapé.

— Où est-il ?

— Après que tu es tombée dans les pommes, il nous a laissés entrer. Il paraissait complètement flippé par la situation. Lui et sa chère maman ont filé aussitôt. Tu vas bien ?

Je supposai que le démon était retourné d'où il était venu. Après tout, il avait délivré son mystérieux message. Je me demandai si je devais en parler à George, puis je jugeai préférable de me taire pour le moment car j'ignorais comment l'interpréter. De plus, cela entraînerait une longue explication concernant Gideon, et je n'étais pas prête à cela.

George pressait toujours la serviette froide contre mon front. J'écartai sa main.

— J'ai fait un rêve dérangeant. Tu me conduisais à l'autel le jour de mon mariage, mais mon moi nocturne tuait Thierry, et j'épousais Gi…

Je me mordis la langue.

— Et j'épousais quelqu'un d'autre. Je n'ai pas vu son visage.

— Qu'est-ce que je portais ? demanda George avec sérieux.

J'essayai de me concentrer sur son visage.

— Tu étais superbe. Ton costume était fabuleux. Sans doute un Armani. En rêve tu fais preuve de très bon goût.

Il hocha la tête.

— Bien.

Je tentai de ne plus penser au contact avec le démon et au cauchemar dans lequel cela m'avait plongée.

— J'ai fait des tas de rêves dans lesquels Thierry mourait, mais c'est la première fois que c'est moi qui le tuais. J'espère que ça n'avait rien de prophétique.

George se leva et jeta la petite serviette mouillée, qui atterrit sur la table basse par-dessus un vieux journal.

— Comme tu as rêvé de votre mariage, ce n'était qu'un tour de ton imagination. Vous deux, c'est de l'histoire ancienne, d'accord ?

D'accord. Il ignorait que Thierry et moi étions toujours ensemble et c'était mieux ainsi. Pour sa propre sécurité.

— À propos, poursuivit-il. Je n'arrive pas à croire que tu sois de nouveau avec Quinn et que tu ne m'aies rien dit. Amy m'a envoyé la preuve en couleur de votre méli-mélo de langues, hier, au café. Comment as-tu pu me cacher ça ?

— Navrée. (Je haussai les épaules.) C'est vraiment très récent. Et tu étais occupé.

— Je te pardonne. Mais tout juste.

Sa lèvre inférieure tremblota.

— Uniquement parce que tu as une commotion.

Je l'étudiai longuement, essayant de ne pas tenir compte des élancements de mon crâne endolori.

— Tu es bouleversé par cette histoire ou est-ce que tu es particulièrement émotif aujourd'hui ?

Il renifla.

— Je vais bien. Très bien.

— Tu es bizarre.

— Comment ça, bizarre ?

— Tu agis de manière étrange.

Je lui touchai le bras.

— Je suis désolée d'avoir été obnubilée par mes propres problèmes, mais s'il y a quelque chose qui ne va pas, tu peux me le dire. Nous sommes amis.

Il me regarda, puis s'écarta du canapé pour gagner la fenêtre et jeter un coup d'œil dehors.

— Rien qui te concerne, ma jolie.

Je me soulevai sur les coudes. J'eus d'abord le vertige, mais cela passa très vite.

— Je crois savoir ce que c'est.

— Vraiment ?

J'opinai du chef.

— C'est à cause de ma présence chez toi. J'ai déjà profité de ton hospitalité trop longtemps, et j'en suis navrée. Il faut juste que je me remette sur pied, que je règle quelques petites choses, à commencer par ma commotion cérébrale…

… lever la malédiction, accepter la double identité de Thierry, transformer Gideon et assimiler les nouvelles informations à propos du monde drôle et fascinant des démons…

— … puis je me chercherai un appartement. Sache que j'apprécie vraiment ton amitié et tout ce que tu as pu faire pour ma petite personne pathétique et pitoyable quand j'en avais besoin.

— Sarah, ce n'est pas…

Mais je m'étais levée pendant mon discours, et approchée de lui en titubant un peu pour le prendre dans mes bras.

— Tu es génial, tu sais.

George se dégagea comme il le put de mon étreinte maladroite, puis il alla prendre sa veste avant de m'embrasser sur la joue.

— Il faut que je sorte, mais reste ici et repose-toi. Surtout, ne fais rien. Essaie de ne pas t'attirer d'ennuis, pour une fois.

— Pas sûr que ce soit possible.

— Essaie quand même. Après tout, mon assurance habitation ne couvre pas tout.

George sortit sans rien ajouter.

Peut-être y avait-il eu une invasion extraterrestre et l'un d'eux avait-il pris possession de son corps ? D'une manière ou d'une autre, et en dépit de mes drames personnels, j'allais devoir garder un œil sur lui. Il n'y avait rien de pire qu'un vampire couvant une grosse déprime. Je parlais d'expérience.

Je frottai mon crâne douloureux en grognant. Le petit démon avait un sacré crochet du gauche.

George voulait que je ne bouge pas de la maison et que je prenne du repos après avoir été battue comme plâtre, mais c'était impossible. Le garçon avait été possédé sous mes yeux !

« Il détient un indice au creux de sa main, la preuve d'une trahison dont vous ne vous douteriez jamais. »

J'étais presque certaine qu'il parlait de Gideon. Et si je devais être trahie, je devais tout savoir à ce sujet.

Que tenait-il dans sa main ? Une télécommande ? Un fruit ? Mes fesses quand il m'avait embrassée ?

Une idée me vint.

Peut-être le démon avait-il voulu parler du BlackBerry de Gideon.

Oui, c'était logique. Je m'étais déjà demandé quel genre de secrets il renfermait. Probablement les noms de ses contacts et informateurs. Son emploi du temps. Ses rendez-vous. Des SMS et des e-mails. Cela semblait être une réponse trop évidente, mais j'y trouverais peut-être le nom de la personne qui le renseignait et l'aidait à faire pression sur moi.

Pas besoin de violence. Si je mettais la main sur son téléphone, je pourrais utiliser ses informations contre lui. Et lui faire savoir qu'il n'avait pas tous les droits.

Ensuite, si je décidais de le transformer quand même, ce serait de ma propre volonté. Je lui prouverais ainsi une bonne fois pour toutes que tous les vampires ne méritaient pas de mourir. Alors il pourrait partager sa nouvelle vision du monde paranormal avec ses sbires, et les chasseurs cesseraient de massacrer les vampires. Un monde nouveau s'ouvrirait à nous.

Dans ma tête, Jasmine et Aladdin se mirent à chanter *Ce rêve bleu*.

D'accord, je n'étais pas complètement débile. Je savais que ce ne serait pas aussi simple. Mais c'était un bon début. Une base solide.

À la fin, Gideon me donnerait le grimoire, sans rien exiger en échange. Parce que c'est ce que font les amis. Ils s'entraident.

Gideon Chase = mon copain.

Apparemment, ma commotion était plus grave que je l'avais cru. Dieu merci, étant une vampire, je guérissais vite.

Je commencerais par lui prendre son BlackBerry et je verrais ensuite. Une chose après l'autre. J'étais censée le transformer le lendemain, à minuit. J'espérais vraiment que tout se passerait comme sur des roulettes.

J'attrapai mon téléphone portable et fis défiler la liste d'appels jusqu'au dernier reçu de Gideon. Prenant une profonde inspiration, j'appuyai sur « rappeler ». Il décrocha à la deuxième sonnerie.

— Bonjour, Sarah, dit-il. Comment allez-vous aujourd'hui ?

Nous ne nous étions pas vraiment quittés sur une note positive la nuit passée, n'est-ce pas ? Je me souvenais de lui avoir mordu la langue, après quoi il avait grommelé des menaces quand j'avais décliné son offre généreuse de coucher avec lui.

Les meilleurs amis du monde.

Oui, cela pouvait arriver.

— Je voudrais vous parler de ce qui s'est passé hier soir.

Il y eut une longue pause.

— Très bien, allez-y.

Je déglutis.

— Pas au téléphone. Il faut que je vous voie.

— Vraiment ? demanda-t-il, intrigué. J'avais l'impression que vous étiez fâchée contre moi.

— J'ai réfléchi. Je crois avoir réagi un peu trop vivement.

— Alors, je vous en prie, venez ce soir. Nous pourrons reprendre où nous nous sommes arrêtés.

Ce qui pouvait vouloir dire beaucoup de choses.

— Pourquoi pas maintenant ?

— Non.

— Pourquoi, vous avez de la compagnie ?

— Seriez-vous jalouse ?

— Non.

Mon estomac fit un looping. Qui pouvait bien être avec lui ? Je ne l'avais jamais vu avec personne depuis son retour en ville.

— Bien. J'avais prévu de voir Quinn, alors je suppose que ça peut attendre.

— Je vous suggère de ne rien lui dire à mon sujet aujourd'hui, Sarah. Puis-je vous faire confiance ?

— Bien sûr, répondis-je vivement.

Et je ne mentais pas. Je n'avais aucune intention de parler à Quinn de son vieux copain.

Je l'avais déjà fait. La veille.

— Quand vous viendrez, je veux que vous me disiez tout ce que vous savez au sujet du Diable Rouge.

Je me raidis.

— Je ne sais pas grand-chose.

— On vous a vue avec lui, la nuit dernière. C'est bien assez. À plus tard, Sarah.

Il raccrocha.

Quelqu'un m'avait vue avec le Diable Rouge la nuit précédente ? Un frisson me parcourut l'échine. Mais qui ? Aucune importance, cela ne faisait que me prouver à quel point j'étais surveillée de près.

J'aurais voulu appeler Thierry. Lui parler. Mais j'ignorais comment m'y prendre sans éveiller aussitôt les soupçons de Gideon. Je ne pouvais pas faire cela, du moins pas avant d'avoir son BlackBerry entre mes ravissantes mains.

Le plan qui m'avait semblé si brillant quelques minutes plus tôt me semblait à présent vraiment tiré par les cheveux.

Puisque j'avais dit à Gideon que je devais voir Quinn cet après-midi, c'est ce que je fis. Je le retrouvai chez *Bodacious Bean* une heure plus tard, et passai le reste de la journée avec lui à bavarder. Si les espions de Gideon nous écoutèrent, ils ne purent entendre que deux personnes qui aimaient passer du temps ensemble.

Après une promenade dans le centre, on prit le temps de faire du lèche-vitrines au Eaton Centre, qui regroupait les boutiques les plus cool de l'univers, avant de déambuler le long des rues gelées de Yorkville. C'était mon quartier préféré de Toronto, avec ses jolies échoppes et la possibilité de rencontrer les célébrités qui vivaient dans ce coin branché. En temps normal, cela aurait été un jour super, mais j'étais bien trop distraite.

— Hé…, dit Quinn, me serrant la main. La Terre appelle Sarah.

— Désolée.

Je déglutis avec peine.

— Je suis un peu ailleurs, aujourd'hui.

— Juste aujourd'hui ?

— Ha, ha, répliquai-je en lui jetant un regard noir. Ça demande de l'entraînement, figure-toi.

— Tout ira bien, tu le sais, n'est-ce pas ?

— Vraiment ?

Il hocha la tête avec fermeté et me sourit.

— Nous aurons tous les deux ce que nous désirons. Nous trouverons le bonheur que nous avons tant cherché. Et tu sais comment je le sais ?

— S'il te plaît, je meurs d'impatience de l'entendre.

Il sourit de plus belle.

— Parce que nous l'avons foutrement mérité.

Je le lorgnai, soupçonneuse.

— Tu fumes du crack ?

— Pas besoin d'être raide pour penser ça. Tu n'as pas confiance en moi ?

Je soupirai et regardai le nuage de buée dans l'air glacé. Quand je serais devenue une nocturne à plein temps, cela n'arriverait plus jamais. Je n'aurais plus besoin de respirer, et rester dehors dans le froid ferait baisser ma température corporelle.

—J'ignore en quoi je crois encore, maintenant.

—Alors, j'aurai la foi pour deux.

—Depuis quand es-tu devenu celui qui motive le groupe?

Il haussa les épaules.

—Il faut bien que quelqu'un le fasse, et je suppose qu'aujourd'hui c'est mon tour. Tu as perdu ton optimisme.

—Je crois l'avoir égaré quelque part.

Je me mordillai la lèvre.

—Si tu avais la chance de pouvoir redevenir humain, mais que le prix soit élevé, tu le ferais?

Il réfléchit un instant.

—J'ai cherché plus que ma part de réponses simples à des questions difficiles. Rien ne s'est passé comme je le croyais. Mais si quelqu'un m'offrait une pilule qui me ferait redevenir celui que j'étais avant...

Il fronça les sourcils.

—Je ne crois pas que j'accepterais. Aujourd'hui, je suis bien comme je suis.

Je pris une profonde inspiration.

—Et si tu étais sous le coup d'un mauvais sort?

—J'ai pensé l'être, juste après avoir été mordu. Maintenant je sais que c'était une bénédiction.

Je levai les yeux au ciel.

—Je crois que je préférais quand tu souffrais d'angoisse existentielle.

—C'est toujours le cas, crois-moi, m'assura-t-il en souriant, serrant ma main dans la sienne. Mais la vie nous met souvent face à un carrefour. On ne sait jamais si on choisit la bonne route avant de la prendre.

— Par pitié, arrête.

— Désolé. Je ne peux pas m'en empêcher.

Son sourire disparut et une ombre passa sur son visage.

— Je crois qu'on nous suit.

Je me raidis.

— Qu'est-ce qu'on fait ?

— Comme si de rien n'était.

Le soleil s'était couché. Il faisait presque complètement nuit. Bientôt, je pourrais aller retrouver Gideon.

— Regarde-nous, dit Quinn assez fort pour que les passants l'entendent. On prend vraiment du bon temps ensemble !

— Oui, acquiesçai-je. Nous sommes si détendus et prêts à profiter de la vie. Tous les deux. Quinn et moi. La la la !

Il serra les dents.

— Ça n'avait pas l'air très naturel.

— Mes talents d'actrice sont un peu rouillés.

Il me tira loin du trottoir et me fit reculer contre le mur d'une boutique de vêtements.

— Ce n'est que pour les apparences.

— Quoi ?

— Ça.

Il m'embrassa. J'en fus surprise, mais en même temps je savais que cela aiderait à convaincre les espions que nous étions bien ensemble.

J'avais déjà embrassé Quinn, et il y avait eu une grande alchimie entre nous par le passé. Mais cela ? C'était juste pour le show, et l'attirance que j'avais éprouvée pour lui avait complètement disparu.

Néanmoins, l'ex-chasseur se servait divinement bien de ses lèvres.

Il s'écarta enfin et me murmura à l'oreille :

— Désolé.

— Désolé ? réussis-je à articuler. Il n'y a pas de quoi.

— Je me demande si le Diable Rouge a vu ça. (Je sentis son sourire contre mon visage.) Je sais qu'il garde un œil sur toi. On a dû lui en donner pour son argent.

Eh bien, c'était possible.

Je sus alors sans le moindre doute que si les éventuels sbires de Gideon avaient été témoins de ce baiser, Thierry n'en avait pas non plus raté une miette. Je me concentrai, et sentis sa présence grâce à notre lien de vampire à créateur.

Thierry avait toujours été jaloux de ma relation avec Quinn.

Bien fait !

— Il faut que je parte, dis-je à Quinn. J'ai un rendez-vous.

— Tu veux que je t'accompagne ?

Je secouai la tête.

— On se voit plus tard, d'accord ?

Il me fallut encore faire quelques efforts pour le convaincre, mais je réussis à quitter Quinn, et juste avant 19 heures j'arrivai non loin du *Madison Manor*. Plus je m'approchais de l'hôtel de Gideon, plus je ralentissais le pas, en essayant de me calmer.

Tout ira bien, tentai-je de me rassurer.

Je pouvais affronter Gideon Chase. Il n'était que de la pâte à modeler entre mes mains.

Bien sûr.

Une voix retentit dans l'ombre.

— Vous retournez voir Gideon Chase ? demanda le Diable Rouge, interprété par Thierry de Bennicœur. Quelle surprise.

Je mis une main sur ma hanche.

— Il est si charmant que je n'arrive pas à me passer de lui.

— Je vois. Donc, vous pensez que la seule manière de résister à la tentation, c'est d'y céder ?

J'avais pris des cours de littérature anglaise à l'université. Je pouvais reconnaître une bonne citation d'Oscar Wilde, même enveloppée de sarcasme.

À moins qu'il ait simplement dit ce qu'il pensait. J'essayai de me mettre à sa place. Je savais que Thierry n'aimait pas que je m'expose ainsi au danger en passant trop de temps avec Gideon. Il me l'avait dit lui-même. Et me voilà, me rendant gaiement à l'hôtel de l'ennemi, comme si de rien n'était.

De plus, je me souvins d'avoir avoué au Diable Rouge, la nuit précédente, que Gideon m'avait embrassée, et que j'avais apprécié le baiser.

Oups.

— Vous croyez que j'ai une liaison avec Gideon ?

Il y eut un long silence.

— Est-ce le cas ?

— Je n'arrive pas à croire que vous me demandiez ça.

— Ce n'était ni un oui ni un non, dit-il d'une voix cassante. Mais cela ne me regarde pas, n'est-ce pas ?

— Maintenant que vous le dites, en effet, ce ne sont pas vos oignons.

J'étouffai mon agacement et me retournai pour le regarder, caché dans l'ombre, près du bâtiment, légèrement sur ma droite.

— Pourquoi ne me dites-vous pas carrément qui vous êtes ? Je n'ai jamais aimé jouer, sauf à Twister et action ou vérité.

J'allais lui laisser une chance. C'était l'occasion pour lui de tout m'avouer une bonne fois pour toutes.

— Il vaudrait mieux que vous gardiez vos distances avec Gideon, déclara-t-il avec calme, sans même faire mine de réfléchir à ma question. Je n'ai pas besoin de vous dire que c'est un homme très dangereux.

— Vous aussi. En fait, Gideon m'a dit que vous étiez un vampire de destruction massive.

— Il a dit ça ?

— Ce sont mes mots, mais en substance, oui.

Il y eut une pause.

— Et vous, que pensez-vous de moi ?

— Le jury est encore en cours de délibération. Tout ce que je sais, c'est que Gideon me donnera le grimoire avec lequel je pourrai lever la malédiction si je vous livre à lui. Alors, je ferais attention à mes arrières, si j'étais vous.

— Avez-vous décidé de l'aider ? Est-ce pour cela que vous passez tant de temps à ses côtés ?

— J'ignore encore ce que je vais faire.

Tout ce que je voyais, dans l'obscurité, c'étaient les contours de sa silhouette et ses yeux qui brillaient dans les fentes du masque.

— Ma vie est plutôt compliquée, ces temps-ci. Et j'ai le sentiment d'être seule au monde.

— Vous ne l'êtes pas.

— C'est pourtant ce que je ressens.

— Vous ne sembliez pas si seule, cet après-midi, avec Quinn. Peut-être y a-t-il encore une chance pour que vous soyez ensemble, lui et vous, si c'est ce que vous voulez.

J'entendis le ton un peu cassant, désormais familier, quand il prononça le nom de Quinn. Apparemment, le baiser que nous avions échangé n'était pas passé inaperçu. Si j'avais été ravie de provoquer sa jalousie, je me sentais coupable à présent. Et pas qu'un peu. On aurait dit que j'avais décidé de m'attaquer à toutes les lèvres de la ville dernièrement. Thierry avait des raisons de douter de la fidélité de ma bouche… et du reste de ma personne, d'ailleurs.

— Je ne suis pas amoureuse de Quinn. Je ne l'ai jamais été, et je ne le serai jamais. Et si je l'étais, sa fiancée m'arracherait la tête avec ses crocs tout neufs. Vous savez très bien qui est l'homme que j'aime.

— Vraiment ?

Je poussai un gros soupir.

— Pourquoi ne prendriez-vous pas votre soirée ? Je n'ai pas besoin d'être maternée, surtout par quelqu'un qui se cache derrière un masque stupide.

— Peut-être que je ne vous protège pas, mais que je protège les autres de vous ?

J'essayai de ne pas tressaillir.

— C'est donc ça ?

— En ce moment vous êtes une femme dangereuse qui pourrait perdre son self-control à tout instant. Vous prétendez être normale, alors qu'il n'y a rien de plus faux.

— Bon, très bien, dis-je, essayant de déglutir malgré le nœud dans ma gorge. Je veux résoudre le problème, justement, ajoutai-je en touchant la chaîne en or à mon cou. Alors, si vous voulez bien m'excuser…

Je voulus partir, mais il m'attrapa par la main.

— Sarah…

— Quoi ?

Quand je me tournai vers lui, il me lâcha aussitôt pour retourner dans l'ombre.

Un lourd silence tomba entre nous.

— Promettez-moi d'être prudente.

— Je ferai de mon mieux.

Je me sentis de nouveau frustrée. Pourquoi Gideon me disait-il tout de lui, alors que Thierry restait secret ? L'équilibre me semblait faussé.

Il avait eu plusieurs occasions de m'avouer la vérité. Pensait-il honnêtement que je ne me doutais de rien ? Que je ne pouvais pas voir au-delà de son masque ?

Bien sûr, c'était ce qu'il croyait. Si personne n'avait pu l'identifier pendant Dieu sait combien de temps, pourquoi y serais-je arrivé ? Pourtant, c'était le cas. Malgré toutes nos différences, je savais qui était Thierry tout au fond de lui, et ce mieux que n'importe qui.

Il y avait sans doute une signification profonde à cela.

Au quatrième étage de l'hôtel, Gideon m'attendait. Quand il me fit entrer, je balayai la pièce du regard et vis que le lit était défait et les draps froissés.

— Vous avez passé un bon après-midi avec votre visiteuse ? m'enquis-je sèchement.

Ses lèvres frémirent.

— J'ai simplement fait la sieste.

— C'est ça.

— Seriez-vous bouleversée si je cherchais de l'affection ailleurs ? Après tout, vous m'avez laissé dans un bel état, la nuit dernière.

— Oui, en plein déni.

Je me rappelai alors que je n'étais pas venue pour l'insulter ou le mettre en colère. J'étais là pour lui voler son téléphone portable. Et comme on attrape plus de mouches avec du miel qu'avec du vinaigre...

— Désolée, je suis juste fatiguée, je suppose.

Je choisis le fauteuil près de la fenêtre et m'y assis, mal à l'aise.

Il prit place au bord de son lit défait. Il était vêtu d'un costume de créateur que même Thierry aurait pu lui envier. La moitié des boutons de sa chemise blanche étaient défaits, révélant son torse musclé... toujours exempt de toute cicatrice, grâce à la montre contenant l'illusion.

J'étais prête à parier que le BlackBerry se trouvait dans la poche de sa veste.

— Votre jeune sorcier vous a rendu visite, aujourd'hui, dit-il au bout d'un moment.

Ce n'était pas une question.

Ma bouche devint sèche. Pourquoi étais-je surprise ? L'un de ses espions devait être posté non loin de la maison de George. J'étais bien assez inquiète à cause de l'état d'esprit actuel de ce dernier pour qu'il apprenne en plus qu'il était épié à tout moment. J'avais le sentiment que les espions de Gideon n'étaient jamais assez près pour entendre les conversations, mais néanmoins suffisamment pour être témoins de nos faits et gestes. Du moins jusqu'à présent.

— Il est venu me rendre l'argent qu'il m'avait pris hier. Rien de très excitant.

Il avait également été possédé par un démon, mais Gideon n'avait pas besoin de cette information pour le moment.

— Il semble puissant pour son âge.

Je me souvins de sa main autour de ma gorge et de la claque qu'il m'avait mise pour m'assommer.

— Ça, vous pouvez le dire.

— Une sorcière ou un sorcier de talent, c'est rare. Il y en a si peu qui peuvent pratiquer l'art occulte comme bon leur semble. Votre… Steven, c'est ça ?… pourrait se révéler très dangereux. Vous devriez être prudente.

— J'apprécie votre sollicitude, dis-je, essayant d'avoir l'air décontracté tout en sachant que j'échouais lamentablement. Vous vous sentez mieux qu'hier ?

Il hocha la tête et m'adressa un sourire radieux.

— Votre sang a fait des merveilles. Ça confirme ce que je soupçonnais déjà. Demain à minuit, le rituel fonctionnera comme prévu, et tout va changer.

— Vous êtes sûr de toujours vouloir faire ça ? demandai-je, la bouche sèche. Je veux dire, vous avez votre Rolex magique toute neuve et la douleur a disparu. Pourquoi franchir l'étape suivante et vous condamner à avoir des crocs et à boire du sang toute votre vie ?

— Parce que tout ça…

Il agita la main pour montrer son visage.

— … n'est qu'une illusion. Les dégâts causés par les feux de l'enfer ne sont pas comme n'importe quelle blessure. Je cherche une solution permanente.

— Pour ça, il n'y a pas mieux que l'immortalité. C'est presque aussi permanent qu'un tatouage.

— Exactement, sourit-il. Sarah, je veux m'excuser pour hier soir. Ce n'était pas bien d'essayer de vous forcer.

Je secouai la tête.

— J'ai réagi trop vivement.

Il haussa un sourcil.

— Vraiment ?

— Je suppose qu'entre vous, la malédiction et tout le reste, je suis un peu dépassée. Et quand vous m'avez embrassée…

Je m'éclaircis la voix.

— Eh bien, je me suis sentie un peu perdue. C'est évident.

Gideon se leva et combla la distance qui nous séparait en quelques enjambées fluides. Il me tendit la main, et je l'acceptai, hésitante.

— Je veux vous montrer quelque chose.

Je me forçai à ne pas essayer de me dégager.

Du miel, pas du vinaigre, me répétai-je.

Il me conduisit jusqu'au bureau dans un coin de la suite, ouvrit le tiroir du haut et en retira un livre en mauvais état, relié de cuir noir et doré sur tranche. Gideon le feuilleta, et je vis que les pages avaient été écrites à la main, et comportaient diagrammes et croquis.

Je n'en crus pas mes yeux.

— C'est le grimoire de la sorcière ?

— Oui, répondit-il, atteignant un passage vers le milieu. Tous les mauvais sorts qu'elle utilisait pour détruire la vie des gens sont là-dedans. Voici celui qu'elle a dû utiliser sur vous.

Les yeux écarquillés, je regardai la page et vis l'écriture petite et précise de la sorcière folle à lier qui m'avait envoûtée. Le titre disait :

MALÉDICTION DU NOCTURNE (VAMPIRE NOIR)

Le reste devait être écrit en latin, comme c'était le cas dans toutes les séries télévisées sur le surnaturel. Elle avait dessiné un visage souriant avec des crocs et noté à l'encre bleue : « Parfait pour Sarah Dearly ».

Elle avait vraiment prévu son coup.

— C'est incroyable, soufflai-je.

Il tourna la page.

— Et voici l'incantation qui vous libérera du mauvais sort.

En effet, elle était intitulée :

MALÉDICTION DU NOCTURNE (VAMPIRE NOIR) **ANNULATION**

Cette page était illustrée d'un visage à grandes dents, qui ne souriait pas.

La sorcière avait été cinglée, mais organisée.

Je voulus prendre le grimoire, mais Gideon le referma d'un claquement sec.

— Aïe !

Je retirai ma main.

— Désolé. Mais je ne peux pas vous révéler tous mes secrets maintenant, sourit-il. Pas avant que vous m'ayez conduit au Diable Rouge.

Je pris une profonde inspiration

— Ah, oui. À propos de ça…

— Vous hésitez à me révéler quoi que ce soit à son sujet, n'est-ce pas ? Même en échange de ce livre.

— Ce n'est pas ça…

Je secouai la tête.

— Je ne sais pas.

— Je comprends.

Je le regardai, surprise.

— Vraiment ?

— Bien sûr. Vous ne voulez blesser personne. J'admire ça chez vous, Sarah.

— Vraiment ? répétai-je.

— Oui. Cependant, ça ne change rien. Le Diable Rouge doit mourir. Et vous êtes mon seul lien avec lui pendant qu'il est en ville.

— Et si je refuse, vous ne me donnerez jamais le grimoire.

— Je pourrais vous donner tant de choses, dit-il en écartant les cheveux de mon visage d'une caresse. Tout ce que vous désirez. Je suis riche… même si tout le monde pense que je suis mort.

— Je ne veux pas de votre argent. Ni aucun cadeau. Juste ce grimoire.

— Et moi, je veux le Diable Rouge.

— Je suis sûre qu'il serait flatté.

Il fit glisser sa main le long de mon visage jusqu'à mon cou, où il effleura ma chaîne de l'index.

— Je ne pense pas que vous deviez lever la malédiction. Savez-vous ce qu'être une nocturne signifie vraiment ?

Gideon était bien trop près, nos corps se touchant presque. Je pouvais sentir la chaleur qui émanait de lui par vagues, l'odeur de sa peau. Pour un vampire, de tout près les humains ont un parfum de nourriture, chaud, comestible et délicieux. Je me sentis reconnaissante de pouvoir me contrôler, grâce au bijou hideux à mon cou. Je m'étais tenue à l'écart des mortels depuis que j'avais été transformée, et j'avais remplacé par des amis vampires les quelques connaissances que je m'étais faites au boulot. La facilité avec laquelle celles-ci avaient accepté que je les quitte pour rejoindre un autre groupe était un peu blessante, mais c'était plus sûr ainsi.

Gideon, lui, n'avait pas peur de m'approcher.

Assez pour que je sente la bosse dure que formait son BlackBerry dans la poche de son pantalon.

Du moins, je pensais qu'il s'agissait de son téléphone portable. Peut-être qu'il était juste content de me voir.

Ou les deux.

Merde.

Peut-être devrais-je répondre à sa question, me dis-je. *Et arrêter de penser à ce qu'il a dans le pantalon.*

— Être une nocturne signifie que je suis un monstre incontrôlable, qui mérite de prendre un pieu dans le cœur avant de blesser quelqu'un.

Il haussa les épaules et s'avança encore, jusqu'à ce que je sois dos au mur.

— Ou ça signifie que vous avez un océan de pouvoir à portée de vos doigts. Vous pourriez embrasser la malédiction et en faire un autre atout, en plus de votre sang si particulier. Peut-être devriez-vous cesser de vouloir arrêter l'inévitable. Ne croyez-vous pas au destin ?

— Je crois en la règle que je me suis fixée : ne pas utiliser les humains comme des jouets pour me faire les dents.

— Vous êtes si bien élevée, pour une vampire.

Il baissa la tête pour que nos yeux soient au même niveau et glissa la main dans le creux de mes reins.

— Avez-vous jamais pensé à l'effet que ça vous ferait si vous abandonniez toute maîtrise ? Je parie que vous trouveriez ça très agréable.

— Aussi agréable que votre… sieste ? demandai-je d'un ton plein de sous-entendus.

— La jalousie ne vous va pas, Sarah.

Je posai les mains contre son torse.

— Je ne suis pas jalouse.

— Admettez-le… Soyez honnête envers vous-même et envers moi. En dépit de qui je suis. En dépit de ce que vous êtes. Vous m'aimez bien.

Il esquissa un petit sourire et son regard s'attarda un peu plus longtemps que nécessaire sur ma bouche.

— Et je parie que la nocturne en vous m'aime bien aussi, n'est-ce pas ?

Il toucha ma chaîne et laissa son doigt glisser le long de mon corps.

— Cette partie de vous qui veut être libre, sauvage et sans entrave.

Quelque chose au plus profond de moi remua et se fraya un chemin vers la surface : une montée de désir qui acquiesçait sans réserve aux paroles de Gideon.

Il avait raison. Ma nocturne voulait Gideon au point qu'elle luttait contre moi pour prendre le contrôle, en dépit de la chaîne. Elle voulait se rouler avec lui dans les draps déjà froissés.

Je repensai à ce que Véronique m'avait dit le matin même, au sujet de la magie du Carastrand : elle n'était que temporaire.

Je n'avais pas une minute à perdre.

— C'est vrai, admis-je. Je vous aime bien.

Il haussa un sourcil, surpris par mon aveu.

J'étais si près de lui. J'aurais voulu glisser la main dans la poche de son pantalon pour m'emparer du BlackBerry et m'enfuir aussi loin que possible. Il représentait un réel danger pour moi, à tous les niveaux.

— Oui, murmura-t-il à mon oreille alors que ma main descendait le long de son torse. Je savais que vous aviez envie de moi.

Il colla sa bouche sur la mienne et m'embrassa. Je lui rendis son baiser tout en manœuvrant vers sa poche afin d'atteindre mon but.

Malheureusement, malgré sa libido débridée, Gideon n'était pas stupide. Cela aurait été tellement plus simple qu'il le soit. Il comprit ce que je cherchais. Sa main se referma sur mon poignet alors que le bout de mes doigts touchait enfin le métal du boîtier.

— On a les mains baladeuses.

— J'avais pensé que ça ne vous gênerait pas.

— Et pourtant, si.

Il recula et me lorgna avec une méfiance soudaine.

— Vous me décevez, Sarah.

Je me sentais glacée. Prise en flagrant délit. À nu. Et un peu sale.

— Je… je ne sais pas ce…

— Sortez, dit-il sans hausser la voix.

— Mais je croyais que nous allions…

— Partez immédiatement avant que je ne me mette en colère et que je fasse quelque chose que je regretterais.

Ses yeux lançaient des éclairs et il avait serré les poings.

— Je vous contacterai au sujet du rituel demain.

Vaincue et embarrassée, je sortis de sa chambre d'hôtel sans ajouter un mot.

Super plan, me dis-je, dégoûtée. *Voilà qu'il se méfie encore plus de moi.*

Échec complet.

Mais ce n'était pas nouveau.

Je longeai Spadina Avenue. J'avais besoin de m'éclaircir les idées et de réfléchir, même si je savais que cela ne me mènerait à rien. Thierry le Diable Rouge ne fit aucune apparition. Sans doute était-il encore fâché contre moi, lui aussi.

Prenez un ticket.

J'avais voulu bien faire, et au lieu de cela je n'avais fait qu'empirer les choses. C'était un don, ou quelque chose comme cela. *Je devrais donner des cours du soir.*

Après avoir erré sans but dans la nuit froide pendant dix bonnes minutes, avec mes seules pensées d'autodénigrement pour compagnie, j'arrivai devant le *Côté Obscur*. Comme tout bon club réservé aux vampires, il était indécelable vu de l'extérieur. On aurait dit une librairie désaffectée aux fenêtres condamnées par des planches. Il y avait même une affiche « À vendre » accrochée à l'une d'elles. En concentrant mes sens surdéveloppés, je pouvais entendre la musique venant de la salle, mais l'isolation sonore était excellente. Aucun humain, pas même un chasseur, n'aurait pu deviner son existence.

Le videur, le même que la dernière fois, était dehors, tournant le dos à la porte. Pour les non-initiés, il avait tout l'air d'un type qui rôdait tout seul et qu'il valait mieux laisser tranquille. Il fumait un cigare, et me dévisagea quand je passai devant lui. Je me souvenais de la dernière fois où je l'avais vu, la nuit où il m'avait laissée partir seule pour porter secours à la jeune vampire, parce qu'il n'était pas assez payé pour risquer sa peau.

Vraiment charmant.

— La Tueuse de Tueurs, dit-il en souriant.

Je me forçai à lui répondre.

— Je croyais vous avoir dit que ce n'était pas moi.

— C'est vrai, et je ne vous ai pas crue… Je sais qui vous êtes. Honnêtement, vous devriez être fière de votre réputation. Je suis impressionné.

— Alors j'ai réussi quelque chose ce soir.

Je levai les yeux pour regarder le bâtiment.

— J'ai entendu dire que ça a été vendu. J'espère que ça ne va pas fermer.

Il haussa les épaules.

— Aucune idée de ce qui va se passer. Je suis toujours le dernier au courant.

Ce ne serait vraiment pas cool si le nouveau propriétaire fermait le *Côté Obscur*. Il n'y aurait plus un seul bar pour les vampires à Toronto. Peut-être devrais-je apprendre à tricoter.

— Bon, contente de vous avoir revu.

Je voulais rentrer et aller retrouver mon lit confortable pour essayer d'oublier cette soirée… comme si c'était possible !

— Oui, c'est réciproque.

Son regard lubrique me gêna, et j'accélérai le pas.

Décidément, avec ou sans crocs, certains hommes pouvaient vraiment être flippants.

Au bout d'une minute, j'arrivai devant la ruelle où j'avais failli transformer une jeune vampire en casse-croûte du soir, et je réprimai un frisson à ce souvenir. Lui aurais-je vraiment fait du mal ? D'accord, je l'aurais sans doute mordue, mais me serais-je arrêtée avant qu'il soit trop tard ?

— Hé ! appela le videur.

Je me figeai, puis je regardai par-dessus mon épaule. Il m'avait suivie depuis le club.

— Je peux vous poser une question ?

Je déglutis, me sentant vraiment mal à l'aise.

— Combien de tueurs vous avez éliminés ?

— C'est difficile à dire.

— Tant que ça, hein ?

Il me regarda avec une évidente admiration.

— C'est incroyablement sexy.

— Oh, je ne sais pas, vraiment. Le sang et les tripes mettent ma manucure à rude épreuve.

— Alors, vous croyez que vous pourriez me battre ?

Je le détaillai de haut en bas. Il était grand et costaud, et il semblait assez fort pour s'écraser des boîtes de bière sur le front s'il en avait envie.

— Il ne vaut mieux pas essayer, je vous assure.

Son expression se fit amère.

— Vous n'êtes pas très amicale, hein ?

— La personne la plus inamicale que je connaisse, en fait.

— Je n'ai pas l'habitude de me laisser emmerder par les bonnes femmes. Mon ex m'a coûté une fortune en pension alimentaire. C'était une vraie garce.

— *Était ?* demandai-je.

— Ouais, exactement.

— Écoutez, je ne veux pas d'ennuis ce soir.

— J'ai l'air d'un gars qui pourrait causer des soucis à quelqu'un comme vous ?

— En fait, oui, répondis-je, mon cœur battant la chamade. Croyez-moi, j'ai l'habitude. Et en ce moment, je ne suis pas d'humeur à faire face à un nouveau conflit, alors, si vous n'y voyez pas d'inconvénient, j'aimerais rentrer dans mon repaire de Tueuse de Tueurs.

— Vous n'avez pas répondu à ma question, insista le videur.

— Laquelle ?

— Vous pourriez me battre ?

— Je ne crois pas, non, avouai-je avec honnêteté, un frisson me parcourant l'échine. Alors, pourquoi ne pas passer votre chemin, et je promets de ne pas me mettre à hurler au secours.

— Personne ne vous aiderait. Plus personne n'aide personne. C'est chacun pour soi. Tuer ou être tué.

— Si vous comptez m'agresser, je crois avoir cinq dollars dans mon porte-monnaie. Pas vraiment de quoi vous donner la peine.

Il éclata de rire.

— Je n'attaque pas les femmes. Pour quel genre de monstre vous me prenez ?

Je pus enfin me remettre à respirer.

— Vous m'avez vraiment fichu la trouille. Pourquoi vous agissez ainsi, alors ?

— Comme quoi ?

— Comme quelqu'un qui va agresser quelqu'un d'autre.

— Pour gagner du temps.

Je fronçai les sourcils.

— Pour… gagner du temps ?

— Oui. Vous marchiez très vite. Il fallait que je laisse une chance à mes amis de vous rattraper.

— Vos amis ? répétai-je, sentant que la panique qui me tordait l'estomac gagnait le reste de mon corps.

Il opina du chef.

— Je crois qu'ils sont ici, maintenant.

Des bruits de pas me parvinrent de directions différentes, et les silhouettes de plusieurs hommes se dessinèrent dans l'obscurité.

— Joli travail, dit l'un d'eux au videur. Tu as bien mérité ta paie.

Le videur se tourna vers moi.

— Qui a dit que les chasseurs et les vampires ne pouvaient pas être amis ?

Je regardai les deux autres chasseurs, qui avaient déjà leur pieu à la main.

Trois chasseurs. Une seule Sarah.

Mes chances n'étaient pas très bonnes, hein ?

Chapitre 11

Bon. Ça recommençait. J'étais acculée par des chasseurs de vampires. C'était l'histoire de ma vie. Méritais-je d'avoir le cœur transpercé par un pieu parce que je faisais souvent des choix discutables ?

Probablement.

Était-ce ce que je cherchais quand je me promenais seule le soir ?

Peut-être. Mes actes semblaient en dire plus long que mes paroles.

J'avais déjà été blessée par un pieu. J'avais survécu, évidemment, puisqu'il n'avait pas touché mon cœur, mais cela m'avait fait un mal de chien. Et cet épisode avait été ajouté au catalogue de mes cauchemars.

Si ces crétins voulaient me tuer, ils avaient intérêt à mieux viser que le dernier qui avait essayé.

— Elle est si calme, fit remarquer l'un des chasseurs. Toute perdue dans ses pensées. Vous croyez qu'elle va nous attaquer ?

— Pas sûr, répondit le videur. Mais, si vous n'y voyez pas d'inconvénient, je vais vous laisser vous amuser entre vous.

— Tu nous as été très utile, Bruce.

L'intéressé sourit.

— Et si vous y mettez le prix, je vous aiderai encore à l'avenir.

Ma gorge était sèche.

— Vous vendez des vampires pour un peu de monnaie ?

Bruce le videur haussa les épaules.

— C'est la loi du plus fort. Le sang n'est pas donné, vous savez.

Mes mains devinrent moites.

— Et combien est-ce que je vaux ?

— Mille.

Bruce se tourna vers les chasseurs.

Un millier de dollars ? C'est tout ? Si je n'avais pas été terrifiée, je me serais sentie insultée.

— Vous savez… (ma voix tremblait un peu trop à mon goût) j'ai connu une vampire qui vendait les siens aux chasseurs.

Bruce ricana.

— Et pourquoi ça devrait m'intéresser ?

— Parce qu'aujourd'hui, elle est morte.

Il feignit d'avoir peur.

— Ooh, j'en tremble de terreur. Laissez-moi deviner… vous l'avez tuée ?

Je secouai la tête.

— Disons juste que les chasseurs ne font pas les meilleurs partenaires en affaires.

Il haussa un sourcil.

— Ah ouais ?

Puis il hoqueta.

L'homme debout près de lui avait profité de notre conversation pour lui planter un pieu dans la poitrine.

— La petite dame a raison, dit-il. Fais bien attention à ne pas faire la même erreur deux fois, d'accord, mon pote ?

— Merde.

Bruce le videur tomba à genoux et baissa les yeux sur le bout de bois qui dépassait de son torse. Il essaya en vain de le retirer, puis il se désintégra, ne laissant qu'une sombre flaque gluante.

— Vous allez me tuer aussi ?

Bizarrement, ma voix ne trahissait pas la moindre émotion.

Le chasseur m'étudia un instant.

— Je dois dire que vous êtes plutôt décevante, par rapport à ce que j'attendais. Étant donné votre réputation, j'aurais pensé que ce serait plus drôle. Vous êtes sûre d'être la vraie Tueuse de Tueurs ?

— C'est ce que dit ma carte de visite.

Il inclina la tête sur le côté.

— Pourquoi vos yeux ont-ils viré au noir tout d'un coup ?

— C'est ce qui arrive quand je retire mes accessoires, dis-je en glissant dans ma poche la chaîne en or que j'avais ôtée pendant l'exécution du videur.

D'accord, j'avais peut-être des idées suicidaires, mais je n'étais pas complètement une victime. À situation désespérée, mesure désespérée.

J'exhalai la dernière inspiration dont mon corps avait besoin et sentis ma tête se vider de toutes mes pensées négatives et la peur me quitter. Mon cœur cessa de battre. La nuit autour de moi ne me parut plus froide et mon champ de vision s'étrécit pour ne plus englober que les trois chasseurs de vampires armés.

— Laissez-moi tranquille, dis-je. Et je ne tiendrai pas le premier rôle dans vos futurs cauchemars.

Le premier chasseur éclata de rire et regarda ses compagnons l'un après l'autre.

— Vous entendez ça ? J'en tremble !

Quand il me regarda de nouveau, je le saisis à la gorge.

— Laissez. Moi. Tranquille. C'est si difficile à comprendre ? Je pensais avoir été claire.

D'une poussée, je l'envoyai valser. Il atterrit sur le sol, assez violemment pour lui couper le souffle. Toussant et crachant, il leva un regard furieux sur moi. Je le voyais comme s'il était dans un tunnel, à présent. Il n'y avait plus que lui dans mon champ de vision. Sa gorge me semblait vraiment appétissante, ornée de la marque rouge de mes doigts.

— Créature des ténèbres démoniaque et vicieuse, gronda-t-il. Sans toi, le monde sera meilleur.

J'inclinai la tête sur le côté.

— Je te retourne le compliment, rayon de soleil.

Il allait se ruer sur moi, pieu levé, quand une main s'abattit sur son épaule, et il pivota pour faire face à l'intrus. Un crochet à la mâchoire lui fit faire un demi-tour sur lui-même, et un filet de salive et de sang s'échappa de sa bouche. Gideon se tenait dans la ruelle, une écharpe noire lui couvrant en partie le visage, mais pas assez pour dissimuler son identité.

— Vous devriez laisser mon amie tranquille, conseilla-t-il.

Il s'adressait au chasseur.

Celui-ci le regardait, sous le choc, une main pressée contre son visage.

— Mon Dieu ! Gideon Chase ? C'est bien vous ?

Il se releva sur des jambes mal assurées et se tourna vers ses compagnons.

— Je n'arrive pas à le croire. Vous êtes censé être mort !

— C'est vrai, n'est-ce pas ?

Le chasseur hocha la tête.

— Je suis allé à vos funérailles.

— Merci.

Gideon me jeta un coup d'œil, puis aux deux autres chasseurs éberlués de part et d'autre de lui.

— Je suppose que c'était grandiose ?

— Bien sûr, répondit l'homme en hochant la tête avec enthousiasme. Tout à fait digne d'un homme comme vous. (Il me désigna d'un mouvement de la tête.) La Tueuse de Tueurs est à notre merci. Vous voulez avoir l'honneur de l'éliminer vous-même ?

— Non. Comme je viens de le dire, Sarah est mon amie. Ou du moins…

Il me regarda.

— … c'est ce que je croyais. Je n'en suis plus si sûr.

La nocturne était tout excitée de revoir Gideon. Elle voulut courir vers lui et se jeter à son cou. Je la muselai et la retins avec fermeté.

Le chasseur fronça les sourcils.

— Je ne comprends pas. Vous êtes ami avec… une vampire ? Ça n'a pas de sens. Qu'est-ce qui s'est passé ? Vous avez été blessé dans l'incendie ?

— On peut dire ça comme ça, oui.

— On n'a pas retrouvé votre corps. On vous a cru mort. Venez avec moi. Allons dire à tout le monde que…

Gideon bougea le bras, et je vis la lune se refléter sur du métal argenté. Le chasseur se prit la gorge à deux mains et émit un gargouillis écœurant quand Gideon la lui trancha. Un sang noir se mit à couler entre ses doigts.

— Pour être honnête, dit Gideon sur le ton de la conversation, j'aimerais mieux que nous gardions ça secret, si ça ne vous dérange pas.

Gideon se déplaça encore, et sa dague alla se planter dans la poitrine du deuxième chasseur.

— Et ça vaut pour vous aussi.

Les deux hommes s'écroulèrent, morts.

Puisque je ne portais pas la chaîne en or, la peur et le choc que j'aurais pu ressentir en assistant à trois meurtres ne me semblaient pas plus réels que si j'étais en train de regarder la télévision. Pourtant, tout cela était vrai. Gideon avait tué ces deux chasseurs sans hésiter.

Le sang versé réveilla ma faim, au lieu de me plonger dans l'effroi. Je levai mes yeux noirs vers l'homme en face de moi.

— Vous n'allez pas me remercier ? demanda Gideon.

— Pour quoi ?

— Pour vous avoir, encore, sauvé la vie.

Merci, Gideon, roucoula la nocturne au fond de moi.

Je ne dis rien.

Ils ne l'avaient pas menacé. L'un d'eux avait même voulu l'aider.

— Un instant, dit Gideon, levant l'index. Je crois que j'ai encore une chose à régler.

Mais le troisième chasseur n'était plus là. J'entendis le claquement des semelles dures de ses bottes sur la chaussée alors qu'il s'éloignait en courant. Un autre homme se tenait à sa place. Il portait un masque rouge.

— Votre chasseur s'en va, dit Thierry le Diable Rouge. Ne devriez-vous pas vous lancer à sa poursuite ?

Gideon sourit.

— Vous voyez, Sarah ? J'avais l'étrange impression que si je vous suivais, quand vous êtes sortie de mon hôtel, j'aurais une chance d'apercevoir ce Diable Rouge si difficile à approcher. Mais là, c'est encore mieux que dans mes rêves.

Je fourrai une main tremblante dans ma poche. Je savais que je devais remettre la chaîne tant qu'il me restait un semblant de contrôle. Mais je ne la trouvai pas. Je sondai la ruelle du regard avec frénésie. Elle était là-bas. Sur le sol, à moins de trois mètres de moi. Elle avait dû tomber quand j'avais envoyé valser le chasseur.

Mon regard alla se poser sur Gideon, puis sur Thierry, qui s'observaient avec intensité. Pour la première fois depuis que j'avais ôté le bijou, ma peur remonta à la surface. Mon cœur émit un imperceptible petit battement.

— Vous n'avez pas à faire ça, réussis-je à articuler. Pas ici. Pas maintenant.

Gideon se pencha pour arracher son couteau de la poitrine du deuxième chasseur qu'il avait tué.

— Tout se passe un peu plus tôt que prévu, mais je peux m'adapter.

— J'ai entendu dire que vous aviez un grimoire, dit Thierry, toujours de sa voix rauque et basse.

— La vilaine petite Sarah vous aurait-elle raconté tous mes secrets ?

— Vous allez me le remettre, et ensuite vous la laisserez tranquille. Pour toujours.

— Serait-ce un ordre ?

Gideon tourna les yeux vers moi.

— Regardez-la. Comment pouvez-vous vouloir lever la malédiction ? Elle est si puissante, comme ça. Vous ne le sentez pas ? Elle est bien mieux qu'une vampire normale. Si incroyablement forte. Ce serait un crime d'étouffer tout ce potentiel.

— Donnez-moi le grimoire, insista Thierry.

— Je serai ravi de le remettre à Sarah, si elle le veut encore. Mais avant, vous allez devoir mourir.

Thierry l'attrapa par le devant de sa chemise et le foudroya du regard.

— Vous d'abord.

Gideon se dégagea sans mal, comme le chasseur entraîné et athlétique qu'il était. Je les observai, à la fois extasiée et paniquée par ce qui allait arriver.

— Arrêtez, dis-je, faisant un pas vers eux. S'il vous plaît. Vous n'êtes pas obligés de faire ça.

— Restez à l'écart ! ordonna Thierry.

— Grâce au sang de Sarah, hier soir, je me sens beaucoup mieux.

Gideon serra plus fort son couteau.

— C'est pour ça que je suis venu à votre rencontre. Le célèbre Diable Rouge. Ma dernière victime de chasseur de vampires, tant que je suis encore humain. Faisons ça bien, d'accord ?

Thierry n'avait pas d'arme, pourtant il se jeta sur Gideon et lui envoya son poing dans la figure. La tête du chasseur partit sur le côté. Je savais que Thierry était très fort, force qui s'était accrue au cours des siècles. Comment Gideon pouvait-il penser avoir une seule chance contre lui ?

Mais il était rapide, et il esquiva le coup suivant. La lame argentée brilla à la clarté de la lune juste avant d'entrer en contact avec la poitrine de Thierry, s'y enfonçant assez profondément pour que celui-ci halète de douleur. Il repoussa Gideon et lui adressa un regard noir.

— Vous avez raté mon cœur.

— C'est vrai. C'est plutôt décevant.

Gideon baissa les yeux sur son couteau.

— Mais puisque sa lame d'argent est enduite de sang mort, je crois en avoir fait assez.

— Allez au diable, chasseur, gronda Thierry.

Du sang mort. Je fouillai ma mémoire pour essayer de me souvenir de mes récentes recherches. Celui d'un humain décédé pouvait être utilisé comme poison contre un vampire. Mais le chasseur n'avait été tué que depuis quelques minutes. Le sang répandu sur le sol était encore assez frais pour que je le trouve appétissant. J'avais pensé que le « sang mort » devait être bien plus vieux que cela pour être efficace.

Du sang, dit la nocturne en refaisant surface. *Tellement de sang délicieux.*

Thierry recula en titubant, protégeant son flanc blessé. Voyant sa faiblesse soudaine, Gideon s'avança vers lui.

— Vous avez bien gagné votre grimoire, Sarah, dit-il, jetant un bref coup d'œil dans ma direction. Et ma confiance renouvelée.

Il fit plonger de nouveau son couteau vers le torse de Thierry, mais je me précipitai pour lui bloquer le bras, sentant son biceps dur sous mes doigts.

— Qu'est-ce que vous faites ? cracha-t-il.

— Je vous retiens.

— Laissez-moi terminer ce que j'ai commencé.

— Non.

Il fronça les sourcils.

— Libérez mon bras ou vous n'aurez jamais votre précieux grimoire !

— Vous pouvez vous le mettre où je pense.

Je lui serrai le poignet jusqu'à ce que la douleur l'oblige à lâcher son arme.

— Sarah, qu'est-ce que vous…

Il hoqueta de surprise quand je le forçai à tourner la tête pour planter mes crocs dans son cou, emportée par la soif de sang qui me tenaillait. Il essaya mollement de me repousser quand je le plaquai contre le mur de brique. Nous avions la même position que dans sa chambre d'hôtel, sauf que les rôles étaient inversés.

Mon esprit se vida de tout, sauf du goût salé du liquide rouge sombre qui coulait dans ma bouche.

Enfin, presque tout. Je trouvai à tâtons la poche de son pantalon et en tirai le BlackBerry. Je le glissai dans celle de mon jean. Il ne s'en aperçut même pas. Après tout, il était occupé par mes crocs enfoncés dans sa chair.

Malheureusement, j'eus à peine le temps de le savourer. Et encore moins celui de lui transmettre le virus.

Thierry m'arracha à Gideon avec tant de force qu'il m'envoya valser à travers la ruelle, et je me cognai contre le mur. Assez fort pour m'écrouler sur le sol. C'était la seconde fois en une journée que ma tête heurtait quelque chose de dur.

Mais cette fois je ne perdis pas conscience. Il se produisit une chose inattendue. Grâce à la douleur qui me vrillait le crâne, le brouillard se leva un peu dans mon esprit. Assez pour me permettre de ramper sur le sol jusqu'à l'endroit où j'avais vu la chaîne en or. Je la remis aussi vite que je le pus, les mains tremblantes.

Je revins à moi aussitôt. Mon cœur se remit à battre.

Thierry s'était accroupi près de moi. Il y avait de l'inquiétude dans ses yeux gris, derrière le masque.

— Vous allez bien ? demanda-t-il. Vous ai-je fait mal ?

Je clignai des yeux très vite. Si moi j'avais mal ? C'était bien ce qu'il voulait savoir ?

— Ça va, réussis-je à répondre, puis j'écarquillai les yeux. Gideon !

Je regardai vers l'endroit où nous nous étions tenus quand j'avais bu son sang, mais l'ex-chef des chasseurs avait disparu.

Il n'y avait plus que Thierry et moi dans la ruelle.

À part les corps de deux de mes agresseurs.

Et la flaque visqueuse qui avait été Bruce le videur.

Thierry se releva, puis m'aida à me remettre debout, ce qui le fit grimacer de douleur. Il gardait une main sur sa blessure, juste en dessous du cœur. Je pouvais voir son sang couler. Abondamment. Au lieu d'aiguiser mon appétit, cela me souleva le cœur d'inquiétude.

— Gideon a dit que le sang mort sur la lame…

— Tout va bien.

C'était la première fois que j'entendais de la douleur dans sa voix.

— Je ne guérirai pas aussi vite que d'ordinaire, mais ça va aller.

— Vous mentez.

Il se tourna vers les cadavres.

— Il faut que j'appelle quelqu'un pour nettoyer tout ça.

Il recula, chancela et dut s'appuyer contre le mur.

Un accès de panique monta en moi. Non, il n'allait pas bien. Pas bien du tout.

— Alors, appelez qui vous voudrez. Mais ensuite, vous allez venir avec moi.

Il me gratifia d'un regard noir, mais il ne répondit pas. Que Gideon ait pu blesser Thierry me rendait malade. Mais pourquoi étais-je si surprise ? Cela avait toujours été un de ses objectifs : tuer le Diable Rouge. Tout comme il avait prévu que je le transformerais à la date de son choix.

Cet homme avait de nombreux objectifs dans la vie.

Dans la même soirée, j'avais perdu sa confiance, planté mes crocs dans sa jugulaire… et pris le parti du Diable Rouge pour couronner le tout, ce qui réduisait à néant mes chances de mettre un jour la main sur le grimoire. J'avais le chic pour me faire des amis et gagner en influence.

Je ne voulais pas penser aux conséquences de mes actes. Pour le moment.

Une chose à la fois. Je devais m'assurer que Thierry allait bien, même si c'était sous une fausse identité. Puis je m'occuperais de Gideon. Parce que, s'il voulait toujours que je le transforme la nuit suivante, il venait juste d'avoir un aperçu de ce qui l'attendait.

Malgré son assurance qu'il avait une pêche d'enfer – mes mots, pas les siens –, en arrivant chez George après un rapide coup de fil au nettoyeur local pour se débarrasser des corps, le « Diable Rouge » était très pâle sous son masque. Il s'appuya même un peu sur moi alors que nous remontions l'allée. Et il n'aurait jamais fait cela s'il ne s'était pas senti affreusement mal. Après tout, si je m'approchais trop, il y avait des chances pour que je découvre son grand secret.

Bien sûr, le lapin était déjà sorti du chapeau, pour ainsi dire. Mais Thierry l'ignorait encore.

J'avais toujours mal à la tête d'avoir percuté le mur de briques, et je continuais à sentir le goût du sang délicieux de Gideon sur ma langue, mais l'état de santé de Thierry était ma préoccupation numéro un.

Heureusement, George n'était pas à la maison. Je savais que c'était son premier soir au club de striptease, et j'espérais qu'il serait d'assez bonne humeur pour se faire de bons pourboires. Servir de l'alcool à une marée d'humaines en chaleur, au milieu de mâles musclés et à moitié dévêtus, cela aidait l'argent à couler à flots.

Je poussai la porte d'entrée du coude et aidai Thierry à entrer. La petite lampe posée sur la table brillait, mais le plafonnier était éteint. Je voulus actionner l'interrupteur. Il me prit la main pour interrompre mon geste.

— Non, pas de lumière.

Je le regardai dans l'obscurité presque totale.

— Pourquoi ? Vous ne voulez pas que je vous voie ? Vous désirez tant que ça garder votre identité secrète ?

— On peut dire ça.

Je soupirai, agacée par son entêtement désormais familier.

— Alors, gardez votre masque, mais il faut que j'examine votre blessure.

— Oubliez ça. Je vais bien.

— Vous avez plutôt l'air de quelqu'un qui va tomber dans les pommes.

Il s'appuyait d'une main au mur derrière lui faisant pression sur sa blessure qui saignait toujours de l'autre.

— J'ai connu des jours meilleurs.

— Le sang d'un humain mort est un poison pour les vampires, dis-je, énonçant une évidence. Mais ce type avait été tué depuis seulement une minute. Pourquoi ça a tant d'effet sur vous ?

Il serra les dents. Quand il croisa mon regard, j'y lus autant d'incertitude que de douleur.

— Si le sang mort depuis peu est avalé, le risque n'est pas si grand. Mais y tremper une lame en argent en fait une arme mortelle.

— Mortelle, répétai-je, soudain glacée.

— Je dois partir.

Il voulut regagner la porte, mais je m'interposai sans aucun mal.

— Y a-t-il quelqu'un qui puisse vous aider ? Un docteur qui sache comment soigner ce genre de blessure ?

Je le vis déglutir avec peine.

— J'ai peur qu'il soit déjà trop tard.

La panique me gagna.

— Qu'est-ce que vous voulez dire ?

Il serra les lèvres.

— Gideon pourrait bien voir son souhait se réaliser ce soir même.

— Ne me dites pas que vous êtes en train de mourir.

— Alors, je ne vous le dirai pas.

Une ombre passa sur son visage blême.

— Mais je ne connais aucun remède capable de contrer les effets d'une telle blessure.

Il s'adossa au mur derrière lui et glissa lentement jusqu'au sol. Même dans la pénombre, le sang sur sa main était épais et brillant.

Une blessure faite par un couteau ordinaire aurait déjà disparu. Je me souvenais du jour où j'avais pris un pieu dans le corps. Thierry m'avait fait boire son sang de maître vampire pour m'aider à guérir plus vite.

D'après Gideon, le mien était encore plus puissant. Il avait même réussi à le libérer de la douleur. Un véritable remède magique.

— Attendez-moi ici, dis-je d'un ton péremptoire.

Quand j'avais peur, je devenais autoritaire. Et c'était le cas en cet instant. Thierry allait mourir. C'était lent, mais à chaque seconde qui passait je pouvais voir la vie le quitter un peu plus.

Une fois dans la cuisine, je choisis le couteau le mieux aiguisé que je trouvai et retournai dans le salon.

— Vous allez boire mon sang, lui dis-je. S'il peut guérir Gideon, peut-être aura-t-il le même effet sur vous.

— Sarah...

J'écartai ses protestations d'un geste.

— Gideon veut mon sang parce qu'il est bourré d'énergie et de pouvoir de guérison. Vous n'avez qu'à faire comme si j'étais un tube de vitamine améliorée.

J'appliquai le tranchant contre ma peau, me raidis et traçai une ligne en appuyant sur la lame.

Aïe !

Le sang se mit à couler et je m'accroupis sur le sol près de Thierry le Diable Rouge pour lui tendre mon bras.

Ses yeux devinrent noirs, vraiment noirs, mais il détourna le visage.

— Non, Sarah.

— Buvez.

Il secoua la tête.

— Je ne peux pas.

— Vous ne pouvez pas ou vous ne voulez pas ?

— Je ne veux pas. C'est… compliqué. Je refuse de vous faire du mal.

Entêtement, ton nom est Thierry de Bennicœur.

Oui, il était accro au sang et chaque fois qu'il y goûtait, il devenait un peu dingue. C'était arrivé une fois ou deux avec moi… une gorgée, et il avait perdu tout contrôle. Et non, il n'y avait rien d'excitant là-dedans. C'était effrayant et dangereux. Il avait bien failli me vider complètement.

Donc, je tentais le diable en m'offrant comme un steak juteux à un lion affamé. Mais je n'avais pas le choix.

— Cessez de faire l'enfant et buvez !

Ce n'était pas le genre de phrase que j'utilisais tous les jours.

Ses yeux étaient devenus entièrement noirs.

— Vous ne savez pas ce que vous faites. Vous ignorez qui je suis.

Tu as tort, diablotin de mon cœur.

Je savais exactement qui il était. C'était l'homme que j'aimais, même s'il était l'idiot le plus impossible, le plus têtu et le plus secret de la planète et qu'il s'était mis en tête que je le trompais avec le chef des chasseurs de vampires.

J'approchai mon bras de sa bouche.

— Sarah…

Il avait prononcé mon nom d'une voix encore plus basse. J'en eus la chair de poule.

— Buvez ! insistai-je pour la énième fois.

Il posa les mains sur mon bras et regarda la ligne ensanglantée que je lui présentais. Après avoir encore hésité un long moment, il baissa la tête et passa sa langue sur l'entaille. Puis, sans plus protester, il se mit à boire. Il ferma les yeux et resserra sa prise.

J'avais peur de ne pas être capable de l'arrêter, bien sûr. Quand il buvait du sang, la part de lui qui gardait le contrôle n'existait plus. Un peu comme moi quand je retirais la chaîne en or. Il avait promis d'y travailler, mais comme un alcoolique, il valait mieux qu'il se tienne à l'écart de la substance qui le mettait dans tous ses états.

Le sang, c'était la drogue de Thierry. Ce qui, pour un vampire, était un inconvénient.

Au bout d'une minute ou deux, il écarta sa bouche de ma peau et leva vers moi des yeux noirs comme la mort elle-même. Je m'efforçai de me redresser, et il suivit le mouvement. Il fit glisser ses mains jusqu'au creux de mes reins avant de me plaquer contre le mur de tout son poids.

— Je ne crois pas que votre petit ami apprécierait cela.

Sa voix était rauque et sexy, sans aucun rapport avec celle du Thierry à jeun.

— Vous avez sans doute raison.

J'avais du mal à lui répondre, parce que ma peau s'enflammait à son contact.

— Pourtant, vous ne me repoussez pas.

Il fit descendre une main le long de mon corps, explorant comme on ne le fait pas lors d'un premier rendez-vous. Une flambée de désir s'empara de moi, et je me mordis la lèvre.

Thierry-aux-yeux-noirs avait tendance à être plus agressif que Thierry-normal. Et si une partie de moi le craignait, l'autre… eh bien… adorait cela.

Je sais. Je suis tordue.

Il repoussa les cheveux de mon cou d'une caresse et dénuda mon épaule gauche, écartant d'abord mon chemisier, puis la bretelle de mon soutien-gorge, avant d'effleurer ma peau.

— Vous aviez raison. Votre sang m'a guéri, et j'en veux plus, gronda-t-il, et je sentis ses crocs m'égratigner la gorge. Bien plus.

— Plus de sang ?

Il lécha mon oreille et murmura :

— Je veux plonger en vous, Sarah. Je veux vous goûter en profondeur…

— C'est ce que vous racontez aux filles pour les séduire ? Parce que c'est super efficace !

Je me raidis sous l'effet de la douleur quand il me transperça la peau de ses crocs aussi fins que des aiguilles. Mais, au lieu de le repousser, j'enroulai mes bras autour de lui et le laissai boire. Je désirais qu'il prenne mon sang. Et qu'il aille bien.

Au bout d'une minute, il s'écarta, arborant une expression crispée. Sa poitrine se soulevait et s'abaissait au rythme de sa respiration laborieuse.

— Je ne peux pas. Je ne peux pas en prendre trop.

Il recula de plusieurs pas.

— Je suis vraiment surpris. Pourquoi n'avez-vous pas essayé de m'arrêter ?

— Je n'en avais pas envie.

— Malgré votre intérêt récent pour Gideon, j'aurais cru que vous étiez plus fidèle à celui que vous prétendez aimer.

Je portai la main à mon cou. Il avait pu s'arrêter tout seul. C'était un énorme progrès !

— Je lui suis fidèle.

— Ce n'est pas ce que je vois.

Sous ses mots, la colère grondait.

Je l'observai.

— Je crois que vous ne me connaissez pas très bien, hein ?

— Tout ce que je sais, c'est que vous m'avez laissé vous toucher sans émettre la moindre protestation. Je ne trouve pas ça très loyal, comme comportement.

— Non, en effet.

Je commençai à déboutonner mon chemisier et fus excitée par son air choqué.

— Et en fait, ça non plus.

— Que faites-vous, Sarah ?

— Je vous séduis.

Il recula encore d'un pas quand j'approchai de lui.

— Vous m'avez donné assez de sang pour guérir ma blessure, et je vous en suis reconnaissant. Mais ça, ce n'est pas bien.

— Parce que vous êtes le Diable Rouge, un vampire entouré de mystères et d'intrigues ?

— Parce que vous en aimez un autre. Ou n'est-ce plus le cas ?

Je laissai mon chemisier tomber sur le sol. Dessous, je portais un très joli soutien-gorge push-up en dentelle noire. Il était orné d'un petit nœud rose au milieu, qui je le savais ne résisterait pas à son premier passage en machine. Je ne lavais jamais mon linge délicat à part. Et cette paresse me coûtait cher en lingerie.

Bon, je sais que mes histoires de lessive n'ont aucun intérêt à ce moment-là, mais c'était juste histoire de parler.

— Je vous aime, dis-je.

Ses yeux s'arrondirent, et je les vis changer de couleur, passant du noir des vampires affamés au gris argenté que je connaissais bien.

— Sarah, non…

Je marchai droit sur lui, jusqu'à ce que mes lèvres touchent les siennes, puis je l'embrassai. Il était tellement tendu. Je sentis son masque frotter contre mon visage.

Il me repoussa avec un grognement.

— Pourquoi me dites-vous ça à moi ?

— Parce que c'est vrai.

Je croisai les bras.

— Je vais plaquer Thierry pour être avec vous. Je vous aime, Diable Rouge. Vous pouvez me mordre quand vous voulez. Thierry et moi, c'est de l'histoire ancienne, s'il peut s'enfoncer ça dans le crâne.

Il me regarda pendant un long moment, étudiant mon visage et mon langage corporel. Puis il comprit enfin. Son expression était si comique que ça me consola un peu de ma journée désastreuse. Juste un peu.

— Tu es au courant, n'est-ce pas ? demanda-t-il lentement.

Je lui souris.

— Que le Diable Rouge et Thierry de Bennicœur ne font qu'un ? Bien sûr que oui, gros malin !

Chapitre 12

— Tu peux enlever ton masque, maintenant.

J'allumai, et le salon fut soudain baigné d'une lumière aveuglante.

Thierry semblait sous le choc.

— Comment as-tu su ?

— J'ai deviné, c'est tout.

Je posai les mains sur mes hanches.

— D'ailleurs, on ne peut pas dire que c'est le meilleur déguisement du monde. Ce n'est qu'un masque. Je ne peux pas croire qu'on ne t'a jamais reconnu. Même Véronique ne savait rien.

Il secoua la tête, avec toujours la même expression.

— Personne ne savait.

— Pas même Barry ?

— Pas même Barry.

Je haussai les épaules.

— Je dois être particulière. C'est comme dans *Superman*. Lois Lane ne fait jamais le rapprochement avec Clark Kent, alors que son déguisement se résume à une paire de lunettes, bon sang ! Pareil pour Wonder Woman. Je veux dire, peut-être que Batman m'aurait donné plus de mal, avec son costume plus élaboré, mais une mâchoire, c'est une mâchoire !

— Depuis quand le sais-tu ?

— Notre troisième rencontre. Enfin, la troisième fois où j'ai rencontré le Diable Rouge.

Lentement, il leva les mains et retira son masque. Dessous, son beau visage était pâle.

— Pourquoi n'as-tu rien dit ?

— J'attendais que tu te décides à être honnête avec moi, déclarai-je en haussant un sourcil. Ça a été long.

— Quand tu m'as laissé te toucher, alors que tu croyais que j'étais un autre homme, j'ai pensé que devoir rester loin l'un de l'autre était un nouveau problème pour notre histoire.

— Non, ça n'a pas fait empirer les choses, répliquai-je, croisant les bras. Ta femme qui refuse de t'accorder l'annulation de mariage que tu lui demandes, c'est un problème. Le fait que nous ne puissions pas nous voir en public ni faire savoir à personne que nous sommes toujours ensemble, c'est aussi un problème.

— Et l'intérêt que te porte Gideon ? suggéra Thierry.

— Oui, ça en fait un de plus. Un gros.

Ce rappel de l'existence du chasseur me donna la chair de poule, surtout après ce qui s'était passé dans la ruelle.

— Mais le fait que je t'aime avec ou sans ton masque n'en est pas un.

— Je dois avoir perdu plus de sang que je le pensais, parce que tu m'as bien eu.

— C'est parce que je suis une très bonne actrice.

— Bien sûr.

Il se racla la gorge.

— Quelqu'un d'autre sait ?

Je secouai la tête.

— Juste moi. Et j'ignore comment Véronique a pu se laisser abuser. À propos, je suis censée lui arranger un rencard avec le Diable Rouge. Elle veut que vous deveniez amants.

— Quand elle ne m'a pas reconnu sous le masque, j'en ai déduit que mon déguisement était bon et je n'y ai plus repensé. Elle me connaissait depuis plusieurs siècles quand elle a rencontré le Diable Rouge. Elle aurait dû comprendre que c'était moi.

— Mais elle ne l'a pas fait.

— Non.

Il étudiait mes traits.

— Mais toi, si.

— Et à ce sujet, je suis furieuse contre toi, et j'ai des milliers de questions à te poser, si tu n'y vois pas d'inconvénient…

Il m'embrassa, me prenant par surprise, mais pas dans le mauvais sens du terme. Je nouai mes bras autour de son cou alors que le baiser se faisait plus intense.

— Tu m'as terriblement manqué, murmura-t-il. Je voulais te voir, mais j'avais peur pour ta sécurité. Je voulais te toucher, mais c'était impossible.

Je souris contre ses lèvres.

— Eh bien, tu es ici, maintenant. Et mon chemisier est déjà par terre, signe que même si je suis en colère contre toi, tu peux me toucher.

Il s'écarta un peu et prit mon visage entre ses mains.

— Tout ira bien. Absolument tout. Je ne laisserai rien de mal t'arriver.

— Des promesses, rien que des promesses.

— C'est une promesse et un serment.

Sa bouche effleura de nouveau la mienne.

Je déboutonnai sa chemise et l'ouvris pour examiner sa poitrine. Je fis courir mes doigts sur sa blessure, qui guérissait rapidement. Il ne restait qu'une marque rose à l'endroit où la lame s'était enfoncée. Je l'embrassai avant de relever les yeux.

— Tu vois ? dis-je. Ça va déjà mieux.

— Ton sang est aussi puissant que Gideon le prétend.

Son expression se fit grave.

— Ce qui m'inquiète beaucoup.

Je frissonnai de nouveau au souvenir du regard de Gideon au moment où je l'avais trahi. Il avait eu l'air fâché et déçu... Une très mauvaise combinaison.

Je posai l'index sur les lèvres de Thierry.

— Nous penserons à ça plus tard, d'accord ?

— Pourquoi ? Tu as d'autres projets pour le moment ?

Je hochai la tête.

— Oui, c'est exactement ça.

Il ne protesta pas quand je lui donnai un autre baiser. Je n'avais plus envie de parler de Gideon, de la malédiction ou de quoi que ce soit d'autre. Thierry était vivant. Il allait bien. Il savait que je connaissais son secret, et combien je l'aimais.

Et pour qu'il en soit vraiment certain, je le conduisis dans ma chambre microscopique et le lui prouvai. Deux fois.

Hum. Bon, disons trois.

Thierry me répéta combien il m'aimait alors que sa bouche et son corps me conduisaient à l'extase encore et encore... mais il garda poliment ses crocs pour lui.

Je me fichais qu'il soit assez vieux pour avoir vu la première de *Roméo et Juliette* assis à côté de Shakespeare en personne. L'homme que j'aimais avait l'endurance d'un trentenaire.

Après l'amour, il me garda dans ses bras et j'explorai son torse joliment musclé, avec une vieille cicatrice longue de sept centimètres, souvenir de la dernière blessure qu'il avait reçue quand il était encore humain. Si ténue désormais qu'il fallait la chercher. Je la parcourus du bout des doigts.

— Maintenant, plus de secret entre nous, dis-je. Raconte-moi tout au sujet du Diable Rouge. Commençons par le principal.

Il passa ses doigts dans mes cheveux et m'attira plus près.

— Je ne suis pas le Diable Rouge originel. C'était Marcellus, l'amant de Véronique avant notre rencontre. La nuit où il a été tué, il m'a confié son secret en me demandant de détruire ses papiers, son identité. Mais je savais que le Diable Rouge ne devait pas mourir. Je voulais continuer sous ce nom et essayer de… de…

— D'aider les autres, finis-je pour lui.

— C'était mon plan, oui.

— Est-ce que Véronique savait, pour Marcellus ?

Elle m'avait si souvent parlé de lui. Elle prétendait qu'il était son seul véritable amour. Tous ses autres amants faisaient pâle figure en comparaison de la version vampire de Robert de Niro.

— Je ne crois pas. Du moins, elle ne me l'a jamais laissé penser.

— Ça fait très Zorro. Ou Mousquetaire solitaire.

— Si tu le dis.

— Et tu as tout monté tout seul ? Sans jamais en parler ?

— Personne ne le savait.

Il déglutit.

— Jusqu'à maintenant. Je dois être complètement rouillé après un siècle d'absence.

— Je t'aurais quand même reconnu.

Il me regarda, incrédule.

— Je n'arrive toujours pas à le croire.

— Crois-le. Pourquoi as-tu tout arrêté et laissé ton masque au vestiaire pendant cent ans ?

Il serra les dents.

—À cause de ce qui s'est passé avec Elizabeth.

Je me souvins de ce nom. Elizabeth était la femme de l'un des meilleurs amis de Thierry. Un siècle plus tôt, elle avait essayé de le séduire, mais rien ne s'était déroulé comme elle l'avait prévu. Quand elle avait utilisé son propre sang pour l'attirer dans son lit, la situation lui avait complètement échappé à cause de l'addiction de Thierry, et il avait failli la vider jusqu'à la dernière goutte. En s'enfuyant pour sauver sa peau, elle était tombée sur une bande de chasseurs qui l'avaient tuée sans remords. Thierry pensait que tout était sa faute, et la culpabilité le rongeait depuis lors.

—À ce moment-là j'ai compris que le Diable Rouge causait plus de torts qu'il n'en réparait. Qu'il était peut-être plus sûr de vivre caché que de foncer tête baissée vers le danger.

—Sauf que ce principe vaut pour les autres, mais pas pour toi, n'est-ce pas ?

Il refusa de croiser mon regard.

—Oui.

Je remarquai son expression tendue.

—Qu'est-ce que tu as ?

Il secoua la tête.

—Rien du tout. C'est juste que je ne me confie pas autant, en général.

—Tu ne m'apprends rien, là, tu sais.

—Il y a tant de choses que je regrette dans ma vie.

Je lui touchai le visage et l'obligeai à me regarder.

—Ce qui explique pourquoi tu es toujours si sérieux.

Il me regarda enfin.

—J'étais déjà sérieux quand j'étais encore humain, en fait.

— Ça ne m'étonne pas.

Je l'embrassai, puis il s'écarta pour m'observer. Il repoussa ma frange d'une caresse.

— Je m'attends toujours à ce que tu sois écœurée par mon passé au point d'avoir envie de me quitter. Et le fait que tu aies passé tellement de temps avec Gideon sans me le dire n'a rien fait pour apaiser mes craintes.

Je soupirai.

— Zut. J'ignorais que les maîtres vampires pouvaient avoir autant besoin d'être rassurés.

Ses lèvres frémirent d'amusement.

— Je n'ai pas du tout besoin d'être rassuré.

— Si, et tu es jaloux et possessif. Pour ton information, je ne donne qu'un peu de mon temps à Gideon.

— Tu l'as embrassé.

— Ce n'était rien. Sérieusement.

Je m'éclaircis la voix.

— À propos, que dois-je faire au sujet de Véronique qui veut devenir l'amante du Diable Rouge, à ton avis ? C'est sérieux, tu sais. Elle est tellement entichée de son héros qu'elle bavait en parlant de lui. Son gloss Chanel n'a pas tenu le coup. C'est vraiment triste.

— Tu essaies de changer de sujet ?

— Oui, exactement. Alors, Véronique et le Diable Rouge ? Qu'est-ce que tu vas faire ?

Il haussa un sourcil.

— J'ai bien peur qu'avoir une aventure avec la femme dont je suis séparé ne m'intéresse pas.

— Oh, allez ! Elle est magnifique. Elle est puissante, pleine de bon sens, et vous avez des siècles de souvenirs en commun.

— C'est vrai.

Je tressaillis. Si Véronique et Thierry s'inscrivaient sur un site de rencontre virtuel, on les mettrait tout de suite en contact. Moi ? Je me retrouverais d'office avec le type qui vivait encore chez ses parents et entretenait une relation malsaine avec ses jeux vidéo.

— Alors, où est le problème ?

Il soupira.

— Tu es sérieuse ?

— Non. Oublie ça. Je ne veux pas savoir.

Il secoua la tête.

— Tu as demandé, je vais te répondre. Pourquoi ne sauterais-je pas sur l'occasion d'être de nouveau avec Véronique ? Puisqu'elle est… comme tu sembles le croire… si parfaite ?

— J'ai dit ça ?

— Bien des fois.

— D'accord. Alors, pourquoi ? Pourquoi choisir d'affronter tout ce que l'on a traversé, et tout ce qui nous attend probablement encore, alors que le choix simple et parfait se présente à toi depuis toujours ?

— Pourquoi as-tu choisi d'être avec moi alors que Quinn et toi sembliez faits l'un pour l'autre ? contra Thierry.

Je clignai des yeux, surprise par cette question.

— Eh bien, parce que je ne suis pas amoureuse de lui, pour commencer. Et Quinn est fiancé à une blonde effrayante, maintenant. Je ne pourrais probablement pas le toucher avec une perche de trois mètres même si j'en avais envie.

Son expression se fit grave.

— Sauf quand tu l'embrassais en public, un peu plus tôt dans la journée. Et tu as aussi admis avoir donné un baiser à Gideon, même si tu refuses qu'on en parle.

Je déglutis.

— Gideon a montré sa vraie nature ce soir même, quand il a égorgé ces deux chasseurs et essayé de te tuer.

Thierry se redressa et s'assit au bord du lit. Puis il commença à se rhabiller sans un mot.

— Qu'est-ce que tu fais ? demandai-je.

— Tu es censée transformer Gideon dans vingt-quatre heures. Maintenant que je sais que ton sang est aussi puissant qu'il le dit, je suis très inquiet des conséquences.

— Eh bien, je le transforme, et il nous laisse tranquilles. C'était notre plan, n'est-ce pas ?

Il secoua la tête, sourcils froncés.

— Tu ignores quelles pourraient être les implications si quelqu'un comme lui possédait tout à coup la force et les pouvoirs d'un maître vampire.

Il avait raison, bien sûr. Je lâchai un soupir tremblant.

— Je sais. Tout ça est mauvais. Je suis navrée.

— S'il te plaît, ne t'excuse pas, répliqua-t-il en enfilant sa veste. Et si tu veux vraiment savoir comment je peux te choisir plutôt qu'une femme comme Véronique... sache seulement qu'autant de perfection, c'est très surfait.

Il glissa la main dans sa poche et en tira quelque chose. Un petit objet qui tenait dans le creux de sa paume.

— Je la garde tout le temps sur moi dans l'espoir de pouvoir te la redonner un jour.

C'était une bague constellée de diamants, un anneau d'éternité. Il me l'avait offert deux semaines plus tôt, et j'avais dû le lui rendre quand j'avais feint de rompre avec lui. S'il ne s'agissait pas d'une bague de fiançailles – difficile de se fiancer à un homme déjà marié –, il était le symbole que Thierry me voulait dans sa vie.

Mon cœur se gonfla comme une montgolfière.

— Tu peux me la rendre maintenant ?

Il referma la main et secoua la tête.

— Je préfère la garder en lieu sûr.

— Tu l'emportes partout avec toi ?

Il acquiesça.

Je souris.

— Tu es si romantique !

Je m'enroulai dans le drap et m'agenouillai d'un côté du lit. Il s'assit au bord et me caressa le visage, écartant les cheveux qui me tombaient dans les yeux et les lissant derrière mes oreilles.

— J'adore le fait que tu aies vu au-delà du masque et compris qui j'étais vraiment, dit-il d'une voix un peu rauque.

— C'est un très mauvais déguisement. On voit à travers.

Je souris quand il effleura mes lèvres des siennes.

— Mais je t'aime quand même.

Il haussa un sourcil amusé.

— Il faut que je parte, maintenant. Je dois trouver comment m'occuper de Gideon avant demain soir, sans que personne ne soit blessé.

Ses paroles me firent l'effet d'un seau d'eau glacée en pleine figure.

— Oh, mon Dieu ! Je n'arrive pas à croire que j'aie pu oublier !

— Oublier quoi ?

— Ce soir, à son hôtel, je voulais voler le BlackBerry de Gideon, mais ça ne s'est pas passé comme prévu, répondis-je, choisissant d'éluder certains détails, comme d'avoir été plaquée contre le mur par le propriétaire dudit téléphone pendant que la nocturne en moi se comportait comme une chatte en chaleur. J'avais espéré y trouver la liste de ses contacts, des hommes qui font le sale boulot pour lui. Ça m'aurait donné un vrai avantage sur lui.

— Mais tu as échoué, non ?

— À ce moment-là, oui. Mais dans la ruelle, quand j'ai...

Je me mordillai la lèvre en repensant à ce qui s'était passé.

— ... quand j'ai goûté à Gideon Chase, j'ai réussi à le lui prendre.

— C'est vrai ?

Je me penchai hors du lit pour attraper mon jean et tirai le petit boîtier noir d'une poche.

— Voilà !

Il arqua un sourcil.

— Pourquoi ne l'as-tu pas dit avant ?

Je haussai les épaules.

— J'étais drôlement occupée, avec le Diable Rouge agonisant dans le salon sur la moquette de George. Puis j'ai été distraite par...

Je lui souris.

— ... d'autres choses.

— Pour moi, ça a été le meilleur moment de la soirée.

Il me caressa le bras de sa main tiède, puis fronça les sourcils.

— Pas l'agonie sur le sol, mais les autres choses dont tu parlais, bien sûr.

Je souris.

— J'avais compris.

Il me prit le BlackBerry, le mit en marche et fit défiler la liste des appels.

— Tu as été en contact constant avec lui, n'est-ce pas ? demanda-t-il d'une voix grave.

— Il me fait chanter.

— Bien sûr.

Un seul autre numéro apparaissait plus d'une fois.

Et je le connaissais très bien.

Je secouai la tête.

— Non, il doit y avoir une erreur.

— Tout est là. Le téléphone ne garde en mémoire que les appels des cinq derniers jours.

J'éprouvais des difficultés à respirer, car mon cœur cognait contre ma cage thoracique. Je n'arrivais pas à le croire. Je connaissais ce numéro de téléphone. Je l'avais composé moi-même des dizaines de fois.

« *Il détient un indice au creux de sa main* », avait dit le démon qui avait possédé l'adolescent. « *La preuve d'une trahison dont vous ne vous douteriez jamais.* »

— Non, ce n'est pas possible, réussis-je à articuler.

Thierry se rendit compte que j'étais sonnée.

— Qu'est-ce qui ne va pas ?

Je fis de mon mieux pour ne pas vomir là, devant lui.

Une trahison que je ne pourrais pas soupçonner...

Il fronça les sourcils, inquiet, et posa la main sur ma joue.

— Sarah, qui est-ce ? Qui est l'informateur de Gideon ?

Je déglutis avec peine.

— C'est George.

Chapitre 13

Il était presque 2 heures du matin quand George rentra. Il sursauta en me découvrant assise sur le canapé et porta une main à sa poitrine.

— D'accord, tu m'as fichu les jetons. Tu t'apprêtais à me sauter dessus ?

— Je suis une ninja, répondis-je en le détaillant de la tête aux pieds. Une ninja dangereuse et en colère.

— Je suis content que tu sois encore debout.

Il jeta son manteau dans le placard et défit la cravate noire qui, avec le pantalon moulant de la même couleur, constituait son nouvel uniforme de serveur.

— Je crois que j'ai été viré. Je suis donc officiellement déprimé à mort et j'ai besoin de voir un visage amical.

Eh bien, il s'était trompé d'adresse.

— Pourquoi voudrait-on flanquer à la porte un type aussi génial que toi ?

George ne sembla pas entendre la note de sarcasme dans ma voix.

Il se massa les tempes.

— Il est possible que j'aie renversé un plateau sur un groupe de nanas venues fêter l'enterrement de vie de jeune fille de l'une d'entre elles. Elles sont aussitôt allées glousser dans le bureau de la directrice, qui m'a hurlé dessus avant de me jeter dehors. C'était très déplaisant.

— J'en suis sûre.

Donc, il était distrait. Je suppose qu'espionner ses amis à leur insu devait peser lourd sur la conscience

— Je trouverai un autre moyen de me faire de l'argent.

— Oh, j'en suis sûre, dis-je en tapotant le canapé à côté de moi. Viens t'asseoir. Je veux avoir une petite conversation avec toi.

Il me regarda, soupçonneux.

— Tout va bien ? Tu sembles un peu, euh, quel est le mot que je cherche ? Bizarre ?

— Je me sens bizarre à l'extrême en ce moment précis.

Il fronça les sourcils.

— Tu portes toujours la chaîne, hein ? Tu n'as pas envie de mordre ?

— Je garderai mes crocs pour moi. Promis.

D'un pas hésitant, il s'avança et se laissa tomber près de moi. J'étudiai son beau visage, cherchant à savoir si c'était celui d'un menteur et d'un traître, celui d'une personne en qui j'avais placé une confiance aveugle et qui aurait trahi notre amitié en jouant un putain de double jeu.

George avait les mains jointes, visiblement mal à l'aise, et le sourire qu'il affichait était figé.

— Alors, qu'est-ce qu'il y a ?

— Y aurait pas un truc que tu aurais oublié de me dire ?

— Qu'est-ce que tu veux dire ?

— Un truc important qui affecterait ton humeur et te rendrait suffisamment distrait pour que tu renverses tout un plateau sur un groupe de filles sans défense ?

Il lâcha un soupir tremblant.

— Oui. Mais je ne peux rien dire.

— Vraiment ?

J'inclinai la tête sur le côté.

— Pourquoi ? C'est une surprise, peut-être ? Mon anniversaire n'est pas avant octobre.

Sa lèvre inférieure tremblota.

— Écoute, je sais que j'agis bizarrement. Mais tu dois... me faire confiance. Et ne me pose plus de questions.

— Te faire confiance ?

Il hocha la tête.

— Parfois, je dois garder certains secrets. Sinon, des gens pourraient souffrir par ma faute.

Ce n'était pas la réaction à laquelle je m'attendais.

— De quoi tu parles ?

Il m'attrapa le bras.

— Je t'aime, Sarah. Il n'y a rien de sexuel là-dedans, bien sûr. Et quoi qu'il arrive je veux que tu t'en souviennes. Et j'aime Amy. Et Barry aussi... mais pas autant que vous deux, les filles.

Il leva les yeux vers le fauteuil près du canapé sur lequel nous étions assis.

— Oh, salut, Thierry. Je vous aime aussi.

— Salut, George, répondit Thierry.

George devait être vraiment distrait pour ne pas avoir remarqué sa présence jusque-là.

Il fronça les sourcils de plus belle et me regarda.

— Qu'est-ce qu'il fait ici ? Je croyais que vous aviez rompu ?

Je haussai les épaules.

— C'était un mensonge. Nous sommes toujours ensemble, mais personne n'est au courant.

George se boucha les oreilles et écarquilla les yeux.

— Non, ne me dites pas ce genre de choses ! Pitié !

— Pourquoi ?

Je tournai la tête vers Thierry.

— Tu ne trouves pas que ça ferait un ragot fantastique ?

Il acquiesça.

— C'est mon avis aussi.

— C'est le problème ! s'écria George.

Il bondit du canapé et gagna l'autre bout de la pièce. Écartant un peu le rideau, il jeta un coup d'œil dehors, avant de pivoter de façon théâtrale pour nous faire face. Il se tordait les mains.

— D'accord… Je n'arrive pas à croire que je vais faire ça, mais il le faut. J'ai dû garder un secret si énorme qu'il est en train de me tuer. Littéralement.

Thierry se pencha un peu en avant.

— Un secret du genre Gideon Chase est bien vivant et vous travaillez pour lui comme informateur ?

Tendue, j'observai la réaction de George. Elle fut lente à venir.

— Vous êtes au courant ?

Sa voix était étranglée.

Je hochai la tête.

— Oui, tous les deux.

Au lieu d'essayer de s'enfuir de la maison ou de se lancer dans une explication, il lâcha un gros soupir de soulagement.

— Dieu merci ! Cela me faisait mourir à petit feu. Vous ne savez pas ce que c'est de garder un secret aussi énorme !

— En fait…, commençai-je.

Mais George revint vers le canapé en courant et me serra si fort dans ses bras que j'en eus le souffle coupé. Il m'embrassa sur la joue.

Ce n'était pas du tout la réaction à laquelle je m'attendais.

George étreignit ensuite un Thierry récalcitrant, puis il s'assit sur le sol, les jambes croisées.

— Gideon m'a fait chanter. Il a dit qu'il te tuerait, Sarah, si je ne l'informais pas de tous tes faits et gestes.

Même si j'avais déjà compris la situation, cet aveu me sonna un peu. George était l'espion de Gideon. C'était pour cela qu'il savait toujours où j'étais, et avec qui.

Mais au fait…

— Il t'a dit qu'il me tuerait, moi ? demandai-je, surprise.

— Oui. Et Amy aussi. Je te jure que je ne l'aurais jamais aidé si j'avais eu le choix. Mais je devais protéger mes copines !

Il marqua une pause.

— Et aussi ma propre peau.

Thierry se leva et vint s'asseoir près de moi. Il me prit la main.

— Vous êtes donc en contact tous les jours avec Gideon pour lui raconter ce que fait Sarah ?

George opina du chef.

— Je ne lui ai jamais dit que le strict minimum. Des trucs comme le retour de Quinn en ville, et que Sarah et lui étaient de nouveau ensemble.

Il nous regarda tour à tour.

— Tu as de nouveau deux hommes dans ta vie, hein, Sarah ? Ça m'impressionne. Je suis mortifié, humilié et sans emploi, mais très impressionné.

— Oublie Quinn, grommelai-je.

Il haussa un sourcil.

— Je pourrais t'en dire autant.

— Pourquoi ne m'as-tu pas dit ce qui se passait ?

Je m'étais préparée à entendre le pire, que George s'était laissé acheter pour un gros tas de billets, ou un truc minable dans le genre, mais il n'était pas un très bon menteur. Il disait donc la vérité. Je le savais. Et c'était un tel soulagement que j'aurais pu éclater en sanglots.

— Gideon a dit que si j'en soufflais un seul mot, il vous tuerait, Amy et toi.

Je secouai la tête.

— Je ne peux pas croire qu'il ait dit ça.

— Gideon Chase, émit George d'une voix tremblante, le chef des chasseurs de vampires. Ohé ? Il est fou. Complètement cinglé, à mon avis. Et très en colère. Et grand, aussi. Au début, il était couvert de cicatrices, et soudain, *pouf!* il n'en a plus. Qu'est-ce que ça signifie, tout ça ? Il m'a menacé, et étant donné qu'il a semé la mort et la destruction dans son sillage, je n'étais pas vraiment en position de discuter.

Je hochai la tête.

— Il est désespéré, ça, c'est sûr. La douleur des feux de l'enfer lui a fait faire de drôles de choses au début, mais je ne crois pas que je le traiterais de cinglé. Nicolaï l'était. Peter aussi.

Il s'agissait respectivement d'un vampire et d'un chasseur, qui tous deux avaient tenté de me tuer.

— Mais Gideon, poursuivis-je, je ne sais pas. Je dirais qu'il est… concentré.

George, qui ignorait ma relation avec le chasseur, eut l'air confus.

— Mais de quoi tu parles, bon sang ?

— Pourquoi le défends-tu ? demanda Thierry d'un ton calme.

— Je ne le défends pas.

— Ça y ressemble, pourtant.

Je déglutis.

— Je dis seulement qu'il a commis de nombreuses erreurs, et que naître dans une famille de riches chasseurs ne l'a pas vraiment aidé. Sa situation actuelle – avoir été brûlé par les feux de l'enfer et vouloir être transformé en vampire – pourrait lui faire prendre un nouveau départ.

— Tu l'as vu assassiner froidement deux hommes dans la soirée. Il a également failli me tuer.

— Je sais ça.

— Et même s'il est évident qu'il t'a menti au sujet des assassins et espions à sa solde, puisqu'il se servait de George, il a quand même menacé d'éliminer tous ceux que tu aimes.

George avait les yeux ronds comme des soucoupes.

— Qu'est-ce qui se passe, ici ?

Thierry haussa un sourcil sombre.

— Ça semble évident. En dépit de ce qu'elle voudrait me faire croire, Sarah en pince pour le chasseur.

— Je déteste cette expression, rétorquai-je, malade de l'entendre dire cela. Et c'est faux. Archi-faux.

— Gideon est très intelligent. Il sait comment manipuler les gens pour obtenir ce qu'il veut. Dans le cas de George, il a utilisé la peur. Avec toi, Sarah, ça a commencé par des menaces, mais il a apparemment trouvé une tactique encore plus efficace. Des cadeaux, peut-être ? Des compliments ? A-t-il utilisé son célèbre charme sur toi ? Est-ce pour ça que tu as tant apprécié le baiser que vous avez échangé l'autre nuit ?

— Attendez, intervint George. Sarah a embrassé Gideon ? Merde alors !

— Oublie ça, George.

Je croisai les bras, très mal à l'aise de constater combien Thierry pouvait être perspicace.

— Ce n'était rien du tout.

— C'est pour ça que tu n'as pas voulu de l'éradication, hein ? déclara George. Tu ne voulais pas oublier le côté tendre de Gideon ?

— L'éradication ? demanda Thierry.

— Tu ne lui as rien dit ? Oui, Sarah et moi sommes allés voir un gamin sorcier il y a deux jours. Il aurait pu la débarrasser de la malédiction, mais elle serait redevenue humaine et les six derniers mois de sa vie auraient été effacés de sa jolie petite tête.

Mon visage se figea.

— Est-ce que j'ai oublié de te le dire ?

— En effet, proféra Thierry d'une voix glaciale. Mais peut-être en as-tu parlé avec Gideon ?

Je le foudroyai du regard.

— Ce n'est pas le moment.

— Quoi ?

— D'être jaloux. Je ne ressens rien pour Gideon. Alors, arrête avec ça une bonne fois pour toutes, d'accord ?

Il hocha la tête et se leva. La chaleur que j'avais pu voir dans son regard au cours de la soirée avait laissé la place à quelque chose de glacé.

— Je préfère partir avant de dire quelque chose que je pourrais regretter. De toute manière, j'ai des choses à régler.

— Au cas où il faille te le rappeler, ripostai-je en le regardant, tu as été plutôt absent ces derniers temps. Avec qui étais-je supposée partager mes problèmes ? Le Diable Rouge ?

Thierry plissa les yeux quand je mentionnai son *alter ego*.

— À demain, Sarah.

Il partit sans m'adresser un autre regard.

George se leva et gagna la cuisine, où il prépara deux quadruples martinis arrosés d'une rasade de moonshine tiré de sa réserve personnelle, laquelle était presque épuisée. Ce mystérieux liquide permettait aux infortunées créatures qui ne ressentaient plus les effets de l'alcool – comme les vampires – de s'enivrer. Il avala le sien d'un trait et me tendit l'autre. Je l'imitai.

— C'est un bon début, soufflai-je.

— Par pitié, dis-moi que tu n'es pas amoureuse de Gideon Chase. Je n'ai pas assez de moonshine pour affronter cette révélation.

— Je ne le suis pas.

Je lâchai un long soupir de frustration.

— J'aime Thierry, même si parfois j'ai envie de lui flanquer mon poing dans la figure. Mais…

— Mais quoi ?

— Je ne peux pas empêcher une petite partie de moi de s'inquiéter pour Gideon, malgré tout ce qu'il a pu faire. Je suis censée le transformer à minuit, demain. Oui, il a utilisé son charme et un tas de menaces pour me faire faire ce qu'il désirait. Mais…

— Mais quoi ? insista George.

Je secouai la tête.

— Je ne sais pas.

— Ce qui ne nous aide pas.

Je soupirai de nouveau.

— Tu l'as dit.

Je dormis. D'un sommeil sans rêve, à part un cauchemar dans lequel Thierry essayait de me planter un pieu dans le cœur avant que je le tue la première. Rien de très nouveau. Terrifiant et perturbant, mais pas nouveau.

Je me souvenais encore de l'époque où je rêvais de chaussures. Littéralement. J'en essayais des tas, et elles m'allaient toutes parfaitement. Je crois que le Prince charmant était là aussi. Et peut-être un chœur d'adorables souris.

Dans la vraie vie, malheureusement, il arrivait que les chaussures qui me semblaient parfaites sur l'étagère ne conviennent pas à mes pieds. Je pouvais toujours forcer un peu en les enfilant et les porter quand même, mais elles étaient inconfortables et trop serrées.

Difficile de courir pour échapper à la mort quand on a mal aux pieds. Même les vampires ont des ampoules.

Je me réveillai avec une étrange sensation… J'avais les oreilles qui bourdonnaient. Il me fallut du temps pour comprendre d'où cela venait, et dans mon demi-sommeil j'imaginai mon oreiller rempli d'abeilles amicales.

Mais c'était le BlackBerry de Gideon. Je l'avais emporté au lit, pour qu'il ne lui arrive rien, comme un doudou froid et noir.

J'étudiai l'écran.

NUMÉRO INCONNU.

Au bout d'un moment, il se tut. Je m'assis vivement. Qui appelait Gideon ? Thierry semblait convaincu qu'aucun des numéros enregistrés n'était celui d'un tueur. Je savais que cela ne pouvait pas être George… pas s'il savait ce qui était bon pour lui.

Et ce n'était pas moi.

Quand le portable vibra de nouveau, j'humectai mes lèvres sèches du bout de la langue et appuyai sur le bouton pour répondre. Je le soulevai jusqu'à mon oreille d'une main tremblante.

Silence, puis…

— Sarah ? Tu es là ?

Je reconnus immédiatement cette joyeuse voix de femme.

— Amy ?

— Ouais, c'est moi.

— Où es-tu ?

— Aucune idée, vraiment. Je suis censée te parler un moment. Comment ça va ?

Je me sentais perdue.

— Pourquoi m'appelles-tu à ce numéro ?

— C'est celui que m'a donné Gideon.

Il y eut une pause.

— Tu sais, après tout ce que j'avais entendu dire sur lui, je m'attendais à quelqu'un de très différent. En fait, il est super sympa, tu ne trouves pas ?

Ma gorge se serra et j'eus des difficultés à respirer.

— Gideon t'a enlevée ?

— Il m'a abordée hier, pendant ma pause. Au début, j'ai été surprise. Je crois que j'ai hurlé quand il m'a attrapée, et puis il m'a donné quelque chose pour me relaxer.

Je serrais le téléphone à m'en faire mal.

— Il t'a droguée ?

— Je sais pas ce que c'était, mais je suis toute détendue et vachement bien maintenant. J'ai pas du tout envie de bouger. Dis à Barry que je vais bien, d'accord ? Je sais qu'il est du genre à s'inquiéter.

J'entendis un bruit de mouvement à l'autre bout de la ligne. J'attendis, ma main libre tordant le drap jusqu'à ce que mes articulations soient aussi blanches que le tissu.

— Sarah, me salua la voix grave de Gideon. Comment allez-vous ce matin, après cette soirée pleine d'excitation ?

— Qu'est-ce que vous êtes en train de faire ? Vous avez enlevé Amy hier matin ? C'était bien avant ce qui s'est passé la nuit dernière.

— J'aime couvrir mes arrières, au cas où. Comme vous pouvez l'entendre, elle va bien.

— Parce qu'elle est droguée, répliquai-je, luttant pour respirer. Laissez-la partir.

— Pourquoi ferais-je un truc pareil ?

— Parce que ça n'a pas besoin de se passer comme ça.

— Malheureusement, si. Vous m'avez prouvé une fois pour toutes, la nuit dernière, que même si je le voulais je ne pourrais pas vous faire confiance.

Bizarrement, il semblait déçu.

— Je ne peux pas permettre que quoi que ce soit m'empêche d'obtenir ce que je veux. Et si je dois utiliser votre amie blonde comme assurance que tout se passera bien ce soir, alors c'est ce que je ferai.

Je secouai la tête.

— Vous pouvez me faire confiance.

— Vous avez essayé de me séduire, dans ma chambre d'hôtel, pour me voler mon BlackBerry.

— Je n'emploierais pas le terme « séduire ».

— Alors vous vous sous-estimez. Ensuite, vous me l'avez subtilisé dès que vous en avez eu l'occasion, dans la ruelle. Avez-vous trouvé les informations que vous cherchiez ?

Puisque je lui parlais en utilisant ledit BlackBerry, je ne pouvais pas nier.

— Vous l'avez laissé tomber. J'allais vous le rendre. Oh, et à propos, je suis navrée concernant ce qui s'est passé. Je n'avais pas l'intention de vous…

— Mordre ? finit-il pour moi. Quand la nocturne prend le dessus, vous devenez une femme très différente, n'est-ce pas ?

J'exhalai en tremblant.

— Vous comprenez maintenant pourquoi je dois rompre le mauvais sort.

— Bien au contraire. Avec des soins adaptés et de bons conseils, je suis convaincu que votre côté obscur serait un sérieux atout. Je vous l'envie, Sarah. J'aimerais tellement avoir reçu un tel cadeau.

Je serrai les dents.

— Alors, en tuant la sorcière qui m'a envoûtée, vous avez commis une grave erreur. Elle aurait pu vous procurer un beau nocturne intérieur, tout neuf et bien à vous.

Mon ton devenait acide.

— Laissez Amy s'en aller. Maintenant !

— Vous ne pouvez pas supporter qu'on vous dise « non », n'est-ce pas ? Alors laissez-moi vous poser une question... Avez-vous parlé avec mon excellent ami George ? Je présume que puisque vous avez glissé votre petite main si talentueuse dans mon pantalon pour me voler mon téléphone portable, vous savez que lui et moi avons été en contact...

Je sentis mon dos se contracter.

— Je vous laisse George. À condition que vous ne lui racontiez rien de plus. Considérez qu'en le laissant vivre je vous fais un cadeau, puisque vous n'acceptez pas mes bijoux. De plus, je n'ai plus besoin d'agiter la fausse menace d'assassins à ma solde, n'est-ce pas ? Avec Amy, j'ai désormais quelque chose de plus tangible sous la main.

— Qu'est-ce que vous voulez, Gideon ? demandai-je.

— Ce que j'ai toujours voulu. Que vous me transformiez, à minuit.

— Je le ferai.

— J'en suis sûr. Et vous allez venir à ma chambre d'hôtel tout de suite. Quelque chose d'important s'y trouve, et il faut que vous le voyiez.

Il raccrocha.

Chapitre 14

Quand j'arrivai dans la chambre d'hôtel de Gideon, à la fois pleine d'espoir et d'appréhension, la porte était ouverte et un chariot était stationné devant. Je dus le contourner pour entrer.

La cheminée de la suite projetait une lumière chaude sur le décor. La chambre était rangée, et je vis des photographies étalées sur le couvre-lit en brocart. Je m'approchai.

Quand Gideon était venu me voir pour la première fois, il m'avait montré ces clichés. À l'époque, j'avais supposé qu'il avait engagé un détective privé pour nous suivre, mes amis, ma famille et moi. À présent, j'avais l'étrange impression qu'il les avait pris lui-même.

Thierry quittant son ancien club. Mes parents dans leur maison d'Abbottsville, une bourgade au nord de Toronto. Amy et de Barry vivant leur vie de couple fraîchement marié. Et George. Tous me parurent familiers, même si mon esprit avait été embrumé quand je les avais vus la première fois. Je commençais alors tout juste à éprouver les symptômes de la malédiction qui me transformait en nocturne.

De nouvelles photos étaient mélangées aux anciennes. Et chacune d'elle me serra le cœur un peu plus.

La première me montrait en train de parler avec le Diable Rouge, après qu'il fut intervenu pour m'empêcher de me faire les dents sur la jeune vampire. Il y en avait une de Véronique et moi, quittant l'endroit où nous avions pris un café hier. Et enfin une de Thierry sortant de chez George en pleine nuit, quelques heures plus tôt, après notre confrontation avec George et la dispute qui avait suivi au sujet de ma loyauté déplacée.

Un filet de sueur froide coula le long de ma colonne vertébrale.

D'accord, il savait que je lui avais menti sur ma rupture avec Thierry. Le fait qu'il le sache me rendait malade. Mais même si ces photos prouvaient que je lui avais menti, Gideon Chase avait toujours besoin de moi. Rien que cela garantissait la sécurité d'Amy.

Tout pouvait encore très bien se passer.

Oui. Laissez-moi conserver mes illusions, s'il vous plaît. Heureusement, les choses ne pouvaient pas encore empirer.

La femme de chambre sortit de la salle de bains et porta la main à son cœur en me voyant.

— Seigneur ! Vous m'avez fait peur.

— Le... l'homme qui séjourne ici. Où est-il ?

— Il a réglé sa note. Je fais la chambre pour le client suivant, répondit-elle. Il m'a laissé beaucoup de boulot. Ça va me prendre des heures pour nettoyer la cheminée.

Je me tournai lentement vers ce qu'elle me désignait. Je n'avais jamais dormi dans une chambre qui avait sa propre cheminée. Pour moi, l'hôtel se résumait à un lit, une table et une salle de bains. Et à des échantillons de shampoing et de savon bon marché quand j'avais de la chance.

J'inclinai la tête sur le côté.

— Qu'est-ce que c'est ?

La femme de chambre haussa les épaules.

— On dirait qu'il a brûlé une sorte de gros livre. Je suppose qu'il ne devait pas être passionnant. Moi, j'aime bien les romans de Stephenie Meyer.

Ma bouche était devenue sèche. J'attrapai le tisonnier et l'utilisai pour attraper un gros objet rectangulaire.

— Qu'est-ce que vous faites ? s'écria-t-elle en me voyant le tirer du feu.

Il atterrit sur le sol en même temps qu'un tas de cendre.

C'était le grimoire.

Ou du moins ce qui en restait.

Le livre magique n'était plus qu'un tas de feuilles calcinées. Les pages étaient collées entre elles et noircies. Je me servis du tisonnier pour l'ouvrir et constatai qu'il devait être dans la cheminée depuis un certain temps. Il était complètement détruit et illisible.

Ça t'apprendra à jeter de l'huile sur le feu.

— Qu'est-ce que c'est ? demanda la femme de chambre. Un annuaire ?

— Vous ne connaîtriez pas une incantation magique pour réparer un livre carbonisé, par hasard ?

— Une incantation magique ? répéta-t-elle en m'adressant un regard méfiant. Vous feriez mieux de partir, pour que je puisse finir mon boulot maintenant que vous avez fait encore plus de saletés. Je n'ai pas de temps à perdre avec des bêtises.

Gideon avait brûlé le grimoire. Il avait détruit ma seule chance de rompre le mauvais sort.

J'avais eu tort… les choses pouvaient toujours être pires.

La femme de chambre contourna le lit.

— Vous êtes Sarah ?

Je me tournai vers elle.

— Ça dépend, pourquoi ?

Elle ramassa une lettre sur le bureau.

— C'est adressé à une certaine Sarah.

Je me précipitai sur elle et lui pris l'enveloppe, que j'ouvris aussitôt avec l'ongle du pouce.

« Vous me trouverez au club que vous fréquentez ces temps-ci. Il n'y a personne là-bas à cette heure de la journée. N'en parlez pas à votre amant le maître vampire. S'il vous plaît, ne me décevez pas une fois de plus. Soyez-y à midi. G. »

Au moins, il avait dit « s'il vous plaît ».

Oui, il piquait sa crise. Si cela avait été n'importe qui d'autre, j'aurais pu ne pas en tenir compte. Mais Gideon Chase, c'était une autre histoire.

Ça faisait à présent un certain temps que je me trompais sur toute la ligne à son propos. Il valait mieux ne pas se mettre le vrai Gideon à dos, ni flirter avec lui, et encore moins le sous-estimer. Je ne commettrais plus jamais ces erreurs.

Quand j'émergeai sur le trottoir, le soleil était aveuglant. Je mis mes lunettes noires et regardai autour de moi. Mon téléphone sonna. J'avais mon Pink Razor et le BlackBerry de Gideon. Je changeais de portable comme de collants, ces temps-ci.

Un coup d'œil à l'écran m'apprit que c'était Thierry. Je répondis.

— Où es-tu ? demanda-t-il.

— Au centre-ville.

— J'étais inquiet. George a dit que tu étais partie sans un mot. Quinn te cherche aussi.

— J'avais un truc à faire.

— En rapport avec Gideon ?

Je grognai.

— Je ne peux pas t'en parler maintenant.

— S'il te plaît, Sarah, que se passe-t-il ?

Je déglutis, mais sans réussir à déloger l'énorme boule qui s'était formée dans ma gorge.

— Pas maintenant. Je suis super occupée.

— Je vais passer te prendre. Nous pouvons affronter Gideon tous les deux.

C'est ça.

Si j'arrivais au *Côté Obscur* au bras de Thierry, Amy irait aussitôt rejoindre les anges.

— Désolée, Thierry. On remet ça à plus tard, OK ?

— Je peux être là dans quelques minutes. Dis-moi où tu es et où tu vas.

Il semblait très inquiet.

— Je dois arranger les choses moi-même. Si je pouvais agir autrement, je le ferais, promis. Je... je dois y aller.

— Sarah...

Je raccrochai et glissai le téléphone dans ma poche, choisissant de ne pas en tenir compte quand il recommença à vibrer. C'était encore Thierry, évidemment. Cet homme savait se montrer insistant, avec ou sans le masque.

Si tout était allé comme sur des roulettes, j'aurais trouvé cela adorable et cela m'aurait fait sourire. Thierry me poursuivait, il insistait pour être avec moi... alors que nous venions de nous disputer.

C'était un virage à cent quatre-vingts degrés par rapport à nos débuts. Sérieusement, cet homme était sans doute le plus distant que j'avais jamais rencontré de toute ma vie. J'avais pensé que cela venait d'avoir vécu seul trop longtemps. Il avait été blessé, émotionnellement et physiquement. De nombreuses fois. Gravement. Donc, il s'était forgé une armure. Il ne faisait confiance et ne s'ouvrait à personne. Garder le silence au sujet de son identité secrète n'était qu'un exemple. Il m'avait repoussée si souvent que, si j'avais été moins bornée et plus intelligente, je l'aurais quitté depuis longtemps, sans regrets. Il avait toujours été silencieux, maussade et autoritaire.

Mais, bizarrement, j'aimais ça. Qui aurait cru que j'étais masochiste à ce point?

Je n'avais cessé de creuser jusqu'à ce que je trouve le vrai Thierry. Il avait pris la poussière, c'était le moins que l'on puisse dire. Mais derrière cette façade grave se cachait mon Prince charmant. Personne ne croyait que nous étions faits l'un pour l'autre, sauf moi. Personne n'avait été étonné quand nous avions rompu.

Mais je m'en fichais. Je l'aimais.

Je pouvais être terriblement têtue.

Le *Côté Obscur* était fermé quand j'arrivai, mais la porte était ouverte, alors je rassemblai mon courage et entrai, traversant la fausse librairie. Il y régnait une odeur de moisi et de renfermé. Des piles de livres de poche montaient du sol au plafond, et plusieurs tables croulaient sous des romans policiers, d'amour ou d'aventures.

Le club semblait désert, mais je savais que ce n'était pas le cas.

— Vous êtes venue. Pile à l'heure.

Je me retournai pour faire face à Gideon, qui se tenait derrière moi, bras croisés.

— Où est Amy?

— Quelque part en lieu sûr.

— Je veux la voir.

— Bien entendu. Mais d'abord, nous avons une affaire à régler.

Je balayai du regard la salle plongée dans le noir, pour m'assurer qu'il était seul.

— Une affaire? Je croyais que le rituel ne devait avoir lieu qu'à minuit?

— Il ne s'agit pas de ça.

Il inclina la tête sur le côté et poursuivit :

— Je voulais vous donner l'occasion de vous excuser de m'avoir menti au sujet de votre relation avec Thierry de Bennicœur.

— Si vous me faites aussi des excuses, pour avoir brûlé le grimoire.

Son expression se fit grave.

— J'ai peut-être agi un peu vivement.

Un peu vivement ?

— Vous croyez ?

— Aimez-vous cet endroit ?

Il pivota sur lui-même pour contempler l'établissement.

— Je sais que vous êtes venue ici plus d'une fois, dernièrement.

— Oui, je l'aime bien. Mais il a été vendu, je crois.

— Je sais. Je m'en suis porté acquéreur.

J'écarquillai les yeux à cette nouvelle.

— Vous avez acheté un club réservé aux vampires ?

Il acquiesça.

— Oui.

— Pourquoi ?

Il s'appuya au bar.

— Vous n'avez pas voulu des boucles d'oreilles que je désirais vous offrir. Alors j'ai pensé vous donner quelque chose de moins frivole.

Je clignai des yeux.

— Vous m'avez acheté un club ? Parce que j'ai refusé des boucles d'oreilles ?

— J'ai fait une excellente affaire. Les papiers sont à votre nom. Le transfert de propriété aura lieu la semaine prochaine. C'est un cadeau pour vous remercier de votre aide. Vous l'aimez ?

— Si je dis « non », vous m'achèterez un jet privé ?

J'inspirai profondément.

— Je ne veux ni cadeau ni argent. La seule chose que j'aurais acceptée de vous, c'était le grimoire, et il n'en reste rien.

J'en fus malade rien que de prononcer ces mots.

— Alors, après cette nuit, laissez-nous tranquilles, mes amis et moi.

J'allais ajouter quelque chose, mais il se raidit et son visage se tordit. Il hoqueta et s'agrippa au bord du comptoir. Tout son corps se mit à se convulser.

Je résistai à l'envie de m'approcher de lui.

— Qu'est-ce qu'il y a ?

— La douleur des feux de l'enfer est revenue, encore pire qu'avant, réussit-il à articuler. Votre sang n'a pas été assez puissant pour la tenir à distance bien longtemps.

Je me raidis à mon tour.

— Qu'est-ce que ça veut dire ?

— Que votre sang est assez puissant pour certaines choses, mais peut-être pas pour guérir mes blessures si particulières au cours du rituel.

— Malheureusement, je n'offre pas de garantie.

— J'en suis bien conscient.

Il resta plié en deux pendant une autre minute, puis il se redressa lentement. Son front était couvert de transpiration.

— Venez avec moi. Il y a ici quelqu'un qu'il faut que vous voyiez.

— Qui est-ce ? demandai-je, la bouche soudain sèche.

Gideon pivota et s'éloigna sans me donner le moindre indice sur notre destination. Il traversa la piste de danse et se dirigea vers le couloir menant aux toilettes. Je le suivis à une distance prudente, et il me jeta un coup d'œil par-dessus l'épaule.

Il sortit une clé de sa poche et s'en servit pour ouvrir une porte. Le cagibi tenait lieu de prison à une femme, qui le foudroya du regard. Son poignet gauche était relié au mur par une chaîne. À part cela, elle était toujours aussi belle et… disons, parfaite, que d'habitude.

Véronique écarquilla les yeux lorsqu'elle me vit.

— Sarah ! s'écria-t-elle. Que faites-vous ici ?

J'étais aussi étonnée qu'elle.

— J'allais vous poser la même question.

— Gideon m'a kidnappée. Je présume qu'il me garde en otage et ne me libérera que contre une énorme rançon.

L'intéressé s'appuya au chambranle de la porte, encore affaibli par la douleur qui avait failli le terrasser.

— Pas exactement.

Mon estomac ne pouvait pas se serrer davantage.

— Pourquoi ne laissez-vous pas mes amis tranquilles ?

— Vous la considérez comme une amie ? demanda-t-il avec une certaine surprise.

J'observai la femme de Thierry, qui dès notre première rencontre avait été un obstacle à mon bonheur.

— Bien sûr, répondis-je.

Véronique me sourit.

— Quelle gentille fille vous êtes. Nous devrions passer beaucoup plus de temps ensemble, qu'en pensez-vous ?

Je lus de la douleur sur le visage de Gideon.

— J'ai toujours soupçonné que votre sang n'était pas assez fort pour me guérir, alors j'essaie d'arranger ça.

Je n'aimais pas beaucoup la tournure que prenait la conversation.

— Ce qui signifie ?

— Votre sang est puissant parce que, lorsque vous étiez encore une jeune vampire, vous avez bu celui de deux maîtres. Aujourd'hui, vous aurez celui d'un troisième.

Véronique et moi échangeâmes un regard.

— Je n'ai pas vraiment soif, l'assurai-je faiblement.

Gideon serra les dents.

— En dépit de son apparence si jeune, elle est l'une des plus anciennes vampires au monde.

Les joues de Véronique se colorèrent, et elle plissa les yeux et tapa le sol de son escarpin. Je ne pensais pas qu'elle était ennuyée parce qu'il voulait que je boive son sang. Non, elle était furieuse parce qu'il venait de lui donner l'impression d'être vieille. Et, de fait, elle avait sept cents ans. Qu'elle n'ait pas besoin de Botox pour garder l'apparence d'une fille de vingt printemps, c'était une chose. Ses rides se trouvaient peut-être à l'intérieur.

— Je refuse de mordre Véronique.

Mon estomac se souleva à cette idée horrible.

Gideon plissa les yeux de douleur et de frustration.

— Vous devriez me remercier. En plus de l'immense pouvoir qu'elle va vous donner, n'oubliez pas qu'il s'agit de la femme qui vous empêche d'officialiser votre union avec votre amant, par pur égoïsme. C'est votre chance de l'éliminer. Après tout, une épouse morte ne peut pas se dresser en travers de la route de votre grand amour.

Véronique fronça les sourcils.

— Sarah et mon époux ont mis fin à leur liaison.

— Mensonges, dit Gideon, haussant un sourcil à mon adresse. Ils ont continué dans le plus grand secret, se cachant de tous, même de vous.

Véronique émit un petit son de gorge agacé.

— Je croyais que nous étions amies, ma chère. Vous auriez pu me le dire.

Je haussai les épaules. Nous avions des problèmes plus importants à régler pour le moment. Il n'était pas question que je la morde. Il n'était pas dans ma nature de planter mes crocs dans des cous vingt-quatre heures sur vingt-quatre, sept jours sur sept. Je ne le ferais pas, et Gideon ne pouvait pas m'y forcer.

À moins que…

— Si je refuse, vous ferez du mal à Amy ?

Il secoua la tête.

— Bien sûr que non. Pour quel genre de monstre me prenez-vous ?

Je sentis mon espoir renaître.

— Vraiment ?

— Oui, vraiment.

Il écarta les cheveux de mon front et les repoussa derrière mon oreille avant de me caresser gentiment la joue. Il souriait.

— J'aurais besoin de votre amie blonde ce soir. Si vous me créez encore des ennuis, je l'ouvrirai de là… (il plaça sa main sur mon estomac, alors que je restais pétrifiée devant lui, puis il m'effleura de ses doigts en remontant jusqu'à ma gorge) à là. Mais nous verrons cela plus tard. Concentrons-nous sur le présent.

Je déglutis.

— Gideon…

— Je sais que cette situation est difficile, et je m'en excuse.

Il porta ma main à ses lèvres et l'embrassa.

— Laissez-moi vous aider.

D'un seul geste, il m'arracha la chaîne en or, celle qui m'aidait à contrôler la malédiction, et me poussa dans la pièce avec Véronique.

La porte claqua derrière moi.

Chapitre 15

Je touchai ma gorge, cherchant la chaîne qui n'était plus là. Gideon me l'avait prise. Non, en fait, il avait fait bien pire : il l'avait arrachée. Elle était cassée.

Oh, merde.

D'après ce que Véronique m'avait dit la veille, même s'il me la rendait un jour, elle ne me servirait plus à rien. Et la promesse de recevoir le grimoire de la sorcière était partie en fumée.

Véronique me lança un regard inquiet.

— Sarah, ma chère. Vous sentez-vous bien ?

Pendant un instant, je me sentis parfaitement bien. Mais alors que j'inspirais, je compris que c'était la dernière fois que j'en aurais besoin. Je posai une main contre le mur quand mon cœur s'arrêta dans un dernier battement lent.

— Non, pas vraiment, admis-je.

J'allai la rejoindre pour étudier la manière dont elle était retenue prisonnière. C'étaient des menottes en argent. Son poignet gauche était déjà tout rouge et enflammé d'être en contact avec le précieux métal. L'autre bout était relié à une étagère.

Les vampires et l'argent ne faisaient pas bon ménage. Si nous avions la force de le briser, surtout un maître comme Véronique, il n'en était pas moins dangereux. En tirant sur le bracelet, elle risquait de s'arracher la main. Même le plus simple contact faisait un mal de chien.

Je sentis une vive douleur quand je tirai sur ses liens, et retirai la main pour la secouer.

— Je ne sais pas comment vous libérer.

Elle soupira.

— Si seulement vous vous étiez sentie suffisamment à l'aise pour me parler de vous et de mon époux. Je pense que j'avais le droit de savoir.

Un sentiment de frustration m'envahit.

— Pourquoi faites-vous ça ?

— Quoi donc ?

— Pourquoi l'appelez-vous toujours ainsi ? « Mon mari », « mon époux » ?

Elle eut l'air surprise.

— Parce que c'est ce qu'il est. Quelle différence cela fait-il ?

— C'est juste que…

Je soupirai, songeant qu'elle n'avait jamais deviné que « son époux » était le Diable Rouge.

— Chaque fois que vous dites ça, vous me rappelez qu'il ne sera jamais à moi, et ça fait mal. Très mal. Je crois qu'en réalité, c'est la goutte d'eau qui fait déborder le vase.

— Ce n'est qu'un mot.

— Non, c'est bien plus que ça. C'est… un titre. Une marque. Il est « votre mari », répliquai-je, allant jusqu'à dessiner des guillemets dans l'air. Vous ne signerez pas les papiers d'annulation parce qu'il vous appartient, et c'est tout.

— Je crois que ce n'est ni le lieu ni le moment de parler de ça.

— Vous avez raison.

Elle m'étudia longuement.

— Me haïssez-vous parce que je n'ai pas signé ces documents ?

Je levai les yeux vers elle.

— Parfois, j'aimerais bien, mais non. Cette malédiction m'a enseigné un certain nombre de leçons. Elle m'a appris à apprécier les moments où je suis capable de contrôler ma vie. Et maintenant que ma chaîne est cassée, ces moments-là ne seront bientôt plus qu'un souvenir. Il ne me reste que quelques minutes.

Je luttais contre les larmes. Il ne fallait pas que je craque.

— J'ignore ce que je dois faire.

Son expression devint farouche.

— Vous ferez ce que j'ai toujours fait : vous survivrez. Vous ferez tout votre possible pour voir une nouvelle aube.

— Les nocturnes ne peuvent pas voir le soleil se lever.

Elle accusa le coup.

— Oh, ma chère…

— Et cessez de m'appeler « ma chère » !

Une vague noire de violence enflait en moi.

Oh, oh. Ce n'était pas bon signe. Je devais garder mon calme. Je ne voulais pas lâcher Sarah la Nocturne sur Véronique. Comme je l'avais dit plus tôt, je ne la haïssais pas. Je ne voulais pas lui faire de mal. Et elle se trouvait dans une position précaire : enchaînée dans un cagibi avec un monstre potentiel impatient de goûter au sang d'un maître vampire.

Son sang doit être si doux et riche, commenta ma nocturne d'un ton plein d'excitation. *Si puissant aussi… Imagine-le coulant dans ta gorge… délicieux et nourrissant. Miam !*

Ce genre de pensées n'allait pas m'aider pour le moment. Pas du tout.

— Vous ai-je déjà raconté comment j'ai rencontré mon véritable amour, Marcellus ? demanda Véronique.

Il s'agissait du vampire qui, d'après Thierry, avait été le premier Diable Rouge.

— Vous croyez vraiment que c'est le moment d'échanger des souvenirs ?

— Je crois que cette histoire est tout à fait à propos. Alors, permettez-moi de poursuivre.

Je jetai un coup d'œil en direction de la porte close. Même en tendant l'oreille, avec mes sens aiguisés de vampire, je n'entendis rien de l'autre côté. Je me dis que Gideon attendait patiemment dehors pendant que je déjeunais. J'étais encore sous le choc d'avoir perdu ma chaîne. Comment pourrais-je jamais être de nouveau normale ? Je ne m'étais pas rendu compte d'à quel point je comptais sur le grimoire, jusqu'à ce qu'il disparaisse.

Oublie ce fichu manuscrit, d'accord ? dit la nocturne. *Tu n'as jamais eu envie que la malédiction soit levée. C'est bien trop amusant d'être moi.*

Il ne fallait pas que je pense au sang. Ni au pouls lent et régulier que je voyais battre sur la gorge de Véronique.

Admettre qu'on avait un problème, c'était le début de la solution, n'est-ce pas ? Oui. J'avais un gros problème et écouter Véronique déblatérer sur son amour perdu ne m'aiderait pas à le résoudre.

— Avant de rencontrer Marcellus, commença-t-elle alors que je me taisais, je vivais une vie privilégiée, mais terriblement ennuyeuse, avec mon père, ma mère et nos serviteurs, en France. On disait de moi que j'étais d'une grande beauté, et de nombreux hommes avaient demandé ma main.

Nous y voilà.

— Je trouve ça plutôt bien, commentai-je.

— Mes parents m'ont arrangé un mariage avec un homme très riche, mais affreusement vieux et laid. J'ai dit que je voulais me marier par amour, mais les gens ne faisaient pas ce genre de choses, jusqu'à récemment. Ils s'épousaient pour d'autres raisons, comme un titre ou la fortune. C'est alors que j'ai rencontré Marcellus.

— N'était-il pas riche, lui aussi ? demandai-je.

Non, je ne regarderais pas son cou, je ne penserais pas à la promesse de son sang de maître vampire sous sa peau. Pas question.

— Oh, oui. Il était aussi riche qu'il était beau. Je suis tombée éperdument amoureuse de lui au premier regard et me suis enfuie avec lui. Les jeunes filles bien n'agissaient pas de la sorte, à cette époque. Je savais que je ne pourrais jamais revenir en arrière, mais c'était très bien ainsi. Aussi longtemps que je serais avec Marcellus, je n'aurais rien à craindre.

La blancheur parfaite de son long cou était une distraction, et c'était de pire en pire. Elle dut remarquer mon trouble, parce qu'elle s'éclaircit la voix.

— Navrée, dis-je. Je… j'ai du mal à me concentrer. Vous ne pourriez pas aller droit au but, que nous puissions régler le problème qui nous occupe ?

— Vous n'avez réellement aucun contrôle sur la nocturne ?

Je suppose que nous découvrirons ça très bientôt, gronda l'intéressée tout au fond de moi.

— J'essaie.

Je sentis mes crocs s'allonger dans ma bouche et passai la langue dessus. Mon estomac émit un grognement affamé.

— Marcellus m'a révélé qu'il était un vampire la première nuit où nous avons fait l'amour, poursuivit Véronique, que rien ne semblait pouvoir arrêter. Il avait honte et peur de ce que je penserais… pour que je l'abandonne aussitôt, par frayeur ou par mépris. Mais je suis restée. Je lui ai demandé aussitôt de me transformer. Et, parce qu'il était déjà un maître vampire, j'ai été très forte dès le début. Il m'a enseigné à survivre.

Elle soupira à ces souvenirs.

— Comme je l'aimais.

— Pourtant, il vous a abandonnée pour une autre jeune vampire. Je sais déjà tout ça, Véronique. Tout. Combien vous vous êtes sentie seule durant la Peste noire, si bien que vous avez créé Thierry pour vous tenir compagnie. Le reste appartient à l'histoire. Euh… à l'histoire ancienne.

» Gideon veut que je vous vide de votre sang pour que je devienne plus puissante. Ça ne vous ennuie pas, même pas un peu ?

— Bien sûr que si ! rétorqua-t-elle. Mais j'ai affronté bien d'autres situations périlleuses au cours de mon existence. J'ai survécu jusqu'ici en faisant tout ce qu'il était possible pour parvenir à mes fins. Et, oui, Marcellus m'a abandonnée.

Sa voix se brisa.

— Sa trahison me fait encore mal aujourd'hui. Mais, après tout ce qui s'est passé entre lui et moi, je sais qu'il m'aimait autant que je l'aimais. À la fin, il s'est sacrifié pour moi. C'était de l'amour, avec un grand A.

Mon champ de vision s'était lentement rétréci et sa voix n'était plus qu'un bourdonnement léger que je pouvais aisément oublier.

— Charmante histoire d'amour. Mais rappelez-moi où vous vouliez en venir ?

— Si Thierry vous aime tant, où est-il maintenant ? demanda Véronique.

— Pourquoi ? Vous croyez qu'il se sacrifierait pour vous, comme Marcellus l'a fait ?

Il n'y avait toujours aucune peur dans son regard. Rien que de la pitié. Pour moi.

— J'ai vécu bien longtemps sans attendre que quiconque vienne à mon secours.

Un sourire étira lentement mes lèvres.

— Honnêtement, Véronique, vous auriez dû signer les papiers pour l'annulation et retourner vivre votre vie fabuleuse en Europe. Vous auriez dû vous laver les mains de tout ce cirque. Mais, *non*, vous deviez vous accrocher à Thierry, cet homme que vous n'aimez pas, pour qu'aucune autre ne puisse l'avoir.

— Alors, Gideon a sans doute raison. Vous devriez saisir l'occasion de me tuer. Il existe bien des moyens d'éliminer un vampire, même un maître, si l'on veut s'en donner la peine.

Elle me regarda.

— Vos yeux sont entièrement noirs, ma chère.

— Peut-être devrais-je accepter le fait d'être une nocturne.

— Il ne s'agit que d'un mauvais sort. Ce n'est pas votre vraie nature.

— Vous n'êtes pas la première à me dire ça, mais je me sens comme une nocturne, j'agis comme telle. Les chances que je puisse me débarrasser de cette facette de ma personnalité sont désormais presque nulles. C'est réel.

— Non, insista Véronique d'un ton ferme. Ce n'est que de la magie, et la magie n'a rien à voir avec la réalité.

— Tout ce que je sais, c'est que Gideon ne nous laissera pas sortir tant que je n'aurai pas fait ce qu'il demande. Et bizarrement, plus vous parlez, plus l'idée devient facile à accepter.

J'avais très soif. Ma bouche était sèche. Je mourais d'envie de boire du sang, ce que j'avais combattu depuis que j'étais devenue une vampire, parce que je trouvais cela dégoûtant, monstrueux et peu hygiénique. C'était une chose de le prendre au comptoir dans un bar de vampires, et une tout autre de le prélever à la source. C'était une étrange morale : d'un côté le bien, de l'autre le mal. L'un faisait de moi un être normal, l'autre un monstre. Mais il s'agissait toujours de sang.

Toute mon attention se focalisa sur le pouls de Véronique, qui battait depuis plus de sept cents ans. Il ne s'était jamais arrêté. Et soudain il était la seule chose au monde qui existait pour moi.

Je tendis la main pour toucher sa gorge et sentis la course du précieux fluide sous sa peau, ainsi que le pouvoir qui émanait d'elle par vagues. Gideon avait raison sur tellement de points. Si je buvais le sang de Véronique, je deviendrais encore plus puissante.

Si je la vide, ajouta la nocturne alors que j'approchais mon visage du cou de Véronique, *je résoudrai bien des problèmes.*

Oui, pensai-je. *Tu as peut-être raison.*

Soudain, Véronique me gifla violemment de sa main libre.

— Reculez, siffla-t-elle.

Je l'attrapai par le devant de son chemisier, plissant les yeux, montrant mes crocs plus longs et effilés que la normale.

Elle me flanqua une autre claque. Plus forte que la première.

— Aïe ! glapis-je, reculant pour me mettre hors de portée.

Ses yeux sombres lançaient des éclairs.

— Honnêtement, Sarah, vous êtes plus forte que ça.

Je secouai la tête. Mes pensées étaient embrumées, passablement confuses, mais j'y trouvai encore un peu de moi.

— Je ne crois pas pouvoir l'arrêter.

— Bien sûr que si.

— Non !

Je m'approchai de nouveau d'elle et reçus de nouveau ma punition. Cela suffit à m'éclaircir les idées… du moins en partie.

— Pensez à Thierry, me dit-elle d'un ton dur. Il ne trouverait pas ça très attirant. Il n'aimerait pas vous voir ainsi.

Elle avait raison. Je tentai de m'accrocher à l'image de Thierry.

— J'essaie.

Véronique serra les dents.

— Ça ne devient pas plus facile, ma chère. Ça ne le sera jamais. Il n'y a pas de réponses simples dans la vie d'un vampire. Il y aura toujours des chasseurs, du danger, des gens qui voudront vous faire du mal, mais vous ne devez pas les laisser vous vaincre. Survivre devrait être votre premier souci. Comme cela a toujours été le mien.

Je saisissais le message : je devais me montrer forte. Ne pas me laisser aller.

— Il faut que je sorte d'ici.

— Vous ne m'avez pas vraiment comprise, dit Véronique, portant son poignet à sa bouche pour le mordre. Vous pouvez boire mon sang, à mes conditions. Je ne crois pas que Gideon comprenne qu'il est assez puissant pour vous redonner un peu de cette maîtrise de soi qui vous fait défaut pour l'instant. Ça ne changera rien au fait que la chaîne est perdue pour toujours, mais cela vous aidera un temps.

— Véronique… je ne sais pas, balbutiai-je les yeux rivés sur son bras.

— Faites-le, ordonna-t-elle.

Son ton était si impérieux que j'obéis. J'avais tellement faim, à cause de la malédiction, que son sang me parut comme un Big Mac après deux semaines au pain sec et à l'eau. Je bus avec avidité, une partie de moi tout excitée, l'autre terrifiée.

Ce n'était pas un mélange d'émotions que j'aimais particulièrement.

Mon visage me picotait encore, là où elle m'avait frappée, mais au lieu d'essayer de ne pas tenir compte de la douleur, je m'y accrochais pour garder les pieds sur terre. Je continuai à boire jusqu'à ce que Véronique me repousse de sa main enchaînée.

— Cela suffit.

— Je me sens… mieux, dis-je, m'écartant pour la regarder. Mes yeux sont toujours noirs ?

Elle hocha la tête.

— Oui.

Je me tournai vers la porte close et lui flanquai un coup de pied. Je fus surprise mais satisfaite quand elle vola en éclats grâce à ma force accrue de nocturne. Je remontai le couloir menant au club ; Gideon attendait, assis au bar. J'allai droit vers lui et l'attrapai à la gorge avant qu'il ait pu se défendre.

— Sarah…, coassa-t-il. Non.

— Non quoi ? demandai-je, inclinant la tête sur le côté. « Non, me m'arrachez pas la tête comme on cueille un pissenlit parce que je suis un connard stupide et manipulateur » ?

Je plaçai mon autre main sur son cou et serrai plus fort. Les yeux lui sortirent un peu de la tête, et j'y lus enfin de la peur. Son visage virait au violet, et ce n'était pas beau à voir.

Ne lui fais pas de mal, salope! hurla la nocturne.

Fronçant les sourcils, j'essayai de ne pas tenir compte de son avis.

Puis je sentis une main se refermer sur mon avant-bras et je dus lâcher Gideon. J'écarquillai les yeux en voyant Véronique. Elle me poussa... juste un peu, mais sa force était telle que je reculai en titubant et tombai à la renverse, atterrissant sur les fesses sur la piste de danse vide.

J'ignorais qu'elle était aussi forte.

Ses poignets blessés, l'un par la menotte, l'autre par ma morsure, guérissaient déjà.

Portant la main à sa gorge endolorie, Gideon toussa et cracha.

— Vous ne m'aimez plus tellement, n'est-ce pas, Sarah? réussit-il à articuler. Je suppose que je peux comprendre.

Je me relevai tant bien que mal et voulus me ruer sur lui, mais Véronique s'interposa.

— Que faites-vous? demandai-je, étonnée par son étrange comportement. Et comment avez-vous réussi à vous libérer?

— Avec une clé, répondit-elle, son expression indéchiffrable.

— Une clé? Quelle clé?

— Celle que Gideon m'a donnée, un peu plus tôt, répondit-elle d'un ton neutre. Je suis navrée. Mais, comme je vous l'ai déjà dit, survivre a toujours été mon principal objectif.

— De quoi parlez-vous?

Gideon vint se placer à côté de Véronique. Il lui prit la main et porta son poignet en train de cicatriser à ses lèvres.

— Pauvre Véronique. Je suis désolé, pour la douleur.

— Ce n'est rien.

Tout tanguait autour de moi, mais sans doute était-ce parce que je tremblais de la tête aux pieds.

— Qu'est-ce qui se passe, ici, bon sang ?

Gideon me sourit.

— Vous vous rappelez la femme dont je vous ai parlé ? La vampire qui m'a séduit pour sauver sa peau, il y a des années ?

— Le meilleur coup de votre vie ?

Oui, je n'avais pas oublié cette petite fable. Puis mon regard glissa jusqu'à Véronique, et je me souvins des draps froissés dans la chambre du chasseur, la veille. Je secouai la tête.

— Non, je ne vous crois pas.

— Je suis sûre que vous ne comprendrez pas, dit Véronique, mais Gideon est très puissant et il le deviendra encore plus après avoir été transformé ce soir. Cela lui donnera aussi une idée différente de ce que signifie être un vampire. Comme je l'ai dit et redit, je n'ai qu'un seul but : survivre. Alors, comment pourrais-je ne pas m'allier à lui maintenant ? Inutile que quelqu'un en souffre. Vous n'auriez jamais bu mon sang sans y être forcée, si vous aviez su la vérité. C'était la meilleure solution, pour chacun de nous. Faites-moi confiance, ma chère. Je ne fais pas ça pour faire du mal à qui que ce soit.

Véronique avec Gideon ? Je pouvais comprendre, plus ou moins, qu'elle ait couché avec lui par le passé pour qu'il ne la tue pas… Il était terriblement sexy. Mais continuer à le faire à présent ?

J'étais stupéfaite. Cependant, au fur et à mesure que les secondes s'écoulaient, je commençais à trouver un sens à tout cela. Véronique était terriblement égoïste. Elle était l'un des plus vieux vampires au monde. C'était une survivante pour qui la fin justifiait les moyens.

Et je savais d'expérience combien Gideon pouvait se montrer charmant et convaincant quand il voulait quelque chose.

Même si je n'aimais pas le rôle qu'elle jouait dans la vie de Thierry, j'avais cru Véronique sincère. Merde, je l'avais toujours considérée comme une sorte d'exemple. Comme une sœur bien plus âgée. Elle me décevait beaucoup.

— Il faut que je parte, dis-je d'une voix tremblante. Je préfère regarder mes sitcoms à la télé.

Gideon secoua la tête.

— Il est à peine plus de midi. Sans la chaîne, je vous déconseille de sortir avant le coucher du soleil, Sarah.

Je m'approchai de lui lentement. Il ne fit pas mine de reculer.

— Allez-vous encore essayer de me tuer ?

— Non, répondis-je en lui prenant la main. J'étais en colère parce que vous avez cassé la chaîne, vous savez, et brûlé ma dernière chance de lever la malédiction. Mais vous tuer ou me fâcher ne m'aidera pas, n'est-ce pas ?

— Non, en effet.

D'un geste rapide, je lui ôtai sa montre magique. Aussitôt, un fin rayon le balaya de la tête aux pieds, et ses cicatrices réapparurent.

Gideon plissa les yeux.

— Rendez-la-moi.

— Ça ?

Je la lui tendis une seconde, mais hors de sa portée, puis je la lâchai, et je l'écrasai du talon de ma botte.

— Oups ! Navrée. J'ai glissé.

C'était un coup bas. Mais je me sentis mieux.

Il leva la main vers son visage ravagé et tressaillit. Véronique le regardait, sous le choc.

— Maintenant, je m'en vais.

Je reculai vers l'entrée du club.

— Allez-vous m'en empêcher ?

Il serra les dents.

— Ne faites pas ça, Sarah. Restez ici. Soyez raisonnable et ne vous mettez pas en danger juste pour me contrarier.

— Allez vous faire foutre, Gideon.

Oui, je sais, très éloquent.

Sans un mot, je leur tournai le dos et traversai la librairie.

— Je vous retrouverai, où que vous alliez ! cria-t-il dans mon dos. Le rituel aura lieu comme prévu. Et je n'aurai plus jamais besoin d'enchantement. Mes cicatrices seront guéries pour de bon quand vous me transformerez.

Une larme de colère et de frustration glissa sur ma joue droite alors que je poussais la porte, mais elle s'évapora au moment où je sortis sur le trottoir. Le soleil impitoyable me frappa de plein fouet.

Chapitre 16

S'il est possible d'expliquer la sensation que ressent un nocturne au soleil, c'est uniquement par ces mots :

Pure agonie.

Multipliée par un milliard.

Cela peut sembler une exagération, mais je vous assure qu'il n'en est rien. Le soleil et les nocturnes ne font pas bon ménage. Du tout. Une exposition prolongée, et je parle ici de dix à quinze secondes maximum, suffirait à me transformer en torche humaine. Je n'aurais plus qu'à courir en agitant les bras jusqu'à ce qu'il ne reste plus de moi qu'un tas de cendres dégoûtantes sur le trottoir. Et même alors, je hurlerais sans doute encore.

C'est pour cela que dès que j'émergeai du *Côté Obscur* dans l'enfer d'une belle journée, je relevai ma jupe par-dessus ma tête et courus comme une sprinteuse olympique jusqu'à l'entrée de métro la plus proche. Je descendis l'escalier en titubant et gagnai l'obscurité bienveillante de la station, essayant de ne pas prêter attention aux regards étranges que me jetaient les passants en voyant des volutes de fumée monter autour de moi.

— Vous allez bien, madame ? demanda quelqu'un.

— Super, haletai-je. Je ne me suis jamais sentie aussi bien. Merci beaucoup de vous en inquiéter.

Mes cheveux étaient plaqués sur mon front par la transpiration. Je suais à grosses gouttes. Je levai la main pour m'assurer que mes sourcils n'avaient pas disparu, parce que ça aurait vraiment craint. Ils étaient toujours là. Pour le moment, du moins. Je restai adossée au mur jusqu'à ce que mes émotions retombent comme un soufflé que l'on aurait retiré du four.

Véronique et Gideon. Cette pensée tournait en boucle dans mon esprit.

Je n'arrivais vraiment pas à le croire. D'accord, je savais qu'elle était égoïste, mais j'étais estomaquée par la façon dont elle se voyait. Une survivante ?

Eh bien, j'allais voter pour qu'elle quitte l'île, vous pouvez me croire !

Le pire, c'était qu'elle ne semblait pas se rendre compte que ce qu'elle faisait était mal.

Bon, d'accord, ce n'était pas le pire.

Si je devais trouver un point positif à cette situation, c'était que son sang m'avait donné un semblant de contrôle sur la malédiction. Normalement, sans la chaîne depuis aussi longtemps, j'aurais déjà dû passer mon temps à renifler le cou de tous les humains qui croisaient ma route pour trouver le plus succulent.

Mais je n'en faisais rien. Je les sentais, bien sûr… Ils étaient des dizaines autour de moi, marchant vite pour attraper leur métro. Et ils ne dégageaient pas seulement une odeur perturbante de nourriture. C'était plus profond. Chaque odeur m'aidait à mettre un nom sur leur humeur. Je pouvais dire qui était stressé, effrayé ou en colère.

C'était… délicieux.

Mais mes crocs ne s'allongèrent pas. Après tout, je venais de prendre un repas très satisfaisant.

Dieu, qu'était donc devenue ma vie ?

Avant la malédiction, j'avais détesté être une vampire. Je m'étais toujours battue contre l'étiquette de « monstre » qu'on leur collait. J'avais cru que cela ferait de moi une personne différente, mais j'avais tort. J'étais toujours la même, et c'est pourquoi il m'avait été si difficile de comprendre pourquoi j'avais soudain des chasseurs à mes trousses qui voulaient ma mort à cause de ce que je représentais.

Mais j'avais fini par comprendre. Les chasseurs étaient une nécessité à l'époque où les nocturnes existaient. Ils étaient le genre de vampires dont les mortels pouvaient avoir peur. Et j'étais devenue l'une d'eux. Je devais me cacher du soleil et ne sortir qu'à la nuit tombée, terriblement affamée. Incapable de me contrôler. Et ne le désirant pas.

J'étais devenue le genre de vampire qui méritait qu'on lui plante un pieu dans le cœur. Un monstre assoiffé et incontrôlable.

Je déglutis. J'étais dans la merde.

Profondément.

C'était une bonne chose que je puisse toujours réfléchir. La chaîne en or avait été géniale, un miracle, mais elle n'existait plus. La perdre avait toujours été une possibilité. Ce n'était pas drôle. Mais elle était cassée, et je devais me débrouiller sans elle.

Je pouvais me maîtriser. J'en étais capable.

Merde. À qui est-ce que j'essayais de faire croire ça? Mieux valait que je continue à me considérer dans la merde.

Il fallait que je trouve Thierry.

Thierry. Son nom français si difficile à prononcer me redonna un peu de courage… un tout petit peu.

Je tirai mon téléphone portable de mon sac et composai son numéro automatiquement. Mon appel atterrit dans sa boîte vocale.

Merde!

Je rangeai le portable et, un peu refroidie, physiquement et mentalement, je me mis en marche. Un pied devant l'autre. Je pris le métro jusqu'à Union Station.

Quand je serais rentrée chez George, je pourrais agir. J'ignorais si j'arriverais jusque-là, mais je trouverais un moyen. Sans mettre les pieds dehors.

J'allais incarner la petite vampire capable de tous les exploits. Il le fallait. Une chose à la fois.

Quand on veut, on peut.

Je m'efforçai de trouver un point positif à la situation, et j'échouai lamentablement. Une fois à Union Station, j'entrai dans le PATH, au centre de Toronto : trente kilomètres de galeries souterraines reliant entre eux les immeubles du quartier des affaires. Remonter à la surface devenait inutile. Pour toujours. Il y avait là des cinémas, des magasins et des tas de restaurants, juste sous les rues.

Un vrai paradis pour nocturne.

Néanmoins, cette pensée ne me réconforta pas. Si le PATH était génial pour faire ses courses ou changer de train, l'idée de ne plus jamais revoir le soleil n'avait rien de réjouissant.

Je connaissais bien le PATH. J'y passais tous les jours à l'époque où je menais encore une vie honnête de travailleuse. Pourtant, aujourd'hui, je perdais mes repères. Mon esprit était embrumé. Mettant un pied devant l'autre, je me dirigeai vers le nord, lançant des regards à gauche et à droite aux gens que je croisais. Ils me les rendirent, l'air inquiet.

Je devais avoir une tête à faire peur. J'avais l'impression d'avoir traversé l'enfer, alors cela devait se voir.

— Excusez-moi, dis-je, arrêtant une jeune femme blonde qui tenait un enfant d'environ trois ans dans les bras. Pourriez-vous m'indiquer mon chemin ?

Elle écarquilla les yeux et recula d'un pas.

— Euh... je ne sais pas.

Je regardai le bambin et lui souris.

Il commença à pleurer.

Je me plaquai une main sur la bouche. J'avais dû lui faire peur avec mes crocs, qui étaient plus allongés, et effilés, que d'ordinaire.

Je m'appelle Sarah Dearly. Je m'amuse à faire peur aux tout petits.

— Est-ce que... vous portez des lentilles de contact fantaisie ? demanda la femme en tremblant.

— Des lentilles de contact ?

Oh, *merde.* Mes yeux étaient toujours complètement noirs. J'avais des crocs. Et je n'étais plus qu'une loque suante et titubante. Je regardai autour de moi et me rendis compte que j'avais attiré l'attention de plusieurs personnes, qui toutes m'observaient comme si j'allais ouvrir ma veste et révéler une ceinture de bâtons de dynamite.

Puis je vis que le mur d'à côté était en fait un immense miroir. Tous les gens à proximité du magasin de donuts devant lequel je me trouvais s'y reflétaient.

Tout le monde, à l'exception de votre servante.

La femme le remarqua aussi, et elle me montra du doigt en hurlant, tandis que son môme braillait encore plus fort.

Je me remis en route. Très vite. Je me fichais de la direction que je prenais, aussi longtemps que mes pas me conduisaient loin de tous ces gens à l'odeur de beurre de cacahouète. Un coup d'œil par-dessus mon épaule m'apprit que quelques-uns essayaient maladroitement de me suivre, mais je n'aurais su dire s'il s'agissait de chasseurs alertés de la présence d'un vampire perdu ou de simples curieux. Je n'avais plus les idées claires, aussi ne pouvais-je pas répondre à la question. La meilleure chose à faire, c'était fuir, et c'était exactement ce que je faisais.

Je tournai à l'embranchement suivant et faillis rentrer dans quelqu'un. L'homme était grand, brun et flou. Mais familier. Il me retint par les épaules, puis il me regarda et écarta les cheveux qui me collaient au visage.

— Sarah, dit Thierry d'un ton inquiet. Essaie de te calmer, s'il te plaît.

Je devais admettre que cela me prit un certain temps.

Il m'attira contre lui et me tint ainsi, au milieu du PATH, pendant que je me maîtrisais lentement.

— Co… comment m'as-tu retrouvée ? réussis-je enfin à articuler.

— Je suis parti à ta recherche aussitôt après que tu m'as raccroché au nez. Si je me concentre, je peux savoir où tu es, grâce au lien entre un vampire et son créateur.

Il n'était pas mon vrai créateur, mais presque. Quand le rendez-vous d'un soir qui m'avait transformée avait été tué, c'était le sang de Thierry qui m'avait sauvée. Cela avait suffi à créer ce lien entre nous… même si j'avais toujours cru qu'il était à sens unique.

— Je n'ai plus la chaîne, dis-je d'une voix tremblante. Gideon l'a cassée.

Il serra les dents.

— Quoi ?

— Et il a aussi brûlé le grimoire.

— Je vois.

— Tu vas me dire : « Je t'avais prévenue » ?

Son expression se fit grave.

— Non.

— Pourtant, je le mérite.

— Rien de ce que je pourrais dire n'arrangerait les choses.

Il avait raison.

Thierry passa un bras autour de mes épaules et me guida le long de la galerie. Il nous fallut marcher pendant ce qui me parut être une éternité avant d'arriver dans un parking.

— Je l'avais laissée dans le centre-ville, au cas où nous en aurions besoin un jour, dit Thierry, montrant une camionnette blanche d'un signe de tête.

Quand j'avais découvert que j'étais envoûtée et que je ne pouvais plus sortir au soleil sans griller, nous avions utilisé ce genre de véhicules. Ce n'était pas une façon plaisante de voyager, mais cela convenait pour transporter une nocturne d'un point A à un point B sans la mettre en danger.

— Qu'est-ce que je vais faire ? lui demandai-je.

Il écarta les mèches de mon front d'un geste tendre et m'embrassa là, avant de prendre mon visage entre ses mains pour plonger son regard argenté dans la noirceur du mien.

— Tu vas monter à l'arrière de la camionnette et nous allons aller chez George.

— Mais...

— Une seule chose à la fois, Sarah.

— Tu vas me dire que tout ira très bien ?

Il inclina la tête sur le côté.

— C'est ce que tu veux entendre ?

— Seulement si c'est vrai.

— Alors, je crois que je vais attendre que nous ayons échafaudé un plan pour faire ce genre de déclaration.

Thierry ne parvenait pas à dissimuler son inquiétude. Il ne pouvait pas me faire croire que tout allait bien. De tous les gens que je connaissais, il était le plus réaliste. Ses siècles d'existence lui avaient fait perdre son optimisme depuis longtemps. Beaucoup de gens le prenaient pour Monsieur Sinistre, mais je comprenais désormais. Il avait raison. Il ne feignait pas que tout était parfait quand c'était le chaos et l'enfer. Il affrontait la situation, puis il poursuivait son chemin.

Je devais faire pareil.

Je montai dans la camionnette. Il lâcha ma main et ferma la porte sans un mot, me plongeant dans l'obscurité. Il n'y avait pas de fenêtre, parce qu'elle aurait laissé entrer la lumière du jour.

Thierry s'était préparé à cette situation sans m'en parler. Il avait toujours su que cela pouvait arriver… que cela *arriverait.*

Il n'était peut-être pas optimiste, mais c'était un vrai boy-scout !

Je m'adossai à la paroi du véhicule quand Thierry démarra. Depuis l'endroit où nous étions garés – et cela pouvait être n'importe où parce que j'avais perdu toute notion de l'espace –, cela nous prit moins d'un quart d'heure pour arriver chez George.

J'entendis frapper à la porte, pour m'avertir qu'elle allait s'ouvrir. Je reculai autant que possible, et elle pivota sur ses charnières. Le soleil ne me toucha pas, mais il m'aveugla. La douleur ne fut qu'un petit aperçu de ce qui m'attendait dehors.

Thierry tenait une couverture noire. Très épaisse. Il me la tendit.

— Viens. George nous attend.

Rassemblant le peu de courage qui me restait, je me jetai dans ses bras. Il m'enveloppa dans le tissu et nous nous mîmes à courir. Il n'y avait que vingt pas, mais ce n'était pas la plus agréable des promenades.

À travers un trou minuscule, je vis George debout près de la porte. Il se tordait les mains avec anxiété.

— Je t'invite dans ma maison, Sarah Dearly, dit-il d'un ton forcé.

Ah, oui, j'avais oublié. Je ne pouvais pas pénétrer dans une habitation sans y avoir été invitée.

Cela pouvait être problématique.

J'en avais déjà fait l'expérience, et j'avais eu l'impression de percuter un mur de verre épais. Invisible et impénétrable. Heureusement, George avait dit les mots magiques, et je passai devant lui pour entrer avec Thierry dans la maison à l'intérieur frais et plongé dans la pénombre. Tous les volets étaient fermés.

J'essayai de ne pas remarquer les volutes de fumée qui montaient de ma peau. Nous étions en février et il gelait, mais cela ne semblait faire aucune différence.

Thierry avait les sourcils froncés.

— Tu vas bien, Sarah ?

Est-ce que j'allais bien ? En fait, je ne pensais pas pouvoir me sentir plus mal. Mon champ de vision se rétrécissait et s'assombrissait. La pièce tanguait doucement.

Quand les nocturnes existaient encore, ils dormaient pendant le jour. Le meilleur moyen d'éviter le soleil, c'était d'être inconscient pendant qu'il brillait.

— Elle est toute pâle, dit George en m'étudiant. Sarah, ma chérie, ce teint blafard ne te va pas.

Puis mes yeux roulèrent dans leurs orbites, et je m'évanouis.

Chapitre 17

Un rêve. Tout cela n'avait été qu'un rêve. Dieu merci.

— Houhou, Sarah ! Tu es réveillée ?

Une voix me parvint à travers les brumes de l'inconscience.

J'ouvris les yeux.

George me regardait. Pour la seconde fois en deux jours, il me pressait un linge humide sur le front.

Non, ce n'était pas un rêve. Merde.

— Qu… quoi ? coassai-je.

Il agita une main devant son nez.

— Pouah ! Tu as une haleine de chacal. Et ce n'est même pas le matin. Ni l'après-midi d'ailleurs.

— Combien de temps suis-je restée inconsciente ?

— Toute la journée. Le soleil vient de se coucher. Je suppose que c'est pour ça que notre petite Nosferatu est de nouveau parmi nous.

Je me redressai sur les coudes, juste assez pour constater que j'étais couchée dans mon lit, entièrement habillée à l'exception de mes chaussures et de mon manteau.

— Pourquoi tu ne m'as pas réveillée plus tôt ?

— Nous avons essayé. Tu étais comme morte, et il y a de quoi douter. Tu ne respires pas. Tu n'as pas de pouls. Tu as de la chance qu'on ne t'ait pas fait embaumer.

Je me laissai retomber contre les oreillers.

— Vous auriez peut-être dû. Ça aurait résolu bien des problèmes.

Son expression se fit prudente.

— Maintenant que tu n'as plus la chaîne, tu te sens toujours… à peu près normale ?

— Normale est un terme relatif.

Je m'assis au bord du lit. Je me sentais faible et tremblante, mais je n'éprouvais pas le besoin irrépressible de m'accrocher à la jugulaire de George comme une sangsue.

— Où est Thierry ?

— Il est resté près de toi tout l'après-midi.

— Vraiment ?

Cette pensée me réchauffa un peu, si je pouvais encore dire ça.

George opina du chef.

— Apparemment, il n'est pas au courant, pour ton haleine au réveil. Un bonbon à la menthe ?

Il me tendit deux Tic Tac.

Je les pris, ayant saisi l'allusion.

— Merci.

— Il est au téléphone avec Barry, au sujet de la disparition d'Amy, répondit George en fronçant les sourcils. Elle t'a déjà parlé de quitter son petit valet ?

Je déglutis.

— Gideon l'a enlevée.

Il pâlit.

— S'il s'était agi d'un autre homme, j'aurais été d'accord, mais celui-là…

— Il l'utilise pour s'assurer que je le transformerai ce soir, comme prévu.

Il serra les dents.

— Quelle pourriture.

— S'il vous plaît, George, laissez-nous seuls un moment, Sarah et moi, dit Thierry depuis le seuil de ma chambre.

George pivota vers lui.

— Gideon tient Amy !

Thierry hocha la tête, l'air grave.

— J'ai entendu.

George semblait frénétique.

— C'est horrible ! Je me sens tellement inutile à rester ici à attendre. Il doit bien y avoir un truc que je peux faire.

— J'aimerais bien du café, dis-je.

Il acquiesça.

— Excellente idée. Je vais en préparer.

Il sortit et disparut.

— Amy n'est pas la seule personne avec Gideon en ce moment, annonçai-je doucement. Il y a aussi Véronique.

Les yeux de Thierry s'arrondirent légèrement.

— L'a-t-il kidnappée aussi ?

Je secouai la tête.

— Non, elle est avec lui pour tester la résistance de son matelas. Elle ne semble pas se rendre compte d'à quel point c'est mal. C'est un homme puissant, et elle une survivante. Fin de l'histoire.

Je ne parvins pas à déchiffrer l'expression de Thierry mais son visage s'était fait grave.

— Je suis très déçu d'entendre ça. Je m'attendais à beaucoup mieux, venant d'elle.

— Moi aussi.

— Je suis conscient de son égoïsme. Après tout, je la connais depuis très longtemps. Mais ça ? Apprendre qu'elle est la maîtresse d'un homme comme Gideon, dont la famille n'a fait que semer la mort dans notre communauté pendant des siècles…

Il soupira.

— Je suis extrêmement déçu.

— Elle m'a fait boire un peu de son sang. Gideon pensait que si j'absorbais celui d'un troisième maître vampire, cela me rendrait encore plus puissante pour le transformer.

— J'ai bien peur qu'il ait raison.

Je me levai et avançai vers lui, mais je m'arrêtai à une distance prudente. Je me sentais encore gênée après tout ce qui s'était passé. Toute cette histoire craignait. Et le mot était faible.

Ça craint un max.

— Le sang de Véronique est assez puissant pour m'avoir redonné un peu le contrôle. Du moins pour un temps. J'ai soif… C'est comme si j'étais toujours assoiffée maintenant, mais je peux me maîtriser. J'ignore combien de temps ça durera.

Je me détournai, et ma gorge se serra.

— Je suis désolée.

Il toucha mon dos, et la chaleur de sa main pénétra ma peau glacée.

— Pourquoi es-tu désolée ?

— Tout ! Les choses ne sont pas devenues plus faciles. Au contraire, elles empirent. Et c'est ma faute. Tu dois souhaiter ne m'avoir jamais rencontrée.

— Si je ne t'avais pas rencontrée, j'aurais cessé d'exister il y a trois mois.

Ah oui. Pendant une seconde, j'avais oublié. Je revis un pont, et un homme avec un long manteau noir qui pensait avoir déjà trop vécu. Il avait voulu trouver la paix, cette nuit-là. Au lieu de cela, c'était moi qu'il avait trouvée.

Peut-être aurait-il dû sauter quand il en avait eu l'occasion.

— Je suis désolée.

— S'il te plaît, cesse de t'excuser.

Il m'attira dans ses bras et m'étreignit.

— Tu as raison sur certains points. Ce n'est pas devenu plus simple pour nous. Mais je ne souhaite pas n'avoir jamais croisé ton chemin. Je chéris l'instant où tu es entrée dans ma vie.

Je secouai la tête et ne pus m'empêcher de sourire à ces paroles.

— Alors tu es encore plus dingue que je le pensais.

— Peut-être bien.

Il me prit le visage entre ses mains et se pencha pour m'embrasser chastement sur les lèvres.

— Maintenant, cesse de t'apitoyer sur ton sort, parce que nous devons décider de la marche à suivre.

— C'est très simple. Je vais aller transformer Gideon à minuit, pour qu'il relâche Amy.

Thierry garda le silence un long moment.

— Cela ne doit pas se produire.

— Quoi ?

— La nuit dernière, tu m'as prouvé que ton sang pouvait guérir une blessure mortelle. En quel genre de vampire transformerait-il Gideon, maintenant que tu es encore plus forte ? Quel niveau de puissance lui transmettrais-tu ? C'est beaucoup trop risqué.

J'humectai mes lèvres sèches.

— Il m'avait donné l'impression qu'il voyait la vie différemment. Qu'il avait changé.

— Et maintenant, que crois-tu ?

— Il a cassé ma chaîne et brûlé mon grimoire. Je le hais.

— Et pourtant, tu veux toujours l'aider, ce soir, dit Thierry en me foudroyant du regard. Comme c'est curieux.

— Ça n'a rien à voir avec le fait d'être attirée par lui ou pas. Il retient Amy prisonnière.

Thierry haussa un sourcil noir.

— Il a enlevé Amy, insistai-je d'un ton plus ferme.

Le visage de Thierry se durcit et il plissa les yeux.

— Comment sais-tu qu'il la libérera si tu fais ce qu'il veut ?

— Je ne pense pas vraiment avoir le choix.

Ma lèvre inférieure se mit à trembler, et son expression se radoucit.

— Je suis désolé de t'infliger ma frustration, soupira-t-il. D'habitude, je sais comment me sortir des situations périlleuses, mais ça… ce qui se passe avec Gideon, la malédiction… je me sens dépassé.

— Je sais.

Je le serrai très fort, et il effleura de nouveau mes lèvres avec les siennes. Je déglutis et regardai son visage aux traits crispés.

— Quelle heure est-il ?

— Dix-neuf heures.

Si mon cœur avait encore battu, il aurait accéléré à ces mots. Pareil pour ma respiration.

— Il nous reste cinq heures avant le début supposé du rituel.

— Il y a autre chose qu'il faut que je te dise, reprit Thierry d'une voix douce, sans croiser mon regard.

— J'espère que tu vas m'annoncer que j'ai gagné à la loterie. J'ai besoin d'entendre une bonne nouvelle.

Il secoua la tête.

— C'est… le Cercle. Ils viennent de me contacter.

— C'était ça, la réunion chez Barry, ce matin ?

— Non, ils m'ont appelé personnellement. C'est au sujet de la malédiction. Ils savent tout. Ils connaissaient déjà ta réputation de Tueuse de Tueurs…

— Fausse réputation, corrigeai-je.

— Évidemment, mais elle perdure, et la spéculation va bon train. Ils te considéraient déjà comme une menace pour notre race, et maintenant, avec cette malédiction…

Il m'étudia un moment.

— Ils ont ordonné ton élimination.

Ma bouche devint sèche.

— Mais tu les avais convaincus que je n'étais pas mauvaise et que tout allait bien, n'est-ce pas ?

— Cette fois, ils ont refusé de m'écouter. Ils pensent que je suis trop impliqué pour avoir une vision objective de la situation.

Il détourna la tête pour regarder dans le grand tesson accroché au mur. Il nous reflétait tous les deux de la tête aux pieds.

Je me sentis mal.

— Alors qu'est-ce qui va se passer maintenant ?

— Si nous ne pouvons pas trouver un moyen de lever le mauvais sort…

Sa voix trahissait le stress qu'il ressentait.

— Tu deviendras différente. Je l'ai vu. Tes yeux… dans la ruelle, quand tu as attaqué la jeune vampire. Ce n'était plus toi.

Je serrai les dents.

— Tu as raison.

— Sans la chaîne pour te protéger, cette noirceur va commencer à étouffer celle que tu es vraiment.

J'en eus la chair de poule.

— Je peux déjà la sentir devenir plus forte.

Son regard était plein d'une tristesse à peine voilée.

— Si tu dois devenir comme ça de façon permanente, je sais ce qu'il me restera à faire.

— C'est évident, dis-je, surprise par mon propre calme. Il faudra que tu me tues.

Il secoua la tête.

— Non, il y a une autre solution. Je peux t'emmener quelque part. Un endroit isolé. Je peux te protéger et t'empêcher de nuire à autrui.

— Tu veux m'enfermer comme un monstre de foire ?

— Ce ne sera pas comme ça.

Plus Thierry parlait, plus je voyais combien le problème Sarah Dearly le bouleversait. Et plus je savais comment le résoudre. Il n'y avait qu'un seul moyen de le faire.

C'était si simple, vraiment. Clair comme de l'eau de roche.

— Écoute-moi, Thierry.

Je posai les mains sur ses joues et l'obligeai à croiser mon regard.

— J'ai besoin que tu me fasses une promesse. Si je deviens Sarah la Nocturne à cent pour cent et que je suis une menace pour les autres, je veux que tu m'enfonces un pieu dans le cœur.

— Sarah...

Je secouai la tête.

— Si je ne peux pas vivre une longue et heureuse vie immortelle avec toi, alors je ne veux pas vivre du tout. Et je ne veux pas être pourchassée comme un chien enragé par les assassins du Cercle. Quand je serai une nocturne, je ne serai plus moi. La vraie Sarah sera morte. Tu devras me tuer.

Il secoua la tête.

— Je ne ferais jamais ça.

— Thierry, insistai-je, prononçant son nom plus durement que je ne l'avais jamais fait. Je suis sérieuse. Je sais que ça craint. Je ne te demande pas des fleurs et des bijoux, là. Ou de me prêter de l'argent, même si, entre nous, j'en aurais bien besoin en ce moment.

J'essayai de sourire, mais peine perdue.

— Je sais que tu le feras très vite. Que je ne sentirai rien.

Il garda le silence un long moment.

— Nous trouverons un autre moyen.

— Cesse d'être si borné et fais-moi cette promesse, bon sang !

— Merde, Sarah !

Je haussai un sourcil.

— Si tu refuses, je peux toujours demander à Barry. Je sais qu'il n'aura aucun problème à le faire.

Il me jaugea un moment de son regard argenté.

— Si c'est ce que tu souhaites vraiment…

— Oui.

— Alors, je te le promets. Mais seulement s'il n'y a pas d'autre solution.

Il m'attira brutalement contre lui et me serra si fort qu'il me coupa le souffle. Enfin, il l'aurait fait si j'avais encore eu besoin de respirer. Son corps me réchauffa un peu, et je me laissai aller contre lui, refermant mes bras autour de son cou, et l'embrassai doucement.

Je venais de demander à mon petit ami de m'enfoncer un pieu dans le cœur. Et il avait dit « oui ».

J'ignorais pourquoi je me sentais si bien à ce sujet.

Mais je savais que c'était la meilleure chose à faire. De toutes les décisions que j'avais prises récemment – les bonnes et les moins bonnes –, je savais que c'était la meilleure.

Mourir n'était pas mon premier choix. Ni même le second. Vraiment pas. Une partie de moi voulut s'insurger, le supplier d'oublier tout ce que je venais de dire, mais je rejetai cet accès de lâcheté.

Si je devenais la nocturne, je ne voulais plus vivre. Elle n'était pas moi, mais une autre personne : méchante, horrible, un vrai poison qui coulait sous la surface de ma peau. Un monstre tapi, qui attendait son heure, celle de me prendre ma vie.

Elle devait mourir.

Je lutterais jusqu'au bout pour trouver une autre solution à ce problème colossal, bien sûr. Mais une fille se devait d'avoir toujours un plan B, au cas où.

— Je ne veux pas te perdre, murmura Thierry contre mes cheveux. Je viens juste de te trouver.

J'étais dans ses bras, et son odeur m'enveloppait. Il sentait toujours si bon. Dessous, je percevais celle de sa peau. Et la détresse qu'il ressentait en cet instant. J'enfouis ma main dans ses cheveux et me hissai sur la pointe des pieds pour le regarder dans les yeux. Et je l'embrassai, tout doucement au début, puis avec passion quand sa bouche s'ouvrit sous la mienne. Je glissai ma langue contre celle de Thierry, et elles se mêlèrent et dansèrent ensemble. Et j'eus encore plus envie de lui.

Je remerciai mentalement George pour ses bonbons à la menthe.

Mon anxiété disparaissait comme des nuages se dispersent pour laisser apparaître le soleil et je m'enivrai de son goût, de son odeur, de la sensation de son corps contre le mien. Ses bras forts, son torse puissant, son cœur qui battait contre ma poitrine silencieuse. Je captai ce battement de cœur et me concentrai sur lui, le goûtant comme je goûtais Thierry, et cela me remplit d'un désir profond, douloureux.

— J'ai envie de toi, Thierry, murmurai-je.

— Ce n'est pas le moment, répondit-il, mais son corps n'était pas d'accord avec lui.

Il me voulait aussi. Difficile pour lui de le cacher.

Je souris intérieurement et coupai court à ses protestations d'un autre baiser, et il ne résista plus. Il fit glisser ses mains jusqu'au creux de mes reins et m'attira tout contre lui.

Il sursauta quand je lui mordis la langue pour goûter son sang. Autour de moi, le monde n'existait plus vraiment, noyé dans la brume et de plus en plus chaud à chaque seconde. Un grognement de désir monta du fond de la gorge de Thierry quand je me mis à lui sucer la langue.

Je mordis la mienne pour qu'il puisse me goûter, et alors qu'il le faisait sa respiration s'accéléra.

Il avait pu s'arrêter, la veille, quand il avait bu mon sang. Il s'était entraîné à mieux se maîtriser, mais j'étais quand même au milieu d'un scénario dangereux. Je jouais avec le feu.

C'était mal. Très mal.

Et dans ce cas, que croyais-je être en train de faire ?

Ah, mais c'était là tout le problème. Je n'étais plus aux commandes. La nocturne avait été si discrète que je ne l'avais pas sentie se faufiler derrière mon subconscient pour prendre ma place. Elle accueillait avec joie l'addiction de Thierry, elle la nourrissait, comme un animal de compagnie. Elle aimait l'idée de le pousser au bord du gouffre, puis de l'y faire tomber. Elle le trouvait bien plus intéressant quand il ne se contrôlait plus.

Je glissai mes mains froides sous sa chemise et touchai sa peau brûlante, sentant les battements de son cœur contre mes paumes, que je fis glisser le long de son abdomen.

— S'il te plaît, grogna-t-il.

Je ne savais pas si cela signifiait : « S'il te plaît, arrête », ou « S'il te plaît, continue ».

Probablement un mélange des deux.

Super.

— Tu as envie de moi ? demandai-je d'une voix de gorge qui me sembla totalement irréelle.

— Oui, siffla-t-il.

Il recula juste assez pour que je voie que ses yeux étaient devenus entièrement noirs. Comme les miens… ainsi que me le confirma un rapide coup d'œil dans le tesson. J'écartai les cheveux de mon cou, l'exposant à ses crocs. Il se pencha et fit glisser sa langue le long de ma gorge. Je frissonnai sous l'effet de la caresse tiède et humide, et certaines parties de mon corps s'éveillèrent.

— Que me fais-tu ? demanda-t-il. Je ne peux plus me maîtriser. Ne m'oblige pas à faire ça.

Je ne faisais rien du tout. Après tout, ce n'était pas comme si j'avais le pouvoir d'imposer ma volonté à l'esprit d'un vampire. L'asservissement, comme l'appelait Amy, ne fonctionnait que sur les faibles humains.

Amy.

J'écartai la pensée distante de mon amie en détresse pour me concentrer sur la sensation de la bouche de Thierry. Ses crocs passèrent sur la peau de mon cou, sans la transpercer. Il luttait contre lui-même. Le souvenir de la nuit où il avait failli me vider entièrement devait être encore très présent dans sa mémoire.

Pour le moment, tout ce que je voulais, c'était qu'il me morde. Pourquoi fallait-il que je sois seule ? Je pouvais être avec Thierry, s'il embrassait le monstre tapi en lui comme je le faisais avec le mien.

Alors, plus rien d'autre n'aurait d'importance.

La nocturne en fut tout excitée, mais une petite partie de moi désapprouva… la partie qui était encore Sarah Dearly, et qui dans un dernier sursaut voulait que tout cela s'arrête. Avant qu'il soit trop tard.

— Thierry…

Il y avait quelque chose dans le ton de ma voix qui n'était ni du désir ni de la luxure. C'était de la panique. Je l'obligeai à s'écarter pour qu'il puisse plonger son regard dans mes yeux si noirs. Il sembla se ressaisir tout à coup.

Je caressais toujours librement son corps magnifique tout en cherchant ses lèvres pour un autre baiser. Mais je les laissai vite de côté pour renifler son cou, lécher sa peau, essayant de trouver le meilleur endroit pour y planter mes crocs. Je me forçai à serrer les dents, pour essayer de reprendre ce contrôle qui prenait un malin plaisir à m'échapper.

— Gifle-moi, dis-je à Thierry. Véronique a pu m'empêcher de la mordre en me giflant.

— Je ne peux pas, lança-t-il, déglutissant avec peine.

— Tu ne peux pas ou tu ne veux pas ?

— Je ne te frapperai pas.

Son ton était ferme.

— Ne dis pas que je ne l'ai pas proposé.

Je plantai mes crocs dans sa chair et son sang gicla dans ma bouche : il était délicieux, enivrant. Miam, miam. Je le bus avec avidité, littéralement, et sentis mon pouvoir grossir encore, telle une lumière au creux de moi, toujours plus vive... un soleil qui ne pouvait pas me blesser, mais me rendrait plus forte.

Thierry voulut me repousser. Même si je savais que la morsure elle-même ne lui posait aucun problème, puisque c'était déjà arrivé plus d'une fois, il essayait de m'arrêter.

— Gifle-moi, le suppliai-je. Avant qu'il soit trop tard.

Alors je sentis deux mains s'abattre sur mes épaules et me tirer en arrière, m'arrachant à Thierry, que j'avais cloué au lit. J'écarquillai les yeux. Quand étions-nous passés en position horizontale ? Je me retournai en sifflant, furieuse de l'interruption.

Janie Parker se tenait derrière moi.

— Salut. Comment ça va ?

Puis elle prit de l'élan et me flanqua une claque magistrale, qui me laissa à moitié sonnée.

Chapitre 18

— Tu as demandé qu'on te gifle, non ? tonna Janie, frappant mon autre joue encore plus fort. J'essaie juste de t'aider.

Une partie de moi voulut se jeter sur elle et lui arracher la gorge… (nous n'avions jamais été copines, après tout…) mais la douleur m'avait redonné un semblant de contrôle. Je me réfugiai du côté plongé dans l'ombre de la chambre et la fusillai du regard.

De sa position derrière Janie, Quinn m'observait avec un mélange d'inquiétude et de dégoût. Son jugement était plutôt dur, pour un ex-chasseur de vampires qui avait voulu coucher avec moi. Oui, super.

Thierry pressa une main contre sa gorge blessée jusqu'à ce qu'elle guérisse comme par magie. Son expression était indéchiffrable.

— Merci d'être intervenue.

Janie secoua la tête.

— Quand une femme vous autorise à la gifler, faites-le.

Il plissa les yeux.

— Quinn n'aurait peut-être aucun problème à vous frapper, mais je refuse de faire mal à Sarah.

— Ne me mêlez pas à ça, intervint Quinn avec un coup d'œil prudent dans ma direction.

Janie balaya la chambre du regard, puis tira un pieu en bois de son sac.

— N'y pensez même pas.

Thierry avait haussé les sourcils.

— C'est peut-être pour vous, qui sait ? Après tout, vous n'avez pas vraiment l'air de vous maîtriser.

Quinn posa une main sur le bras aux muscles saillants de sa fiancée.

— Ce ne sera pas nécessaire, Janie.

— C'est une nocturne, lui rappela-t-elle avec un hochement de la tête dans ma direction. Je sais comment ça se passe. J'ai lu les histoires.

— Sarah a été envoûtée, expliqua-t-il. Tu le sais bien.

— Ça ne la rend pas moins dangereuse.

— Elle est différente.

— Pas d'après ce que je vois.

Elle m'étudia un moment. Je résistai à l'envie de cracher comme un félin en colère, parce que je ne pensais pas que cela lui ferait bonne impression. Enfin, elle rangea son bout de bois.

J'avais encore le goût du sang de Thierry dans la bouche. J'en voulais davantage, mais la vraie moi continuait à se battre comme un beau diable pour garder le contrôle.

— Il faut que je vous parle, dit Quinn.

Je crus d'abord qu'il s'adressait à moi, mais il regardait Thierry.

Les yeux de celui-ci étaient redevenus normaux. Après m'avoir jeté un coup d'œil où je lus beaucoup de culpabilité, il tourna les talons et quitta la pièce avec Quinn sans un mot.

Janie resta là, bras croisés, bloquant la porte, ma seule issue.

Mercenaire un jour, mercenaire toujours.

Ou quelque chose comme ça.

— Alors…

Elle m'adressa un grand sourire soupçonneux.

— On s'amuse, ou quoi ?

— Je préfère ne pas répondre.

— Tu te sens mieux ?

— Un chouïa.

— Pendant un instant, j'ai cru que nous étions tombés sur une scène d'amour très réaliste. Puis j'ai remarqué que vous étiez encore habillés et que tes crocs étaient plantés dans son cou. J'ai compris que ce n'était pas normal.

— Tu es très observatrice.

Elle soupira.

— Tu es très différente de la Sarah que j'ai connue. Beaucoup moins joyeuse.

— Le mois qui vient de s'écouler n'a pas été de tout repos.

Je clignai des yeux.

— Pour toi comme pour moi. Je n'arrive pas à croire que Quinn et toi êtes ensemble.

— C'est pourtant vrai.

— Tu veux bien me raconter comment vous vous êtes trouvés ?

— Mon patron démoniaque m'avait demandé de lui trouver un artefact magique en Arizona, et Quinn avait la carte qui y menait. J'étais censée l'éliminer après la lui avoir volée. Mais nous avons fini par travailler ensemble et vaincre le méchant. J'ai failli être tuée, et il a dû me transformer. Ce qui fait de moi un nouveau membre du club très fermé des vampires. Si tu veux plus de détails, achète mes mémoires.

Janie avait toujours été encore plus bêcheuse que moi. Enfin, un peu. Mais je savais qu'au fond, très profond, elle avait bon cœur. Elle m'avait déjà sauvé la vie. Cela comptait. Elle n'avait pas eu une vie facile, et elle était tombée amoureuse des mauvais garçons. Jusqu'à présent. Cette fois, elle avait fait les bons choix. Et l'un d'eux était Quinn.

J'avais de nouveau le contrôle à soixante pour cent.

— Quinn est un type épatant.

Elle émit un son qui n'avait rien de joyeux.

— Ne t'inquiète pas, ajoutai-je. Je n'essaierai pas de te le voler. Il m'a déjà averti de ce que tu me ferais, et je crois que ça incluait une mort lente par démembrement.

— Je ne suis pas du genre jaloux, dit-elle d'un ton ferme.

— C'est bon à savoir.

Elle marcha jusqu'à mon lit aux draps froissé, puis retourna vers la porte close.

— Mais tu ignores ce que nous avons traversé ensemble. J'ai conscience que c'est un peu rapide, mais je l'aime tellement. Il avait des sentiments pour toi, je le sais bien, et si vous n'êtes pas ensemble aujourd'hui c'est parce que tu as préféré choisir Thierry.

Super. Rien que des vampires avec des problèmes existentiels. Nous étions si nombreux que je devrais peut-être créer un groupe de discussion.

— C'est vrai.

Je haussai les épaules.

— J'aurais peut-être dû choisir Quinn. Il est très mignon.

Elle me jeta un regard mauvais.

Je ne pus m'empêcher de sourire, en dépit de la situation.

— Je plaisante. Sérieusement, Janie, ce garçon est raide dingue de toi. Et puis Quinn n'a jamais vraiment été amoureux de moi, et tout ce que j'ai jamais ressenti pour lui, c'est de l'amitié.

— Vraiment ?

— D'un autre côté, il embrasse super bien.

— Je crois que je vais te tuer !

Même si elle plaisantait à moitié, cela suffit à me rendre mon sérieux.

— À propos…

— De te tuer ?

— Oui.

— Continue. Je t'écoute.

Elle sourit, avant de comprendre que je ne plaisantais pas.

— Qu'est-ce qu'il y a ?

— Le mauvais sort ne s'arrange pas… comme tu as pu le constater. En fait, il me conduit tout droit au Village des Damnés.

— Tu ne crois pas pouvoir apprendre à te contrôler ?

Je secouai la tête.

— Pas éternellement. Pour le moment, j'en suis plus ou moins capable parce que… disons juste que je suis repue. Mais dès que mon estomac se mettra à crier famine, je suggère que tout le monde s'en aille, et vite.

— Alors, qu'est-ce que tu vas faire ?

— La seule chose qui me tienne à cœur : protéger ceux que j'aime. Et ceux que je n'aime pas aussi, d'ailleurs.

Je pris une profonde inspiration tremblante dont je n'avais pas vraiment besoin.

— J'ai demandé à Thierry de m'enfoncer un pieu dans le cœur s'il n'y a pas d'autre solution. Si les choses tournent mal, il n'aura pas le choix.

À ces mots, elle haussa les sourcils.

— Tu lui as demandé de te tuer ? Et il est d'accord ?

J'opinai du chef et essayai de contenir la panique qui menaçait de me submerger. Cela semblait horrible, mais c'était le seul moyen. S'il ne m'éliminait pas lui-même, le Cercle enverrait l'un de ses assassins pour s'en charger, et j'étais certaine que leurs méthodes n'incluraient pas de m'attaquer à coups de lapins en peluche.

— J'ai une autre idée, dit Janie.

— Laquelle ?

— Arrête de te comporter en victime. Cesse d'accepter cette saloperie parce qu'elle t'est imposée et commence à te battre pour ta vie.

Je fronçai les sourcils.

— Tu n'es donc pas si indifférente que ça à mon sort ?

Elle haussa les épaules.

— C'est mon opinion. Prends-la comme elle est. Je pense que n'importe quelle action vaut mieux que de rester assise à attendre. En fait, Quinn et moi allons essayer de trouver où ton copain Gideon garde Amy prisonnière.

Je ressentis le rappel du danger qui pesait sur ma meilleure amie comme une troisième claque en plein visage.

— Comment est-ce que vous savez ça ?

— George nous a tout raconté dès que nous sommes arrivés. Puisqu'il sait où logeait Gideon, nous allons commencer par là-bas. C'est mieux que rien.

Elle se tourna vers la porte.

— Écoute, Janie…

— Ouais ?

— Si les choses deviennent vraiment moches et que Thierry ne peut pas… tu sais… alors je veux que tu…

Le silence sembla très lourd pendant un instant.

Elle hocha la tête avec fermeté.

— Tu ne sentiras rien. Ce sera comme te faire percer les oreilles.

— Nous parlons bien de la même chose, n'est-ce pas ?

— Tu veux que je te plonge un pieu dans le cœur si tu deviens cette saloperie tarée aux yeux noirs, c'est ça ?

— Oui, mais je me rappelle que j'ai eu mal quand je me suis fait percer les oreilles.

Elle haussa les épaules.

— Qu'est-ce que tu veux que je te dise ? Les comparaisons rigolotes n'ont jamais été mon fort. Je ferai ça très vite. Ne t'inquiète pas.

Ne t'inquiète pas ?

Sûr. C'était facile à dire pour elle.

— Eh bien, c'est super. Merci.

— Janie, appela Quinn du seuil de la pièce. Nous allons y aller et commencer à chercher. Tu viens ?

— Évidemment. J'arrive.

Quinn me regarda, et je vis que l'incertitude et le dégoût avaient fait place à une réelle inquiétude.

— Tu vas bien ?

— Je fais de mon mieux.

Il hocha la tête.

— Si tu as besoin de quelque chose, il suffit de demander.

Eh bien, je viens justement de demander à ta fiancée de me planter un pieu dans le cœur, pensai-je. *Tu parles d'un service !*

— Merci, dis-je simplement.

Janie tendit le bras et me posa la main sur l'épaule sans hésiter.

— Tu vas t'en sortir, tu sais.

— Tu crois ?

— J'en suis certaine. Tu veux savoir pourquoi ?

— Pourquoi ?

— Parce que tu es invitée à notre mariage, sourit-elle. Et, pour info, nous préférons l'argent liquide, puisque nous n'avons déposé de liste nulle part. Entre fuir pour sauver ma peau et m'habituer à la vie de vampire… je n'ai pas eu le temps.

— C'est compréhensible.

Elle prit la main de Quinn. Après un dernier regard, ils tournèrent les talons et quittèrent la chambre. Si j'avais su que la moitié de mes amis allaient y défiler, j'aurais fait le ménage. Heureusement, j'étais bien trop distraite pour être gênée par mes habitudes bordéliques, même si je remarquai la présence d'un soutien-gorge rose accroché à la poignée du placard.

Je restai là quelques minutes, à réfléchir au discours de Janie.

En gros, je devais arrêter de me comporter en victime.

J'émergeai de ma chambre juste à temps pour voir George, Quinn et Janie partir à la recherche d'Amy.

Comme c'était étrange qu'ils me laissent seule avec Thierry après ce qui s'était passé un peu plus tôt. Me faisaient-ils confiance à ce point ?

Mais non, je me retournai et vis aussitôt pourquoi ils s'étaient permis cet exode de masse. Barry était assis sur le canapé. Il m'observait avec une expression sinistre. Il savait sans aucun doute ce qui était arrivé à Amy.

— Tout ira bien, lui dis-je.

— C'est entièrement ta faute.

Au son de sa voix, je me sentis encore plus mal et fautive. Il semblait plus désespéré qu'en colère.

Il avait raison, bien sûr.

— Je sais, et je suis terriblement désolée.

Barry fronça les sourcils. Sans doute ne s'attendait-il pas à ce que je l'admette.

— Si Amy meurt…, commença-t-il.

— Si Amy meurt, tu as ma permission. Tu pourras me planter un pieu dans le cœur. Je ne voudrais plus vivre, de toute manière, finis-je pour lui.

Cela faisait trois personnes à qui j'avais demandé de me tuer. Il allait falloir que je commence un tableau Excel, si je ne voulais pas oublier le moindre détail.

— Ce ne sera pas nécessaire, intervint Thierry.

Il était debout près de la porte d'entrée, bras croisés sur la poitrine. Il évitait de croiser mon regard.

— Je suis certain que Quinn, Janie et George pourront localiser votre femme, Barry.

— Et s'ils n'y arrivent pas ? argua Barry. Nous ignorons où elle est. Et si ce salaud touche ne serait-ce qu'à un cheveu de sa tête…

— Tu ne peux pas sentir où elle est ? demandai-je. Même en te concentrant très fort ? Je veux dire, tu es son créateur, non ?

Il secoua la tête.

— C'est un lien très rare, et Amy et moi n'avons pas la chance de le partager. Je l'aime tellement, et je ne peux pas la retrouver. Je… je suis incapable de l'aider !

Même si Barry et moi ne nous entendions pas très bien, cela fit saigner mon cœur inerte de le voir dans cet état à cause de la femme qu'il aimait.

— Tout va très bien se passer, le rassurai-je. Je vais aller retrouver Gideon. Quand je l'aurai transformé, il laissera Amy s'en aller. C'est très simple.

— Non, rien de tout ça n'est simple.

Thierry m'attrapa par la main avant que j'aie pu atteindre la porte.

— C'est trop dangereux.

— Ça l'est encore plus si je reste ici sans rien tenter.

Je me dégageai.

— Qu'arrivera-t-il après que tu auras comblé ses désirs et peut-être fait de lui le vampire le plus puissant de tous les temps ? Crois-tu qu'il se souciera encore de qui vivra ou mourra ? Gideon Chase est un chasseur égoïste qui ne pense qu'à sa propre survie.

— Il souffre. Les feux de l'enfer le consument en permanence.

Thierry me foudroya du regard.

— Après tout ce qu'il a fait, tu continues encore à lui trouver des excuses ?

Je sentis monter ma colère.

— Ta réaction est disproportionnée.

— Vraiment ? rétorqua-t-il d'un ton sec.

— Oui.

— Mais, maître, protesta Barry, nous ne pouvons pas simplement rester assis ici sans rien faire.

Thierry traversa la pièce pour aller le rejoindre.

— Il est bien trop risqué d'envoyer Sarah seule, dans son état actuel.

— Elle veut le faire.

— Il est évident qu'elle n'est pas elle-même et qu'il est impossible de lui faire confiance.

Il me regarda, et je compris qu'il n'avait pas parlé ainsi par cruauté. Il le croyait vraiment. Et, après ce qui s'était passé dans ma chambre, je ne pouvais pas lui en vouloir de penser cela.

Pour la toute première fois depuis notre rencontre – qui ne datait que de trois mois, mais j'avais l'impression que c'était il y a une éternité –, Barry me regarda sans aucun mépris ni dégoût. Il n'y avait que de l'inquiétude et de la peur dans ses yeux.

— Qu'en penses-tu, Sarah ? Tu es la meilleure amie d'Amy. Est-ce qu'elle va s'en sortir ?

Je secouai la tête.

— Je… n'en sais rien.

Je sentis la nocturne à la lisière de ma conscience. Elle grignotait mon contrôle peu à peu, telle une femelle Pacman assoiffée de sang. Mais je tenais bon… Mon dernier festin à base de sang de maître vampire m'y aidait.

— Tu l'ignores ? dit Barry en s'empourprant. Ce n'est pas une réponse suffisante.

Un silence de plomb s'installa pendant une minute entière.

— Je vais réchauffer un peu de ce café que George nous a préparé, grogna-t-il enfin.

Et, sans attendre de réponse, il se leva du canapé et disparut dans la cuisine. Je pus l'entendre faire claquer les portes des placards et remuer les ustensiles.

Je fis un pas vers Thierry.

— Je dois y aller.

— C'est impossible.

Il leva une main pour m'arrêter.

— Et s'il te plaît, Sarah, n'approche pas plus. Je ne suis pas encore remis de ce qui s'est passé.

Je me figeai.

— Je t'ai pris trop de sang.

— Il ne s'agit pas de ça…

Il leva les yeux et je sentis le poids de ses prunelles argentées sur moi.

— La nocturne fait ressortir mon propre côté obscur. Cela me perturbe.

Je tressaillis.

— Je sais. C'est répugnant.

Il secoua la tête.

— Non… Je trouve ça perturbant parce que… parce que j'aime la sensation que cela me procure. Quand l'obscurité m'envahit, tout me semble beaucoup plus simple. Mes inquiétudes s'effacent, et il ne reste que le plaisir qu'elle me donne.

Je me mordis la lèvre inférieure.

— À t'entendre, on dirait presque que c'est sexuel. Mais tu es en train de me dire que c'est mal, n'est-ce pas ?

Il émit un son, presque un rire.

— J'ai pris la décision voilà bien longtemps d'éviter tout ce qui pouvait me mettre dans cet état, dit-il en fronçant les sourcils. Je n'ai jamais rencontré aucun autre vampire qui ait autant de mal à se maîtriser que moi. Du moins ceux qui n'étaient pas des nocturnes.

— Tous les vampires ne sont pas si regardants quand il s'agit de se procurer du sang.

— Oui, mais leur désir d'en boire n'est pas une… addiction. Pour moi, si.

Je réfléchis à ce qu'il venait de me dire.

— Tu penses donc qu'il y a tout au fond de toi une sorte de nocturne qui essaie de se manifester ?

— Peut-être.

Je compris à l'expression tendue de son beau visage qu'il lui avait fallu beaucoup de courage pour m'avouer cela.

Je secouai la tête.

— Impossible.

Il fronça les sourcils de plus belle et me regarda.

— Étant donné que tu as plusieurs fois été témoin de ce qu'il y a de pire en moi, je suis surpris que tu me dises ça.

— Les nocturnes n'éprouvent pas le moindre regret après avoir cédé à leurs pulsions. Toi ? Tu es la culpabilité incarnée. Tu te hais depuis près de sept cents ans, c'est très long. Je parie que tu étais déjà comme ça étant humain, avant de rencontrer Véronique, quand tu t'occupais de tes moutons ou je ne sais quoi.

Il haussa un sourcil noir.

— Je n'étais pas berger.

— Alors quoi ?

— Aubergiste. Je dirigeais plusieurs auberges et tavernes avant l'épidémie de peste.

Un instant, son regard se fit distant.

— Étrange. Je n'y avais pas songé depuis bien longtemps.

— Tu étais une sorte de Donald Trump médiéval ?

— Je suppose qu'on peut voir les choses ainsi.

Cela me fit sourire.

— Ça colle au personnage.

Je tendis la main pour le toucher, et il ne se déroba pas.

— Je sais que tu n'as pas eu une vie aisée, dans le passé. Être un vampire n'est pas ce qu'il y a de plus facile au monde, hein ?

— Tu t'es très bien débrouillée.

— Tu plaisantes ? Tu veux que je t'imprime un exemplaire de la liste de mes mésaventures ? J'ai lutté bec et ongles contre ce que j'étais devenue depuis la nuit où j'ai été transformée. Je ne voulais pas devenir une vampire. Je haïssais tout de ce que ça impliquait. Et, juste quand je m'y suis enfin faite, les choses ont encore empiré.

— Sarah...

Je secouai la tête.

— Je la sens en ce moment même, Thierry... la nocturne qui veut ma vie et mon corps. Je la sens se frayer un chemin vers la surface de toute la force de ses griffes. J'ignore combien de temps il me reste encore, mais je veux que tu saches une chose importante.

Son visage se crispa.

— Quelle est-elle ?

— Je ne veux plus être normale. Tout ce que je désire, c'est être heureuse. Avec toi.

Il m'attira contre lui.

— Sarah, je te jure de tout faire pour que cela arrive.

— Je peux tout arranger dès ce soir, mais il faut que tu me laisses partir.

— Non. Tu vas rester ici.

Son étreinte se resserra encore.

— J'irai trouver Gideon et je ferai le nécessaire pour l'arrêter.

Mon estomac se serra.

— En d'autres termes, tu vas le tuer.

— Si c'est nécessaire, oui.

Il plissa les yeux.

— Sa mort t'affectera-t-elle ? Pleureras-tu Gideon Chase, après tout ce qu'il a fait ?

Je suppose que je ne répondis pas aussi vite qu'il l'aurait voulu.

— Je vois.

Son expression redevint dure, et il se mura à nouveau dans cette tour froide qu'il s'était créée.

— Non, tu ne vois rien.

— La vision de Gideon est peut-être plus claire. Il chérit ton côté obscur alors que j'essaie de l'inhiber. Je suppose qu'il va falloir que tu choisisses lequel de nous deux a raison.

Un accès de colère attira la nocturne et je sentis mes yeux devenir noirs comme de l'ébène quand mon champ de vision se rétrécit.

— Bon sang, Thierry...

Barry émergea de la cuisine avec trois cafés sur un plateau. Il avait même pensé à moi.

— Voilà, maître. Buvez ça.

Thierry prit la tasse qu'il lui tendait d'un geste absent.

— C'est ainsi que les choses doivent être, Sarah. Même si tu désapprouves, il est bien trop dangereux pour toi d'aller le rejoindre. Tu ne te maîtrises pas bien.

Je le foudroyai du regard, luttant contre la brume qui montait en moi, et essayai de me calmer.

Thierry gagna la fenêtre pour regarder dehors tout en sirotant son café brûlant.

Nous gardâmes le silence un moment, et j'essayai de trouver quelque chose à dire. Je ne pouvais pas rester enfermée à la maison toute la nuit en attendant des nouvelles. Cela n'allait pas dans le sens des conseils de Janie.

Il y eut un bruit de porcelaine brisée quand Thierry lâcha sa tasse et qu'elle atterrit sur le sol. George ne serait pas très content de voir la tache sombre qu'il venait de faire sur sa moquette beige.

Thierry porta la main à son front.

Je me précipitai vers lui.

— Que se passe-t-il ?

Il tourna la tête vers Barry avec lenteur.

— Que m'avez-vous fait ?

L'expression de l'intéressé était indéchiffrable.

— Vous ne m'avez pas laissé le choix. Je suis désolé, maître.

Thierry tomba à genoux, et je l'attrapai avant qu'il s'effondre tout à fait.

— Sarah…, murmura-t-il.

Puis il ferma les yeux et devint inerte.

Je regardai alors Barry, les yeux écarquillés.

— Qu'est-ce que tu as fait ?

Il respirait si vite que sa petite poitrine me fit penser à un accordéon.

— Des comprimés à l'ail sans odeur ni goût. J'en ai mis quelques-uns dans son café.

De l'ail.

Contrairement à la croyance populaire, il ne repoussait pas les vampires, mais il agissait sur eux comme un puissant sédatif. J'avais déjà fait connaissance avec les fléchettes que les chasseurs utilisaient s'ils ne voulaient pas tuer leur proie immédiatement. Elles pouvaient rendre un vampire inconscient pendant un temps.

C'était un tranquillisant aussi inoffensif qu'efficace.

Je touchai le front de Thierry et écartai ses mèches de cheveux noirs d'une caresse. Il faisait confiance à Barry, et le petit salopard en avait profité.

J'étais terriblement impressionnée !

— Pars, dit Barry. Avant qu'il se réveille.

Je le lorgnai.

— Il sera furieux contre toi.

— Si c'est le prix à payer pour sauver Amy, alors qu'il en soit ainsi. Tu vas t'en aller, oui ?

— Tu joues les chefs, hein ?

— Je sais que le maître veut seulement faire ce qui est bien, mais il n'est plus du tout logique dès que ça implique ta sécurité. Tu es son point faible.

Il avait raison. Thierry ne voyait pas plus loin que son désir de me protéger. Il ne m'aurait jamais laissée quitter la maison cette nuit-là, même si en faisant cela il mettait la vie d'Amy en péril.

Et bien sûr il ne voulait pas que j'approche de Gideon.

Je me penchai pour embrasser Thierry doucement sur la bouche, priant pour que ce ne soit pas la dernière fois.

Puis je me levai et regardai Barry.

— Souhaite-moi bonne chance.

— Pas le temps. File.

— Oh, ça va ! C'est pas comme si je t'avais demandé de me serrer dans tes bras ou quelque chose comme ça.

L'œil noir, il dit :

— Que fais-tu encore ici ? Le maître ne restera pas inconscient très longtemps.

Il marquait un point.

Je tournai les talons, ouvris la porte et sortis, espérant que tout irait parfaitement bien. J'avais assez d'expérience pour savoir que c'était impossible, mais une fille a le droit de rêver, n'est-ce pas ?

Chapitre 19

Je me dirigeai vers le *Côté Obscur*, puisque c'était le dernier endroit où j'avais vu le chasseur de vampires milliardaire.

Il n'y avait personne. Le club était fermé ce soir-là et complètement désert.

Mon téléphone portable sonna trois fois, et le nom sur l'écran m'apprit qu'il s'agissait de Thierry. Je ne répondis pas. Il était probablement furieux que je sois partie. Probablement ? Certainement, plutôt. Je comprenais son point de vue : j'étais lâchée dans les rues, sans la chaîne en or, ce qui n'était pas la meilleure des situations.

Encore un euphémisme.

Qui se soucie de ce qu'il pense ? me glissa la nocturne. *Ce type est un vrai boulet. Il ne te laisse jamais t'amuser.*

— Vraiment ? demandai-je tout haut. Je préfère que tu gardes tes conseils pour toi.

Je suis toi, *idiote. Et je sais ce que tu veux.*

— Oh, et qu'est-ce que c'est ?

Être libre. T'amuser. Avant, tu prenais du bon temps, mais ça n'arrive plus depuis que tu as rencontré Thierry.

— Ça n'a rien à voir avec lui et tout avec le fait d'être une vampire.

Tu sais qui est génial ? Gideon. Il est tellement séduisant, et la vie avec lui doit être super excitante.

— Super excitante ?

Ma voix intérieure parlait comme dans une série télé pour ado.

Oui. Tu aimais bien Gideon, n'est-ce pas ? Tu étais désolée pour lui. Plus que tu n'aurais dû. Et il y avait un truc en plus… une étincelle. Est-ce que tous ces sentiments ont disparu ?

Je grinçai des dents.

— Oui, partis, envolés. Il se servait de moi… il me manipulait.

Ça a marché ! Tu as abandonné ton « véritable amour » dans le salon, par terre, inconscient, pour courir retrouver Gideon. Et tu vas lui donner exactement ce qu'il veut.

— Uniquement pour sauver Amy.

Mouais. Sûr. Je vais te croire. Traînée.

Je serrai les dents.

— Je me fiche de ce que tu peux penser.

Eh bien, tu as tort. Dès que j'en aurai l'occasion, c'est moi qui prendrai les décisions, ma chérie. J'en ai assez que tu commandes. Je veux mon heure de gloire. Devenir celle qui est dans la lumière. Enfin, pas celle du jour. Cette saloperie de soleil brûle.

— Tu peux la boucler quand tu veux.

Génial. J'avais une conversation avec la nocturne tapie en moi. Ce n'était pas bon signe. Elle n'éprouvait pas la moindre crainte concernant la situation. Elle voulait que l'obscurité m'envahisse et trouver Gideon pour des raisons différentes des miennes. Et elle se fichait bien d'Amy.

Était-ce réellement ce que pensait une partie de moi ? Ou la nocturne était-elle une entité séparée de celle que j'étais vraiment ?

Je suppose qu'on le saura bientôt, non ? dit-elle à l'intérieur de mon crâne.

Quelle salope.

Hé, pas la peine d'être grossière !

Je n'aurais pas dû me promener dans mon état. C'était comme prendre le volant après avoir bu : dangereux et complètement stupide. Mais je m'accrochais à une pensée : Amy. C'était comme attendre le lendemain de la Saint-Valentin pour rompre avec quelqu'un. Je devais m'assurer qu'elle était saine et sauve avant de laisser le champ libre à la nocturne.

Malheureusement, celle-ci voulait tout et tout de suite. Je la repoussais chaque fois qu'elle dressait son horrible tête.

Les paroles de Thierry continuaient à résonner à mes oreilles : « *Gideon chérit ton côté obscur alors que j'essaie de l'inhiber. Je suppose qu'il va falloir que tu choisisses lequel de nous deux a raison.* »

Était-il seulement jaloux, comme autrefois avec Quinn ? J'avais déjà fait mon choix. Je savais de quel côté je me situais. J'aimais Thierry. Je détestais Gideon. C'était aussi simple que cela.

C'est ça, renchérit ma voix intérieure.

— Ferme-la.

Où diable était Gideon ? Et comment étais-je censée le retrouver dans une cité de deux millions et demi d'habitants ?

Grâce à un sort de localisation ? suggéra la nocturne.

— À ma connaissance, je suis vampire, pas sorcière !

Quelques passants me regardèrent bizarrement, tandis que je continuais à me parler à moi-même, comme une folle échappée de l'asile.

Un sort de localisation. Il était possible de trouver une personne si l'on connaissait le sorcier capable du bon tour de passe-passe. Quel était son nom, déjà ? Ah, oui, Steven, alias l'Obscur… Il avait dit en avoir pratiqué un pour savoir où j'habitais. Juste avant d'être possédé par un démon et de m'assommer contre un mur.

Néanmoins, cela valait peut-être le coup d'essayer.

Mais comment étais-je censée lui mettre la main dessus ? Je n'avais pas son numéro de téléphone. J'ignorais comment le contacter. Et le temps pressait.

Regarde, une étoile filante ! dit la nocturne. *Pourquoi tu ne ferais pas un vœu, espèce de ratée ?*

Ma voix intérieure maléfique n'était vraiment pas sympa.

Je levai les yeux vers le ciel, sombre mais clair, illuminé par la pleine lune et des milliards d'astres scintillants.

En temps normal, j'aurais souhaité un million de dollars. Ce soir-là, je ferais une exception.

— Je souhaite retrouver Gideon Chase, déclarai-je tout haut à la plus vive des étoiles. S'il te plaît.

Celle-ci continua à avancer en ligne droite, me prouvant qu'elle était en fait un avion.

Ça craint, dit la nocturne.

Eh bien, pour une fois, nous étions d'accord.

— Hé, madame.

Quelqu'un me toucha le bras. Je me retournai pour foudroyer mon agresseur du regard.

— Vous voulez des billets de concert ?

— Des billets de concert ? répétai-je. En fait, c'est bien la seule chose dont je n'aie aucun besoin en ce moment.

— Allez. Ils sont presque donnés. Le concert a déjà commencé. Cinquante dollars pièce.

L'homme avait une haleine qui me faisait à la fois penser à un cigare cubain et à une litière sale. Super agréable, quoi.

— Je ne suis pas intéressée.

— Les Rats Morts sont le meilleur groupe de metal du coin. Et vous avez l'air d'avoir besoin de bouger votre corps, ce soir.

Il remua les sourcils de manière suggestive.

— Allez, je vous les fais à quarante. Prenez-les.

J'allais ouvrir la bouche pour lui dire exactement où il pouvait se fourrer ses billets quand je me figeai soudain.

Il avait bien parlé des Rats Morts ?

Et ne connaissais-je pas leur plus grand fan dans tout l'hémisphère nord ?

Eh bien, si. Et le plus grand fan des Rats Morts était justement ce sorcier adolescent qui aimait qu'on l'appelle l'Obscur. Or je savais qu'il avait exprimé un très grand intérêt pour ce concert.

Je levai les yeux vers l'avion et lui adressai un « merci » silencieux. Apparemment, faire un vœu quand on voyait une étoile filante, c'était très surfait.

— Donnez-moi les billets, dis-je.

— Quarante chacun.

Plissant les yeux, je lui tendis la main, cherchant parmi les pouvoirs de la nocturne, un peu comme j'aurais cherché dans un sac à main trop plein, celui qui pouvait asservir l'humain.

— *Donnez-les-moi !*

Les yeux du garçon se voilèrent aussitôt.

— Bien sûr.

Il m'obéit sans que j'aie besoin d'ajouter un mot.

— Amusez-vous bien.

Je lui arrachai les billets de la main. J'avais oublié que, de tous les effets secondaires de mon état de nocturne, l'asservissement était de loin mon préféré.

Bien sûr, cette malédiction n'avait rien de bon. Mais s'il y avait un léger avantage à être envoûtée, c'était celui-là :

la merveilleuse et glorieuse faculté de contrôler les gens à l'esprit faible.

Je me concentrai sur la direction à prendre pour gagner le Rogers Centre avec son dôme, puis passer la sécurité sans avoir l'air suspecte alors que je débarquais dans un concert plus d'une heure après qu'il avait débuté. L'odeur de la bière, des bretzels et du pop-corn me percuta, en même temps que celle, plus diffuse, de l'herbe.

Odorat de vampire à pleine capacité. *Paré.*

Le boucan de vingt mille gamins hurlant à pleins poumons m'assaillit, et les sons grinçants des guitares électriques me heurtèrent comme un mur de brique quand j'entrai et traversai les gradins. J'utilisai mes sens, espérant repérer le sorcier dans la foule.

— *Les Rats Morts!* cria le chanteur dans son micro.

» *Tue-les! Crève-les! Fais-les saigner!*

» *Arrache-leur le cœur, pour nous nourrir!*

» *Rats! Morts! Rats Morts!*

Très accrocheur.

Ouïe de vampire qui n'était pas vraiment un atout en cet instant. *Parée.*

Balayer les lieux du regard ne m'apprit rien. Tout cela me prenait trop de temps. Comment pouvais-je trouver Steven dans cette marée humaine?

Je continuai jusqu'à ce qu'un coup d'œil à ma montre m'apprenne qu'il était 22 heures. J'avais déjà trop traîné.

Il ne me restait plus que deux heures.

Je remontai une allée, essayant de ne pas prêter attention à la musique, si on pouvait appeler ça comme ça, et de me focaliser sur le jeune sorcier. Je savais que je ne pouvais pas employer la bonne vieille méthode pour le localiser.

Scruter chaque visage me prendrait une éternité. Alors je décidai de faire un truc un peu risqué.

Pour changer, pensai-je.

Non, je pouvais réussir. Vraiment. J'allais me glisser dans la peau de la nocturne, juste un peu, comme quand on teste la température de l'eau du bout du gros orteil. La dernière fois où je l'avais vu, il m'avait touchée. Je me rappelais qu'il m'avait prise à la gorge et serrée comme s'il voulait m'étrangler. Nous avions tous un côté obscur, hein ?

« *La fin est proche,* avait dit le démon aux yeux rouges et effrayants qui avait possédé Steven la veille, *et si vous ne restez pas à l'écart quand le sang commencera à couler, il vous dévorera tout entière.* »

Quand le sang commencerait à couler ?

C'était toujours flippant. Et, de manière assez troublante, étrangement appétissant.

Oh, comme l'époque de la nourriture chinoise et des gâteaux au chocolat me manquait ! Alors, les seules victimes potentielles étaient mes cuisses.

Il fallait que je trouve ce petit tordu de Steven qui, je le savais, assistait à ce concert. Si cela ne fonctionnait pas, j'utiliserais mon don de persuasion pour franchir le barrage de sécurité, arracher son micro au chanteur, qui semblait avoir été relâché de prison pour l'occasion, et crierais son nom. J'avais fait du karaoké avant de devenir vampire. Je me débrouillais pas mal avec un micro, en cas de besoin.

J'attrapai la rampe devant moi et me concentrai sur la main de Steven autour de mon cou. L'odeur tiède de sa peau. Le sang qui courait juste en dessous, dans ses veines.

Au bout d'un moment, le stade se transforma en quelque chose de plus tangible, plus vivant. Je pouvais sentir les vingt mille cœurs qui battaient et pompaient du sang dans des jeunes corps par-delà la puanteur de la drogue clandestine et des boissons à bas prix.

Vingt mille succulents amuse-gueules.

Non. J'écartai cette pensée comme s'il s'agissait d'algues gluantes formant un rideau devant moi, pour me focaliser sur un adolescent dans la foule.

Concentre-toi.

Je me frayai un chemin dans le public, mes sens s'ouvrant et se tendant comme des doigts pour effleurer les gamins. Et je sus que je touchai au but. J'étais si proche...

— Salut, me dit quelqu'un.

J'ouvris vivement les yeux et regardai sur le côté.

Un homme se tenait là et me reluquait de la tête aux pieds. Il portait un tee-shirt noir orné d'un crâne blanc et de l'emblème du groupe.

— Salut, bébé, poursuivit-il. Cool, les lentilles noires. Elles déchirent !

— Ah oui ?

— Ouais. Elles déchirent comme les Rats Morts ! déclara-t-il avant de brandir les poings en l'air et de brailler : Wou-hou ! Rats Morts ! Ça déchire !

— Assis, sifflai-je.

— D'accord.

Et il se laissa tomber au milieu de l'escalier.

Je luttai contre le brouillard qui menaçait d'envelopper mes sens.

Je m'étais nourrie du sang de deux maîtres vampires dans la journée. Je n'avais pas besoin de davantage. La sale petite nocturne allait rester sage encore un moment.

Il le fallait. Je n'avais pas le choix.

Marche ou crève.

Littéralement.

Je m'aperçus alors qu'une personne était en train de me regarder ; et je ne parlais pas du super fan qui avait essayé de me draguer. Juste de l'autre côté de l'allée se tenait celui que je cherchais.

— Salut, dit Steven. Je me demandais quand vous alliez enfin vous montrer.

Il avait coincé le programme du concert sous son bras et portait un tee-shirt identique à celui de l'autre fan, sauf que le sien était dédicacé.

Je tentais d'émerger de la brume mentale à travers laquelle je le voyais.

— Tu te demandais quand j'allais me montrer ?

Il hocha la tête.

— J'ai senti que vous étiez proche.

— C'est très pratique, non ?

J'inspirai profondément une grosse goulée d'air dont je n'avais pas besoin et sentis le soulagement m'envahir. Il était là. Tout allait bien se passer, après tout.

— Il faut que tu m'aides.

— Ah oui ?

— Oui, j'ai besoin que tu trouves quelqu'un pour moi. Tu sais, avec un sort de localisation.

— Hé, mec, dit un autre gamin en venant se planter à côté de lui. C'est qui cette poupée au regard ténébreux ?

Mes yeux étaient restés noirs ? C'était mauvais. Heureusement, ici, je me fondais dans la masse. Si besoin était, il me suffirait de brandir le poing en criant : « Les Rats Morts déchirent ! »

Ou de leur arracher la gorge et me baigner dans leur sang si savoureux, suggéra la nocturne.

Euh, stop. Non, non, non, c'était une très mauvaise idée. Restons-en à la première. Oui, seulement la toute première.

— C'est une cliente, répondit Steven.

— Une cliente ?

— Pour mon truc de magie.

— T'es sensas, mec ! dit son copain, avant de me reluquer de la tête aux pieds. Comment tu t'appelles, chérie ?

Je lui adressai un regard noir plein de mépris.

— Tu as quoi, douze ans ? Dégage, tu veux ?

— C'est génial. J'aime les femmes fortes. J'adore relever les défis. Et, pour info, j'ai bientôt quinze ans.

Je ne fis plus attention à lui pour me concentrer sur Steven.

— Alors, tu peux m'aider ?

— Oh, ouais, dit l'autre avec un regard lubrique. Il va t'aider. Toute la nuit, bébé. Eh, eh !

Peut-être pouvais-je arracher une jugulaire ? Rien qu'une ? Je ferais très vite, promis.

Attendez… *Non.* Pas même celle de ce petit con.

— Arrête, ordonna Steven à son pote. Elle est assez vieille pour être ma mère.

Cela me fit sortir de mon petit délire de nocturne.

— C'est faux.

— Steve, mec, je sais comment m'y prendre avec les femmes plus âgées. C'est mon truc.

— Je t'ai dit de m'appeler *l'Obscur*.

— Arrête de faire ta chochotte.

— Une chochotte ? Je suis pas une chochotte ! Et c'est celui qui dit qui est !

Je soupirai. Le sort de ma meilleure amie était entre les mains de la chochotte en question.

La soirée ne s'améliorait pas.

Environ trois secondes plus tard, les Rats Morts finirent leur concert et les lumières se rallumèrent. Des milliers de gosses aux yeux vitreux et à l'ouïe déficiente commencèrent à quitter le stade.

— Venez avec moi, dit Steven.

Son ami ricana.

— Ouais, bébé. Et après, tu pourras aussi venir avec moi ! Tu comprends ? Ha, ha, ha !

Je croisai son regard et lui envoyai un flux d'asservissement.

— Rentre chez toi, gamin.

— D'accord. Salut !

Sur ces mots, il nous tourna le dos et s'en alla.

Je suivis Steven, gardant toujours un œil sur sa tête aux longs cheveux raides alors que nous nous dirigions vers une sortie. Quand j'en eus enfin l'occasion, je lui posai la main sur l'épaule pour l'arrêter un instant.

— Où allons-nous ? demandai-je. Tu vas jeter ce sort pour moi ?

— Peut-être. Venez.

Il repartit.

— À propos de ce qui s'est passé hier. Quand tu étais possédé...

Il me regarda et je vis que ses yeux étaient un peu écarquillés.

— Je vous avais dit que la magie noire vous avait marquée. Je suppose qu'elle vous a reconnue.

— Est-ce que tu pourras pratiquer l'éradication, si je n'ai pas d'autre choix ? Tu m'as laissé entendre que ce serait possible...

— Oubliez. Je ne le ferais pas, répondit-il en frissonnant. En fait, je ne veux plus jamais aller si loin. Je ne prendrai plus de vampires comme clients. Cette stupide énergie démoniaque a failli me rendre trop malade pour venir au concert. Et en plus j'ai un nouveau job. Le type me paie une fortune pour des trucs très simples.

La foule était dense et chaude, et je dus me forcer à ne pas penser à l'odeur collective de milliers d'adolescents appétissants, tous si vulnérables et savoureux.

Tout bien considéré, j'étais plutôt fière du contrôle que j'exerçais sur moi-même. Ce serait peut-être difficile, mais pas impossible, de garder la nocturne prisonnière dans les limbes. C'étaient des muscles que je n'avais jamais utilisés. Avec un peu d'entraînement, je pourrais m'en servir pour écarter mes pensées obscures comme d'épaisses toiles d'araignée.

Comme une ex-droguée, je me réciterais la prière de la Sérénité quand les choses iraient mal.

Mon Dieu donne-moi la sérénité

D'accepter toutes les choses que je ne peux changer.

Donne-moi le courage de changer les choses que je peux…

Et, euh… et cætera.

Apparemment, j'allais devoir la mémoriser plus tard.

Je continuai à suivre Steven alors que le public se dispersait, chacun se précipitant vers une station de métro, un bus ou vers le parking avoisinant. Certains gagnèrent un bar ou un restaurant pour se remettre de l'assaut auditif. La tour CN se dressait haute et fière non loin de nous, s'élançant vers le ciel telle une chose très longue, pointue et symbolique.

C'était drôle. Je n'avais jamais remarqué auparavant qu'elle ressemblait à un immense pieu. Je frissonnai à cette pensée.

Le brouhaha de la marée humaine se calma peu à peu. L'air frais m'aida à ne plus faire attention à l'odeur des humains.

Tu ne trouves pas que ça a été bizarrement facile de trouver Steven ? souffla la nocturne. *Un peu trop, non ? Ça soulève certaines questions…*

Je fronçai les sourcils.

— En fait, maintenant que tu m'y fais penser…

— Par ici.

Steven ne se retourna pas pour voir si je le suivais. Il descendit une volée de marches en courant et traversa le miniparc aux bancs recouverts de neige qui s'étendait au pied du gratte-ciel en forme de pieu.

— Je n'arrive pas à croire que j'aie pu te trouver, ce soir, lui dis-je en m'adressant à son dos. C'est stupéfiant, vraiment. J'ai fait un vœu en voyant une étoile filante… enfin, en réalité, c'était un avion… et je me suis retrouvée près de la salle de concert. C'était le destin.

— Non, je vous ai appelée.

Je stoppai net une seconde, sous le choc, et dus courir pour le rattraper.

— Tu m'as appelée ? De quoi tu parles ?

— Mon client voulait que je vous trouve. Alors j'ai utilisé la magie pour vous attirer jusqu'à moi. Et ça a marché. Ce qui est parfait, parce que je ne veux vraiment pas mettre ce type en colère.

Je déglutis alors que Steven disparaissait au coin de la rue.

— Ce client… c'est quoi son nom ?

— M. Chase, répondit-il. Vous le connaissez déjà, non ? Il a dit qu'il avait entendu parler de moi parce que vous étiez venue me rendre visite, qu'il était impressionné par mes dons. Il m'a donné cinq mille pour le boulot de ce soir.

— C'est pour ça que tu m'as fait venir ? Pour l'argent ?

Steven s'éclaircit la voix.

— En plus, il tient ma mère, mais il a promis de ne pas lui faire de mal. Et il m'a laissé aller au concert, alors il est plutôt cool. Effrayant, mais cool.

La portière arrière du SUV sombre garé le long du trottoir s'ouvrit, et un homme grand en descendit. Il était entièrement vêtu de noir, jusqu'à l'écharpe enroulée autour de son visage de nouveau couvert de cicatrices. Dans ses yeux verts, je vis la douleur qui ne le quittait plus, tandis qu'il observait mon approche.

— Vous voyez, Sarah ? déclara Gideon. Je vous avais bien dit que vous ne pouviez pas m'échapper.

La nocturne en moi fut ravie de le revoir.

La vraie Sarah détestait les surprises. Autrefois, je les adorais, quand il s'agissait de fêtes pour mon anniversaire, de cadeaux ou de gâteaux. Mais plus maintenant.

— Désolé pour l'écharpe, dit-il. C'est un peu théâtral, je sais. Mais il se trouve que j'ai perdu ma montre, un peu plus tôt dans la journée, vous savez ?

— Je suis ravie que vous m'ayez trouvée, répondis-je d'une voix un peu tremblante. Je vous cherchais. Je veux en finir avec tout ça.

— Vraiment ?

Il semblait surpris.

— J'avais cru que vous me donneriez du fil à retordre. J'étais certain que votre amant le maître vampire refuserait de vous laisser sortir cette nuit.

— Il a essayé. Je me suis enfuie de la maison pour vous retrouver.

Je ne pus voir son expression sous l'écharpe, mais j'eus l'impression qu'il souriait.

— Je trouve ça étonnant. J'y verrais même une sorte de romantisme, si je ne savais pas que vous n'êtes plus heureuse avec moi.

Je me raidis.

— Vous devez être voyant ou un truc comme ça.

— Êtes-vous toujours d'accord pour me transformer ? Malgré cette haine toute neuve ?

— Elle n'est pas récente.

— Je pourrais peut-être vous donner une compensation.

— Je n'en serais pas si sûr, si j'étais vous.

Ses yeux se plissèrent au coin, et je sus qu'il souriait de nouveau.

— Je vous ai acheté un club.

— C'est vrai. Ne m'en voulez pas, Gideon, mais je vous écrirai une lettre de remerciements plus tard, d'accord ? Pour le moment, j'ai très envie de planter mes crocs dans votre cou. Et j'ai le sentiment que vous en avez envie aussi.

Je regardai la voiture.

— Alors allons-y.

— J'apprécie votre enthousiasme, mais je ne veux courir aucun risque. Pardonnez-moi de prendre tant de précautions.

— Des précautions ? répétai-je, juste avant de ressentir une piqûre douloureuse.

Je baissai les yeux sur ma poitrine et retirai la fléchette à l'ail qu'il venait d'y planter.

Les étoiles s'éteignirent quand je sombrai dans l'inconscience.

Chapitre 20

— Réveille-toi, Sarah !

La voix était familière.

Lentement, à contrecœur, j'ouvris les yeux. Reprendre conscience après avoir été droguée avec du jus d'ail n'était jamais une expérience plaisante. C'était un peu comme une gueule de bois, migraine d'enfer et brouillard général inclus.

Je clignai des yeux plusieurs fois jusqu'à ce que le beau visage au-dessus de moi prenne forme. De courts cheveux blonds. Un joli chemisier rouge qu'elle avait acheté récemment chez Banana Republic avec moi.

— Amy.

Je m'assis tant bien que mal.

— Seigneur Dieu ! sourit-elle. J'ai bien cru que tu ne te réveillerais jamais.

Je clignai encore des yeux.

— Où sommes-nous ?

— Sais pas.

Je regardai autour de moi. Il faisait noir. Quelques bougies étaient allumées, mais à part cela il n'y avait pas de lumière. Une odeur de moisi et de renfermé flottait dans l'air… mêlée à celle beaucoup plus douce du parfum à la fraise de mon amie.

J'étudiai son visage, cherchant le signe qu'elle avait été maltraitée.

— Tu vas bien ?

— À part être devenue un peu claustrophobe, je suis en super forme. Comment Barry s'en sort ?

— Il est inquiet.

Elle agita la main.

— Inutile. Gideon est vraiment gentil, hein ? Très poli.

Son sourire s'élargit.

— Et je crois qu'il en pince pour quelqu'un que je connais, poursuivit-elle en me plantant son index dans l'épaule. Eh oui, je parle de toi. C'est comme Roméo et Juliette. Avec plus de sang.

Je fus étonnée.

— Tu as pris de l'acide ou quoi ?

— Non.

— Du moonshine ?

— Non plus.

Je me rappelai alors ce qu'elle m'avait dit au téléphone le matin même.

— Gideon te drogue pour que tu te tiennes tranquille.

— Oh, complètement, dit-elle avec un sourire en coin. D'habitude, je n'aime pas les aiguilles, mais celles-là sont OK. Je me sens bien, Sarah. Pas le moindre souci. La vie est belle. Et tout va comme sur des roulettes.

Un sédatif. Génial. J'avais déjà vu Amy flipper. La dernière fois, c'était quand elle avait découvert que sa meilleure amie était une vampire. Elle s'était enfuie en hurlant. Mais en cet instant elle n'était pas en mode « panique totale ». On aurait dit qu'elle était en vacances. Dans un endroit relaxant.

— Gideon est vraiment beau, poursuivit-elle. Avec ou sans les cicatrices.

— Gideon est diabolique.

Elle sourit.

— Il a été blessé en tuant un démon, Sarah. Un démon. Si ça c'est pas complètement héroïque et romantique comme dans les films ! Il ne peut pas être méchant. Je ne sais pas. On ne juge pas un livre à sa couverture, tu sais. Et qu'est-ce que le mal, d'ailleurs ? Naissons-nous ainsi, ou est-ce un choix que nous faisons ? C'est génial d'avoir le temps de penser à ces choses et de les tourner et retourner dans ma tête.

Elle poussa un soupir triste.

— Peut-être que personne n'est vraiment méchant et personne n'est vraiment bon. Nous sommes juste des frères et sœurs de la terre, que nous soyons vampires, humains ou chasseurs. Il faut nous aimer les uns les autres. Faire l'amour, pas la guerre.

Je clignai des yeux.

— Je crois que tu fumes la moquette.

Elle continua à sourire, mais ses yeux étaient rivés sur mon cou.

— Tu ne portes pas la chaîne en or. Vilaine Sarah, vilaine !

— Gideon l'a cassée.

— Vraiment ?

Elle haussa ses fins sourcils, par à-coups, comme si elle avait trop bu.

— Tu vas me mordre ?

— Je n'en avais pas l'intention.

J'observai sa gorge. Maintenant qu'elle en parlait… j'aurais parié que son sang était sucré et savoureux…

Non. Hors de question. J'étais toujours aux commandes et il fallait que je le reste jusqu'à ce que nous sortions de là. Où que nous soyons.

Je me levai sur des jambes mal assurées et marchai jusqu'à la porte dont je devinai les contours, mais il n'y avait pas de poignée. Je balayai l'intérieur de la petite pièce du regard. Les murs étaient en pierres, lisses et froides au toucher. Chacune était gravée d'une inscription.

— Je crois qu'on est dans une crypte, dit Amy. Dans un cimetière, quelque part. C'est pas cool, ça ?

Mon estomac se serra.

— Oui, vraiment cool. Quelle heure est-il ?

Elle jeta un coup d'œil à sa montre.

— Minuit moins dix.

Dix minutes.

Je suis super excitée ! dit la nocturne. *Pas toi ? Nous sommes si près de notre grand moment dans l'histoire. Tic-tac.*

Ma moitié obscure bondit en avant. Mais je ne voulais pas qu'elle prenne le contrôle, surtout pas maintenant, alors qu'il y avait une victime potentielle innocente dans les parages.

Je frappai la porte du poing.

— Gideon, où êtes-vous ?

Amy soupira de contentement.

— Quinn viendra peut-être nous sauver. Des tas de chasseurs de vampires sont canons, tu ne trouves pas ? Qui aurait cru ça ? Je t'ai déjà dit combien je suis excitée à l'idée que vous soyez de nouveau réunis ?

Je me massai les tempes.

— C'était une couverture. Gideon m'a obligée à rompre avec Thierry, alors Quinn et moi avons fait semblant de sortir ensemble pour qu'ils nous fichent la paix. Ça n'a pas très bien marché.

Elle fronça les sourcils.

— Alors tu es toujours avec Thierry ?

— Oui. Enfin, je crois. Il n'est pas d'accord pour que je transforme Gideon ce soir. Et, la dernière fois que je l'ai vu, il était allongé sur la moquette dans le salon de George, inconscient. J'ai même dû enjamber son corps pour sortir. Mais il fallait que je vienne te sauver.

Je regardai les murs de la crypte autour de moi.

— Et jusqu'ici, ça non plus ça n'a pas vraiment donné de bons résultats.

Elle était vexée.

— Tu pourrais avoir bien mieux que Thierry, tu sais.

Je lâchai un soupir exaspéré.

— Je n'ai pas le temps de débattre des mérites de Thierry maintenant, merci beaucoup. Je suis censée transformer Gideon dans moins de dix minutes. Je n'arrive pas à penser à autre chose, figure-toi.

— Tu serais même mieux avec Gideon.

— Bien sûr, comme tout le monde le sait, tu as bon goût en ce qui concerne les hommes, et ça fait de toi une experte. Tu ne veux pas te taire une seconde ? J'ai besoin de réfléchir.

Elle émit un son agacé.

— Oh, c'est pas nouveau. Tout tourne toujours autour de toi. Sarah la martyre. Quelle surprise. Tu es devenue un vrai boulet depuis que tu as été transformée, tu sais ça ?

La nocturne sapait peu à peu ma résistance.

— Puisque tu es droguée, je vais faire comme si je n'avais rien entendu.

Amy leva les yeux au ciel.

— Je crois que tu es jalouse de moi.

— De toi ?

— Je me suis adaptée à la vie de vampire un milliard de fois mieux que toi, et j'ai un homme qui m'aime par-dessus tout. Tout ce que tu as, toi, c'est ce vieux machin certes canon, mais sinistre et boudeur.

Elle haleta quand je l'attrapai à la gorge pour la plaquer contre le mur.

— Tu sais quoi ? Je me fiche de ce que tu penses. C'est l'homme avec qui je veux passer le reste de mon éternité.

Je fronçai les sourcils.

— À moins qu'il doive me tuer, bien sûr. Mais en attendant, tu peux te mettre ton opinion où les chauves-souris ne volent pas. C'est clair ?

— Ou… oui, couina-t-elle. S'il te plaît… ne me… fais pas… de mal.

Je me rembrunis. Lui faire du mal ? Puis je me rendis compte que je l'avais soulevée du sol et que je l'asphyxiais à moitié.

Derrière nous, la porte s'ouvrit dans un grincement.

— Lâchez-la, Sarah, dit Gideon.

J'écarquillai les yeux et obéis aussitôt. Un coup d'œil par-dessus mon épaule me confirma sa présence, ainsi que celle de Steven. Gideon avait toujours son écharpe fermement en place.

— Il faut que je sorte ! cria Amy en s'avançant vers Gideon. Je ne me sens plus si bien, ici.

— J'ai besoin que vous gardiez votre calme encore un moment. Pourquoi ne pas faire un petit somme ?

Et Gideon lui tira une fléchette de tranquillisant dans la poitrine.

— Oh, *crotte*.

Elle la retira, puis elle s'écroula et s'endormit dans la seconde.

— Ce n'était pas nécessaire.

Ma voix était étrangement rauque.

— Je crains que si, rétorqua Gideon, qui m'étudiait. Votre contrôle est très fragile, n'est-ce pas ?

— Auriez-vous peur que je vous tue au lieu de vous transformer ?

— Je serais idiot si je n'avais pas pensé à cette éventualité.

— Et si je perdais complètement les pédales ? Si je devenais une nocturne à cent pour cent ? Vous ne pourriez plus me manipuler, n'est-ce pas ?

— Avoir le contrôle est tellement surfait. Ce qui vous rend instable en ce moment, c'est le fait de lutter contre l'inévitable. Les deux parties de vous-même sont fatiguées par leur combat.

— Le bien contre le mal, dit Steven en hochant la tête.

— Je suis moi-même un vrai partisan des tons de gris, déclara Gideon, qui me détaillait de ses yeux si verts. Tout le monde a du bon et du mauvais en lui. Ça dépend quel côté domine. Mais même une personne que l'on croit entièrement mauvaise garde du bien en elle… comme moi, par exemple. Et quelqu'un qui est bon… comme votre amant le maître vampire… a un côté obscur.

— J'en suis tout à fait consciente.

Je croisai les bras.

— Vous acceptez le conflit intérieur de Thierry, mais pas le mien ?

— Je crois que les actes en disent plus long que les mots.

— Les miens ont parlé haut et fort. Je vous ai sauvé la vie. Je vous ai donné la chaîne en or…

— … que vous avez brisée.

— Vous n'en avez pas besoin, argua-t-il.

— C'est votre avis. Vous menacez mes amis et ma famille pour obtenir ce que vous voulez.

— Et je me suis excusé pour ça. À situation désespérée, mesure désespérée.

— Vous êtes un chasseur de vampires.

— Je ne peux pas le nier. Et pourtant nous sommes ici, debout d'un côté du pont qui va me conduire à ma nouvelle vie.

— C'est drôle. Je croyais que nous étions dans un cimetière.

Il plissa les yeux, et je compris qu'il souriait, puis j'y vis de la douleur. Il tituba.

— L'heure approche.

Je regardai Steven.

— Je croyais que ton boulot, c'était de m'amener ici ? Pourquoi tu es encore là ?

Bébé-sorcier avait l'air malheureux.

— J'ai d'autres trucs à faire. M. Chase a été très précis.

— J'ai besoin de l'aide de Steven pendant le rituel, pour faire passer la puissance de votre sang dans mon corps. Il ne s'agit pas d'une simple transformation. Il y a également une grande part de guérison. Et il est aussi là pour une autre raison.

— Laquelle ?

Gideon approcha de moi. Il eut l'air fatigué quand il leva sa main couverte de cicatrices pour me caresser la joue.

— J'aimerais que vous cessiez de lutter. Laissez l'obscurité prendre le dessus. Vous êtes bien plus puissante quand vous êtes une nocturne. Et vous me seriez bien plus utile ainsi. Tout serait tellement plus simple.

Bon sang, oui ! approuva la nocturne de tout son cœur. *J'adore la manière de penser de ce type.*

Je repoussai sa main.

— Pas question.

Il ne s'écarta pas de moi. En fait, il fit même un pas en avant. Il tentait vraiment le diable. J'aurais pu tendre la main, lui arracher la gorge et mettre fin à toute cette histoire une bonne fois pour toutes, si je l'avais voulu.

Le problème, c'était que je ne voulais pas.

La nocturne tournait et remuait au fond de moi, de plus en plus présente et difficile à contrer. Le poison épais de la malédiction bouillonnait sous ma peau. Il se tendait vers Gideon… il l'aimait bien.

Beaucoup, même.

La nocturne désirait Gideon Chase, et pas qu'un peu. Elle était attirée par son côté obscur autant, sinon plus, que par celui de Thierry. Ce côté qu'elle aimait faire transparaître chaque fois qu'elle en avait le loisir. Et avec Gideon, elle n'avait même pas à se donner cette peine.

Gideon savait que j'aimais Thierry. Mais il savait aussi que la nocturne l'aimait lui. Elle m'avait obligée à tourner le dos aux désirs de Thierry. C'était à cause d'elle que je me trouvais là, face à Gideon, dans cette crypte sombre et glacée, prête à le transformer en vampire et même désirant le faire pour sauver son âme immortelle.

— Sarah, poursuivit Gideon, touchant de nouveau mon visage. Vous allez me manquer, mais je n'ai pas le choix.

Je déglutis et sentis la panique me serrer la poitrine.

— Qu'allez-vous… ?

Je n'eus qu'une seule seconde pour me demander ce qu'il avait voulu dire. La suivante, les bougies s'éteignirent. Et quelque chose rampa sur ma peau, mais ce n'était rien de tangible… c'était la magie noire de Steven. Elle me tâta un peu, puis elle plongea en moi.

Je haletai. L'obscurité de la nocturne grandit encore et encore jusqu'à ce que j'aie l'impression qu'elle jaillissait par les pores de ma peau, me recouvrant de la tête aux pieds. Je me débattis, essayant de me libérer de ses chaînes invisibles, mais elle m'empêchait de bouger.

Et soudain, elle disparut.

Je clignai des yeux et regardai autour de moi. La pièce était mieux éclairée, pourtant il n'y avait pas plus de lumière qu'avant. Ma vue était simplement bien meilleure dans le noir. Grâce à cela, je pus situer Gideon, qui avait reculé de plusieurs mètres. Il inclina la tête sur le côté.

— J'ai demandé à Steven de repousser vos dernières inhibitions pour que vous embrassiez la nocturne qui est en vous, expliqua-t-il d'un ton hésitant. Comment vous sentez-vous ?

Gideon. On aurait dit que je le voyais pour la première fois. Mes pensées avaient été si embrumées jusque-là. Mais je le découvrais à présent, par-delà l'écharpe et les cicatrices. Je vis les feux de l'enfer brûler sous sa peau et son âme être dévorée dans la douleur, petit bout par petit bout.

Je marchai lentement vers lui et levai les mains pour dérouler l'écharpe. Il tressaillit quand je touchai le côté ravagé de son visage.

— Comment je me sens ? répétai-je. Mieux que jamais !

Puis je me hissai sur la pointe des pieds et l'embrassai avec passion.

Chapitre 21

Après notre baiser, je regardai Gideon avec des yeux qui, je le savais, avaient viré au noir. Il avait l'air surpris. Je me demandais bien pourquoi.

Je me sentais calme et maîtresse de moi, à présent. Je ne ressentais plus de soif. Ni de culpabilité par rapport à ce que j'étais. Pourquoi l'aurais-je dû ? Le monde me semblait bien moins effrayant… totalement clair et grand ouvert à tous mes désirs.

La magie de Steven m'avait débarrassée de cette partie geignarde de moi qui s'angoissait pour un rien. Celle-là même qui voulait faire lever la malédiction. Quel mot étrange pour définir une chose si extraordinaire !

L'ancienne Sarah était partie. Complètement morte… elle et son besoin malsain de rester avec ce maître vampire sans humour…

Thierry ! Non, je dois lutter !

… et je n'avais jamais été aussi heureuse.

Attendez un peu. Qu'est-ce que c'était que ça ? Aucune importance. Je me tournai vers Steven.

— Tu es un puissant petit monstre, hein ?

— Je suis désolé, dit-il.

Gideon me toucha le bras.

— Vous êtes prête ?

— Plus que jamais.

Comment avais-je pu m'imaginer avec un autre homme que lui ? Il était parfait. Il ne traînait pas des siècles de culpabilité derrière lui, l'obligeant à vivre caché du monde. Il n'avait pas peur de blesser ceux qui lui faisaient confiance.

Je pris son bras et abandonnai le corps inconscient d'Amy derrière moi, dans la crypte. Nous émergeâmes dans un petit cimetière. Je voyais tout autour de moi aussi clairement qu'en plein jour.

Quelque chose attira mon regard. Véronique nous attendait.

Je refoulai mon agacement.

Fallait-il toujours que j'affronte cette garce, quel que soit l'homme que je choisisse ?

C'était si injuste.

Véronique fronça les sourcils en me voyant.

— Sarah, mon Dieu, vous avez l'air étrange.

— C'est bon de vous revoir aussi, Véronique.

Elle prit une vive inspiration.

— Vous avez perdu, n'est-ce pas ? La nocturne a pris le dessus.

— Quelle importance ? Vous contribuez à tout cela, vous aussi.

Elle secoua la tête.

— Je ne suis plus si sûre, Gideon, dit-elle en se tournant vers lui. Nous devons discuter. J'ai besoin de planifier mon avenir. Il faut donc que je sache exactement ce que vous désirez faire après votre transformation. Où irez-vous ? Que ferez-vous ?

Il lui sourit.

— Je n'ai pas de temps à perdre avec ces histoires pour le moment.

— Prenez-le, ordonna-t-elle d'un ton indigné, ou je ne vous aiderai plus. Peut-être n'aurais-je d'ailleurs jamais dû commencer. Je pensais que si j'intervenais, j'éviterais un bain de sang ou toute violence inutile. Mais puisque Sarah n'est plus elle-même, je m'inquiète de ce qui va se passer après.

Instinct de survie conduisant une personne à devenir complètement égocentrique. *Paré.*

Je passai le bras autour de la taille de Gideon.

— Seigneur, je crois que vous auriez dû y penser avant de coucher avec Gideon hier, non ?

— Je n'ai pas couché avec lui.

— Quoi ?

Gideon rit tout bas.

— Comme je vous l'ai dit, Sarah, j'ai fait la sieste. Vous avez tiré vos propres conclusions, guidée par la jalousie. Non, Véronique croit réellement qu'en intervenant dans mes plans, elle aura son mot à dire à la fin. Mais je ne suis pas d'accord avec elle.

— Sarah, murmura Véronique. Je croyais que vous aimiez mon mari.

… Thierry…

— Si vous l'appelez encore « mon mari », je jure de vous flanquer mon poing dans la figure.

Un froid sourire retroussa mes lèvres.

— Qu'est-ce que vous foutez ici, si vous désapprouvez ce qui va arriver ?

Elle leva le menton.

— Peut-être suis-je ici pour arrêter Gideon.

— En fait, rétorqua celui-ci, vous êtes ici pour une raison bien plus importante.

Elle haussa les sourcils.

— Oh, et quelle est-elle, je vous prie ?

Le regard de Gideon devint celui d'un prédateur.

— Après le rituel, Sarah et moi aurons besoin d'avaler quelque chose de nourrissant, répondit-il avant d'esquisser un geste. Steven.

Je me tournai vers le jeune sorcier juste à temps pour voir un éclair rouge animer son regard. L'instant suivant, Véronique était figée, incapable de remuer ou d'émettre le moindre son.

— Elle ne se tait jamais, n'est-ce pas ? dit Gideon.

J'allai me camper devant Véronique, une main sur la hanche.

— Je crois bien que c'est la première fois que je suis en sa présence sans l'entendre parler d'elle-même. C'est un record, vraiment.

Puis je lui tournai le dos. Un geste symbolique, si vous voulez mon avis.

Il y avait quand même un tout petit problème. Le fait qu'elle soit là me rappelait Thierry. Et son image me hantait.

Je t'aime, Thierry. Je suis désolée d'avoir tout gâché.

— Oh, ferme-la ! crachai-je.

Gideon me coula un drôle de regard.

— Tout va bien ?

Je lui souris.

— Je ne me suis jamais sentie mieux.

Il serra les dents.

— Il faut commencer.

Tout était tellement différent aux yeux d'une vraie nocturne. Je me fichais de savoir qui allait mourir cette nuit… enfin, aussi longtemps que ce n'était pas moi. J'avais vécu vingt-huit ans, et qu'est-ce que l'existence m'avait apporté ? Rien. Mais désormais, sans plus de culpabilité ni de honte, j'allais pouvoir m'amuser.

Avec Gideon.

Oui, nous allions prendre du bon temps pour l'éternité.

Je n'avais encore jamais créé un vampire. Je n'avais jamais mordu personne avec l'intention de le faire, quand j'avais encore toutes les inhibitions qui m'avaient gâché la vie. C'était un peu bizarre, à présent que j'y pensais. Quel genre de vampire ne plantait ses crocs dans personne ? C'était aussi saugrenu que l'idée d'un moustique végétarien !

— Que va faire Steven ? demandai-je.

— Quand je boirai votre sang, il utilisera sa magie pour faire entrer votre pouvoir en moi. Une sorte de canalisation mystique.

— Ça me va.

La lumière de la pleine lune baignait la partie du cimetière choisie par Gideon pour le rituel. Steven était tellement silencieux que je me retournai pour m'assurer qu'il était toujours avec nous. C'était le cas. Et ses yeux rouges brûlaient dans l'obscurité.

— C'est l'heure, annonça Gideon, la voix tendue à se briser. Transformez-moi, Sarah.

Je fis glisser le bout de mon index le long de sa gorge.

— Puisque vous me le demandez si gentiment.

Je lui posai les mains sur les épaules et, utilisant ma force, l'obligeai à se mettre à genoux. C'était une bien meilleure position avec quelqu'un d'aussi grand que lui. Puis je me penchai un peu et, sans réfléchir, je lui plantai mes crocs dans la chair.

Je n'eus pas la moindre hésitation. Ni le plus petit doute. Je fonctionnai à l'instinct.

Gideon haleta.

Sa gorge était chaude, et son sang jaillit aussitôt. Je le sentis essayer de me repousser une seconde… dernier sursaut de son instinct de survie inconscient. Puis il se détendit et me laissa faire. Après tout, c'était lui qui l'avait voulu.

Il fallait toujours se méfier de ce qu'on souhaitait.

Trois minutes. C'était le temps qu'il fallait que je me nourrisse pour transférer la quantité nécessaire de virus à Gideon. Cent quatre-vingts secondes. Si la transformation avait pu s'opérer plus vite, n'importe quelle petite morsure aurait engendré un nouveau vampire. Non, il devait s'agir d'une décision consciente de la part du créateur. Après tout, il n'était pas possible de revenir en arrière après coup.

L'éradication. J'aurais dû la faire faire, peu importe le prix. Gideon ne doit pas devenir un vampire. Il est beaucoup trop dangereux…

Je ne fis pas attention à ma petite voix intérieure pétrie de remords. Quelle rabat-joie.

Je faisais de Gideon un vampire en buvant son sang. Pour le guérir, il allait falloir que je lui donne le mien. Thierry avait été le premier à me nourrir… même si à l'époque il n'en avait versé que quelques gouttes dans un verre d'eau. Cette nuit, Gideon allait avoir bien plus.

Thierry…

Non, je refusais de songer à lui ne serait-ce qu'un instant. Je ne penserais à rien d'autre qu'à l'homme dans lequel j'avais planté mes crocs. Cela semblait plus juste.

Je goûtais à la peur de Gideon tandis que sa vie humaine s'achevait et devenait quelque chose de différent. Il voulait ce qui lui arrivait, mais il avait passé son existence à chasser les vampires, les bons comme les mauvais. Quelque chose tout au fond de lui devait avoir peur de se retrouver du côté des victimes d'un vilain monstre comme moi. Même si ledit monstre était terriblement sexy en minijupe noire.

On est un peu vaniteuse, hein ?

Je fronçai les sourcils.

Boucle-la, sale petite voix intérieure !

Gideon s'agrippait à moi, enfonçant ses doigts dans mes bras comme s'il voulait me repousser. Mais il n'en fit rien.

Quand le temps fut écoulé, je le lâchai et il tomba mollement à la renverse et atterrit sur le sol couvert de neige, près d'une pierre tombale. Son visage ravagé était pâle, sa respiration laborieuse. Mais, en dépit de son apparente faiblesse, j'étais loin de l'avoir vidé de son sang. Il affrontait simplement le virus.

Le corps humain contient six litres de sang. Il aurait fallu un vampire doté d'un solide appétit, ou d'une motivation à toute épreuve, pour vider une personne en un temps aussi court. Ce n'était pas impossible, mais ce n'était pas recommandé.

Je me léchai le coin de la bouche. Mmh, délicieux. Le sang humain était si différent de celui d'un vampire. Comme un filet mignon comparé à une glace au chocolat.

— Tenez, dit Steven, qui s'était approché pour me tendre une dague à la lame incurvée.

Je la pris.

Puis j'avançai vers Gideon, toujours prostré sur le sol. Je m'assis à califourchon sur sa poitrine. Il m'observa avec stupeur et l'ombre d'un doute passa dans son regard quand je fis courir la pointe du couteau au-dessus de son cœur, déchirant sa chemise pour voir son torse couvert de cicatrices. Il frissonna à cause du froid, mais pour moi nous aurions tout aussi bien pu être à Miami. J'y étais insensible.

Je fis glisser la lame affûtée sur mon avant-bras et regardai apparaître une ligne sanglante, comme la nuit où j'avais donné assez de sang à Gideon pour le libérer de la douleur. Comme celle où j'avais soigné la blessure mortelle de Thierry.

Qu'est-ce que tu fais ? Tu peux encore tout arrêter. Il ne peut pas devenir un vampire. S'il te plaît…

Maudite conscience. Cette garce faible et en manque d'affection qui n'avait jamais rien réussi de sa vie, à part s'attirer des ennuis, me flanqua un coup de coude psychique. Je ne lui prêtai pas attention.

— Buvez, ordonnai-je à Gideon.

Alors qu'il obéissait, j'écartai les cheveux de son front d'une caresse et vis les cicatrices disparaître sous mes yeux. Un rapide coup d'œil en direction de Steven m'apprit que les siens étaient toujours comme deux braises rouges. D'une manière qui m'échappait, il participait à cet étrange rituel… Il m'aidait à guérir Gideon en partageant le pouvoir de mon sang avec lui. Ce pouvoir que j'avais obtenu de trois maîtres vampires.

L'une d'eux nous regardait, les yeux écarquillés, toujours figée sur ses escarpins Louboutin. Soudain, quelque chose derrière moi attira son attention.

La seconde suivante, je sentis qu'on m'attrapait par le bras pour m'arracher à Gideon. Je pivotai vivement sur moi-même.

— Sarah…

Les pupilles de Thierry semblaient immenses dans les fentes de son masque rouge.

— Suis-moi, il faut partir.

Mon regard alla se poser sur le pieu en bois qu'il tenait à la main. Je me dégageai de sa poigne.

— Pas si vite, cow-boy.

— Tu n'aurais pas dû venir seule, dit-il, avant d'inspirer profondément et de balayer la scène du regard. Barry a agi dans la précipitation, je ne suis pas en colère.

— Contente d'entendre ça, lançai-je froidement.

Il fouilla mon regard.

— Je t'ai trouvée. J'ai utilisé la connexion qui nous lie. Ça n'a pas été facile, mais…

— Mais tu es là.

J'avais toujours su qu'il était capable de me localiser, peu importait où Gideon m'emmènerait. Je suppose que j'avais cru avoir un peu plus de temps avant que Thierry vienne si grossièrement nous interrompre.

Une petite partie de moi, tout au fond, éprouva une joie immense de le voir.

Je réussis à étouffer très vite cette émotion.

Il fronça les sourcils et me toucha le visage.

— La nocturne…

J'écartai vivement sa main.

— Bas les pattes.

Gideon se leva lentement pour venir se poster à côté de moi. Il plaça une main au creux de mes reins, mais ne dit rien.

Les yeux de Thierry, qui m'avaient paru si froids et distants à une époque, incapables de trahir la moindre émotion, étaient comme deux ciels d'orage. J'y lus de la colère et de la déception, et enfin du regret.

Il savait.

La Sarah qu'il prétendait aimer était morte. Pour toujours.

Pas tout à fait. Je suis toujours là, sale traînée vicieuse !

— S'il te plaît, Sarah, dit Thierry. Nous pouvons encore arranger ça. Il nous reste du temps.

Je me tournai vers Gideon et l'embrassai. Il me rendit mon baiser et je sentis ses lèvres se retrousser. Il était amusé de s'exhiber ainsi devant le « Diable Rouge ».

Thierry avait relevé sa garde quand je cessai de flirter avec Gideon. S'il ressentait la moindre expression, elle était dissimulée derrière son masque.

— Êtes-vous guéri ? demanda-t-il d'un ton déplaisant à Gideon. Avez-vous eu ce que vous vouliez ?

La main de Gideon s'aventura plus bas pour me pincer les fesses.

— Bien plus que ce que j'avais espéré.

Thierry plissa les yeux.

— Il y a toujours plus. Plus vous boirez son sang, plus vous serez puissant.

Il détailla brièvement Steven.

— Et, avec un peu d'aide, vous pourriez détenir la puissance de trois maîtres vampires. Du moins si Sarah est d'accord pour continuer à vous donner ce que vous désirez.

Je souris froidement.

— J'aime donner. Maintenant, pourquoi tu ne partirais pas ? Tu ne voudrais pas être de trop, pas vrai, *Rouge* ?

Thierry inclina légèrement la tête sur le côté.

— Rouge ? Tu veux dire que même dans ton état actuel, tu n'as pas révélé ma véritable identité à Gideon ?

L'intéressé me serra plus fort.

— Elle sait ?

— Bien sûr.

Gideon m'obligea à lui faire face.

— Qui est-il ? Dites-moi, Sarah.

Je frottai mes lèvres l'une contre l'autre. Je voulais le dire. Prononcer son nom… je l'avais sur le bout de la langue. Mais quelque chose m'en empêchait.

Je ne le dirai jamais à personne, et toi non plus, sale nocturne stupide !

Je levai les yeux au ciel, agacée.

Oh, ferme-la !

Thierry reporta son attention sur Véronique.

— Tu as été aveugle alors que Sarah l'a vu tout de suite. Elle a compris sans que j'aie à lui dire.

L'expression de Véronique se fit confuse, mais elle ne dit rien… puisqu'elle ne le pouvait pas. C'était certainement le meilleur sort au programme de la soirée, si vous voulez mon avis.

— Non…, commençai-je, incapable de m'en empêcher.

Thierry me regarda.

— Non ? Non quoi ?

Je secouai la tête.

— Dites-moi qui vous êtes, déclara Gideon d'un ton égal. Et peut-être vous laisserai-je la vie sauve.

Pendant un très long moment, Thierry ne dit rien.

Je sentis Gideon derrière moi, puis la lame de la dague contre ma gorge. J'inspirai vivement, même si je n'en avais pas besoin.

— Retirez votre masque, ordonna Gideon.

— Gideon…, haletai-je.

Thierry esquissa un petit sourire.

— Avec plaisir.

Et sans attendre il ôta le lourd masque rouge pour révéler celui qui se cachait en dessous. Puis il le laissa tomber par terre.

Mon cœur sombra. Combien de siècles avait-il réussi à garder son secret ? Et il l'avait révélé pour sauver ma misérable peau ?

Gideon écarta son couteau de ma jugulaire et pressa brièvement ses lèvres contre ma joue, croyant sans doute que c'était une excuse suffisante pour s'être servi de moi comme otage. Je lui adressai un regard noir, puis me tournai vers Véronique.

Elle avait les yeux si écarquillés que j'aurais juré qu'ils allaient lui jaillir des orbites et rouler à mes pieds.

Gideon rit, d'un rire encore un peu faible, mais trahissant un réel amusement.

— Thierry de Bennicœur, le maître vampire lâche qui est resté terré toutes ces années, n'est autre que le Diable Rouge ?

Il n'est pas un lâche, gronda la pom-pom girl tout au fond de moi. *Il va te briser le cou, fils de pute.*

— Je suis navré pour ce que j'ai dû faire, Sarah, dit Gideon.

— Vous voulez dire, pour m'avoir menacée avec votre arme ?

— Oui, et je vous pardonne de m'avoir caché un si grand secret.

— Nous sommes à égalité, on dirait.

Je réussis à grimacer un sourire tendu.

Gideon détailla Thierry des pieds à la tête, comme s'il jaugeait son adversaire et le trouvait un peu décevant.

— Alors, qu'allons-nous faire de vous ?

— C'est une excellente question.

Thierry prit son élan et flanqua son poing dans la figure à présent dénuée de toute cicatrice de Gideon, l'envoyant valser à travers le cimetière et atterrir contre une pierre tombale en marbre. Ce dernier ne bougea plus.

Quel m'as-tu-vu.

— Je vais te donner une dernière chance, me dit-il.

Je le foudroyai du regard.

— Non. C'est fini. D'une manière ou d'une autre, ça finit ce soir, Thierry. Je suis différente, maintenant. Et j'aime être comme ça.

— Tu n'es pas une nocturne.

— Si. Je n'ai pas besoin du soleil. Je n'ai pas besoin de m'inquiéter de blesser quelqu'un. Je n'ai pas besoin d'être gentille tout le temps.

Je plissai les yeux.

— Et je n'ai pas besoin de *toi*.

Sa poitrine se soulevait et s'abaissait au rythme de sa respiration laborieuse.

— Je ne veux pas que tu aies besoin de moi, Sarah, simplement que tu veuilles de moi.

— Oh, pas de référence à des tubes des *seventies*, par pitié. Ce n'est pas le moment.

Je l'attrapai par le devant de sa chemise et l'attirai vers moi. J'aurais bien bu un peu de sang de maître vampire, moi. Gideon ne m'avait pas pris plus d'une grosse gorgée, mais je me sentais assoiffée.

— Lâche-moi, gronda Thierry.

— Toujours si autoritaire, commentai-je, avant de lui lécher la gorge. Je n'ai jamais aimé ça.

— Dommage.

— Oui, n'est-ce pas ?

Il me repoussa violemment. Si j'avais encore respiré, cela m'aurait coupé le souffle.

Je le giflai, assez fort pour que sa tête parte sur le côté. Quand il la tourna de nouveau vers moi, ses yeux étaient noirs, et du sang coulait au coin de sa bouche.

— Quelles mauvaises manières, Sarah. Ce n'est pas parce que tu as cédé à l'obscurité que tu dois devenir une vraie garce.

Mon regard retourna se poser sur le pieu qu'il tenait toujours.

— Tu as quelque chose pour moi, mon grand ?

Ses articulations blanchirent quand il le serra plus fort.

— Peut-être.

— Tu sais, je n'arrête pas de faire ce rêve dans lequel tu me plantes un pieu dans le cœur. Mais, dernièrement, les rôles se sont inversés.

— Serait-ce prophétique ?

Je haussai les épaules.

— Je suppose que nous le découvrirons tôt ou tard.

— Moi, je dirais tôt plutôt que tard.

— Ouais.

Je posai la main à plat sur son torse et sentis son cœur battre sous ma paume, plus vite qu'il n'aurait dû pour un maître vampire, mais plus lentement que celui d'un humain. Je lui tendis mon bras qui saignait encore.

— Tu es sûr que tu ne veux pas une goulée ? Je sais combien tu aimes ça.

Il posa les yeux sur mon membre offert.

— Navré, Sarah, mais le rôle du second ne m'a jamais tenté.

D'une main, il m'enserra les poignets et me plaqua contre lui. Je sentis le bout de son pieu contre ma poitrine.

— T'ai-je vraiment perdue ? demanda-t-il.

Sa détresse était désormais bien visible.

J'essayai de me dégager, mais il était fort. Je crois que je ne m'étais jamais rendu compte d'à quel point Thierry était fort avant cette nuit.

— Libère-moi, fils de pute ! grondai-je entre mes dents. Ou tue-moi. L'un ou l'autre. Fais ton choix.

Son expression se fit grave.

— Je me décide.

Je réussis à sourire.

— Ah, évidemment. Laisse-moi te rappeler qu'aujourd'hui même, je t'ai demandé de me gifler, et tu n'as pas pu. Si ça t'était impossible, je doute que tu puisses m'enfoncer un pieu dans le cœur, hein ?

— Je peux le faire s'il le faut, affirma-t-il. J'ai participé à l'extinction des nocturnes. Je sais bien quel danger ils représentent.

— Bla, bla, bla. Alors, qu'est-ce qui se passera après que tu m'auras tuée ? Le monde redeviendra normal ?

— Je ne le saurai jamais. Tu m'as dit un jour que si tu ne pouvais pas vivre avec moi, tu ne voulais pas vivre du tout. Eh bien, je ressens la même chose pour toi.

— Comme tu es sentimental. Qui l'aurait cru ?

Je voulus être moqueuse, mais ma gorge s'était serrée.

Il plissa les yeux.

— Hésiterais-tu à me le planter dans la poitrine si tu tenais ce pieu en ce moment même ?

— Pas un instant.

Tout espoir déserta son regard quand je prononçai ces mots.

— Je vois.

Je haletai quand la pointe vint cogner contre mes côtes, juste au-dessus de mon cœur immobile. Il allait le faire !

— *Je t'aimerai toujours**, dit-il.

C'était la première fois que je l'entendais parler français.

— Hein ?

Il écarta le pieu un instant. Je me dis que c'était pour prendre de l'élan. Après tout, il fallait beaucoup de force pour transpercer une cage thoracique.

J'essayai de me préparer. Je l'avais voulu, je lui avais demandé de le faire… je l'avais même supplié.

Prends garde à ce que tu souhaites…, deuxième partie.

L'instant suivant, Thierry écrasa ma bouche sous la sienne, et c'était la dernière chose à laquelle je m'attendais. Sa langue caressa la mienne dans un baiser presque douloureux.

C'était très différent d'être transpercée par un pieu. Et bien, bien mieux.

Je clignai vivement des yeux quand il s'écarta. La tête me tournait.

* En français dans le texte (*NdT*).

— C'était un baiser d'adieu ? demandai-je en tremblant.

Il déglutit.

— Tu avais raison. Je ne peux pas le faire, Sarah. Peu importent les conséquences.

— J'aimerais pouvoir en dire autant.

Je serrai le pieu que je lui avais pris pendant notre baiser impromptu et le lui enfonçai dans la poitrine.

Chapitre 22

Thierry porta la main à son cœur et recula de quelques pas avant de s'écrouler. Il semblait choqué.

Je ne pouvais pas lui en vouloir.

— Sarah, grogna Gideon, qui avait enfin réussi à se relever pour me rejoindre.

Il baissa les yeux sur Thierry.

— Vous l'avez tué.

Thierry haletait, luttant pour respirer.

— Non, répondis-je. Je lui ai dit que je lui planterais un pieu dans la poitrine, et c'est ce que j'ai fait. C'est différent.

— Vous avez raté son cœur ?

— Sinon il ne serait déjà plus qu'un triste tas de bouillie, non ?

Gideon serra les dents.

— Pourquoi ne pas l'avoir achevé ?

Je haussai les épaules.

Gideon jeta un regard noir à Steven.

— Pourquoi est-ce que je te paie, mon garçon ? Un léger avertissement ou un peu d'aide auraient été les bienvenus.

J'essayai de prêter attention à ce qui se passait autour de moi, mais je livrais ma propre bataille. J'aurais pu tuer Thierry, mais je ne l'avais pas fait. Quelque chose m'en avait empêchée.

Quand il m'avait embrassée, cela m'avait fait le même effet qu'une gifle, aidant l'autre camp à regagner un peu de terrain.

Il m'aime. Il ne m'aurait pas tuée.

Peut-être aurait-il dû.

— Buvez davantage, alors, entendis-je Steven répondre. Si c'est ce que vous voulez.

— Donne-moi tout, ordonna Gideon. Je veux sa puissance. Sa force. Tout.

— Compris.

— Qu'est-ce que…, commençai-je, puis je sentis les crocs de Gideon s'enfoncer dans mon cou.

Ses crocs ?

Il en avait déjà ? Comment était-ce possible ? Les jeunes vampires ne les développaient que longtemps après avoir été créés. J'avais eu les miens très tôt parce que j'avais eu un régime régulier à base de sang de maître.

Mais Gideon n'était pas n'importe quel jeune vampire.

Et il voulait encore plus de sang.

J'essayai de ne pas prêter attention à la douleur de la morsure. Je baissai les yeux vers Thierry, qui me regardait, impuissant. Il fallait qu'il reste où il était. Sa blessure l'occupait, et c'était très bien. Il ne devait surtout pas approcher.

— Ouvrez-vous, Sarah, me conseilla Steven. Donnez tout à Gideon.

— Je ne peux pas.

— Vous le devez.

Sa voix était étrange, différente de celle qu'il avait auparavant. Plus sinistre. Plus effrayante. J'essayai de l'apercevoir et m'aperçus que ses yeux n'étaient plus simplement rouges, ils étaient incandescents.

Les feux de l'enfer.

C'est le démon, n'est-ce pas ?

Steven canalisait les pouvoir du démon pour pratiquer sa magie noire. Gideon le savait-il ? Je ne le pensais pas. Cela aurait été trop risqué à son goût. Après tout, il essayait d'échapper à l'enfer, pas de l'accueillir dans sa vie et de l'inviter à un dîner aux chandelles.

Les démons voulaient Gideon. Et Gideon essayait de leur échapper en m'obligeant à le transformer.

— *Faites-le, Sarah*, répéta le démon qui possédait Steven… sauf que les lèvres du gamin ne bougèrent pas, je l'entendis directement dans ma tête. *Lâchez prise. Je peux vous aider.*

Un démon voulait me donner un coup de main pour transférer mes pouvoirs à Gideon. D'accord.

— *Non*, dit-il, comme s'il pouvait lire dans mes pensées. *Pas seulement vos pouvoirs. La malédiction aussi. Tout.*

J'écarquillai les yeux. Puis je les fermai et consacrai toute mon énergie à me détendre et à ouvrir mon esprit. Gideon ne se nourrissait pas seulement de mon sang, alors, mais de tout ce qu'il y avait derrière. Mon pouvoir… qui me venait de ceux de trois maîtres vampires. Avec l'aide du démon, je sentis cette puissance quitter mon corps pour entrer dans Gideon.

Un instant plus tard, il leva les yeux vers moi. Ils étaient noirs à cause de ce qu'il venait d'absorber. Noirs comme la mort.

— Plus, dit-il, j'en veux plus.

J'hésitai. La partie de moi qui d'une manière étrange se souciait de ce qui pouvait arriver à Gideon essaya de lui échapper pour le sauver de sa propre avidité. Mais il me maintint étroitement serrée et continua à boire.

— *Donnez-lui tout*, poursuivit le démon d'une voix aussi froide que la nuit autour de nous.

J'acquiesçai, et j'obéis à son ordre.

La nocturne s'accrocha un instant, hurlant et se débattant comme une diablesse tandis qu'elle était arrachée de moi par la magie démoniaque. La malédiction, ce poison noir, se roula en boule comme une entité vivante à l'endroit où elle s'était logée, refusant de bouger. Elle était si bien. Mais comme un bonbon pourri, collant et malodorant, elle fut extirpée, et je la sentis me quitter pour s'installer en Gideon.

Il ouvrit grand les yeux et ses lèvres se retroussèrent sur ses crocs longs et pointus. Il regarda autour de lui comme s'il n'avait encore jamais rien vu de tel.

— Je n'aurais jamais pensé que ce serait si bon, dit-il. Vous l'avez fait, Sarah. Vous m'avez tout donné.

Je déglutis.

— De rien.

Il sourit, et cela me glaça. Il n'était plus qu'un monstre aux yeux noirs et aux dents pointues. Il arborait une étrange expression de folie, celle d'un être possédant trop de pouvoir dans un espace trop petit pour en contenir autant.

J'avais peur de lui. Et *pour* lui.

Avait-il conscience de tout ce qu'il m'avait pris ? Le démon qui possédait Steven lui avait transféré jusqu'à la dernière étincelle de ce que m'avaient donné trois maîtres vampires. Et, en cadeau, il avait reçu le mauvais sort qui avait fait de moi une vampire noire.

J'allais attendre un peu, pour faire la fête.

Gideon inclina la tête sur le côté et regarda Thierry, qui essayait tant bien que mal de se relever.

— Pourquoi ne le liquiderais-je pas pour vous, Sarah ? Je déteste laisser une tâche inachevée.

Il avança d'un pas vers Thierry, mais je m'interposai aussitôt.

— Et maintenant ? lui demandai-je. Vous avez eu ce que vous vouliez. Vous êtes un vampire.

— Je suis bien plus que ça.

— C'est vrai. Alors, quel est votre plan ?

Il sourit.

— Je peux avoir tout ce que je veux. Mais je vais commencer par éliminer le maître vampire.

Il cligna des yeux.

— Voire les deux. Je vais le faire à mains nues, ce sera bien plus drôle.

— Et moi ?

Il m'étudia.

— Que voulez-vous que je vous dise ?

— La vérité.

Ses lèvres frémirent d'amusement.

— Pendant un temps, j'ai cru qu'il y avait quelque chose entre nous. Mais ça devait venir de la douleur. Je vous serai éternellement reconnaissant pour ce que vous avez fait, Sarah. Mais je vous conseille de ne pas essayer de vous dresser en travers de mon chemin.

— Ou bien ?

— Vous aurez à le regretter.

J'inspirai en tremblant. Il le remarqua et posa la main sur ma poitrine, où mon cœur battait. Il haussa un sourcil.

— Très intéressant.

— Vous êtes l'heureux propriétaire de la malédiction du nocturne.

— Quelle chance.

— Vous devez regretter d'avoir brûlé le grimoire, maintenant.

— Je m'y habituerai. Comme je vous l'ai toujours dit, c'est un atout. Je n'en ai que plus de pouvoir.

Il tressaillit alors et recula d'un pas. Je remarquai qu'une chose invisible venait de lui ouvrir la poitrine. Une profonde entaille y était apparue.

— Qu'est-ce que c'est, bon sang ?

Je secouai la tête.

— Je l'ignore.

— C'est moi, dit le démon.

Je reculai jusqu'à ce que je sente Thierry derrière moi. Il semblait avoir réussi à retirer le pieu de sa chair sans émettre le moindre son. Son front était couvert de transpiration et ses yeux trahissaient sa souffrance.

— Vous êtes à nous, Gideon, poursuivit le démon.

Il avait l'air si innocent dans le corps de l'adolescent, avec son tee-shirt des Rats Morts sous sa veste noire. Mais il n'en était rien.

— Depuis que les feux de l'enfer vous ont touché, vous nous appartenez. Vous pouvez fuir, mais pas vous cacher.

Les yeux noirs de Gideon devinrent glacés de terreur.

— Mais… je suis guéri ! Je n'ai plus aucune cicatrice. La douleur est partie.

— Aucune importance, répliqua le démon. Vous croyez que nous abandonnons si facilement ? Vous n'avez pas la moindre idée de ce qui se passe. Vous êtes à nous. Rien de ce que vous ferez ne changera ça. Vous avez fait vos choix, et vous devez en affronter les conséquences.

Gideon toucha la coupure sur son torse. Quand il écarta sa main, le sang qu'il avait sur les doigts s'enflamma. Les feux de l'enfer étaient toujours en lui. Et le démon les invitait à brûler haut et fort.

« La fin est proche maintenant. Et si vous ne restez pas à l'écart quand le sang commencera à couler, il vous dévorera tout entière. »

La fin était proche. Celle de Gideon.

— J'ai de l'argent, dit Gideon. Beaucoup d'argent. Je peux vous offrir tout ce que vous voudrez. Ne faites pas ça.

— Vraiment ? De combien parlons-nous ?

— D'une somme énorme. Je vous donnerai tout. Tout ce que j'ai.

Le démon sourit.

— Bien sûr.

Gideon grimaça de terreur, et il me regarda.

— Sarah…

Thierry enroula un bras autour de ma taille et me tira hors de portée de Gideon quand celui-ci tendit la main vers moi.

— Je suis désolée, soufflai-je, les larmes aux yeux.

— Moi aussi, répliqua-t-il.

Les feux de l'enfer jaillirent de l'entaille que lui avait faite le démon. Il regarda ses mains, léchées par les flammes. Il cligna des yeux, et de noirs ils reprirent leur couleur verte d'origine.

— Ça ne fait pas mal.

Il me sourit.

— Je suppose que je devrais en être heureux, n'est-ce pas ?

Un instant plus tard, il se consuma dans une colonne de feu.

J'étouffai un sanglot et me tournai vers Thierry, le serrant très fort contre moi. Il haleta de douleur.

— Désolée, réussis-je à articuler. Je suis désolée.

— Pour m'avoir planté un pieu dans la poitrine ?

— Pour tout.

— Ne le sois pas, souffla-t-il en prenant mon visage entre ses mains pour plonger son regard dans le mien. Ces larmes sont pour Gideon ?

— Quelques-unes.

Il m'embrassa les joues.

— Je comprends.

— Il est parti.

— Je sais.

Il me tint dans ses bras un moment, le temps que je me calme un peu. Puis je m'écartai et lui enfonçai mon index dans les côtes.

— Je croyais vous avoir dit de me tuer, monsieur. Et vous m'avez fait faux bond.

— C'est vrai.

Il toucha sa poitrine et grimaça.

— Et je crois que j'en paie le prix.

— J'ai fait ça pour te sauver la vie.

— Alors je préfère ne pas savoir ce qui m'arriverait si tu m'en voulais.

— Mais, et si…

— Assez de bavardages.

Il m'attira doucement contre lui et me fit taire d'un baiser.

Au bout d'un moment, je sentis une main dans mon dos. C'était Steven. Il avait l'air bouleversé, mais ses yeux étaient redevenus normaux.

— Qu'est-ce qui s'est passé ?

— Tu as été possédé par un démon.

Il grogna.

— Encore ? Ça craint !

— Tu veux bien me rendre service et aller libérer Amy ?

Il hocha la tête et courut vers deux cryptes situées non loin de là, d'où il fit sortir Amy, qui avait repris conscience, et sa mère. Steven étreignit cette dernière, et elle lui tapota le crâne.

—Je suis désolé, maman. Je te promets de ne plus pratiquer la magie démoniaque.

—Bien. Mais nous partons toujours pour l'Allemagne, et tu seras privé de sorties pendant six mois. Oh, et je confisque tous tes CD.

—Oh, maman ! gémit-il.

Thierry écarta d'une caresse les cheveux qui me mangeaient le visage.

—Comment te sens-tu ? A-t-il bu beaucoup de ton sang ?

—J'ai un peu le vertige, mais je survivrai.

Je levai les yeux vers lui.

—Il a tout pris. Tout mon pouvoir. La malédiction. J'ai totalement régressé.

Je passai ma langue sur mes dents.

—J'ai encore mes crocs, cependant.

—S'il avait continué à te vider, tu serais peut-être redevenue humaine.

—N'allons pas si loin, dis-je, et je réussis à sourire. Pourquoi voudrais-je ça, alors que ma vie actuelle est si excitante ?

—Tu marques un point.

Véronique se tenait non loin de nous, les bras croisés… le sort qui l'avait figée et rendue muette s'était rompu depuis longtemps. Elle approcha.

—Je n'arrive pas à y croire, déclara-t-elle.

—Moi non plus, répliqua Thierry. Tu as pris le parti de Gideon ?

—Pour empêcher un bain de sang inutile.

—Ah, je vois. Alors c'était uniquement dans un but altruiste, n'est-ce pas ?

Elle soupira.

—Tout ne s'est pas passé comme je l'avais prévu.

—Je suppose, en effet.

— Je suis désolée, lui dit-elle, avant de se tourner vers moi. Et je m'excuse également auprès de vous, Sarah.

Je secouai la tête.

— Vous savez, même si je n'approuve pas vos méthodes, si vous ne m'aviez pas permis de boire votre sang, hier, les choses auraient pu très mal tourner.

Elle secoua la tête, toujours aussi incrédule et stupéfaite.

— Thierry, le Diable Rouge… c'était toi pendant tout ce temps ? Je n'arrive pas à le croire…

— C'est pourtant vrai.

Elle inclina la tête et le regarda.

— Maintenant que je le sais, la ressemblance est frappante…

Elle déglutit.

— Comment ai-je pu ne rien voir ? C'est tellement évident. Mais vous, Sarah, vous avez su aussitôt. Vous l'avez reconnu malgré le masque.

Je haussai les épaules.

— Au bout d'une ou deux rencontres, oui.

— Vous aimez vraiment mon mari, n'est-ce pas ?

— Plus que je ne saurais le dire.

Son visage exprimait un mélange d'étonnement et d'incrédulité, comme si elle se rendait enfin compte que c'était réel.

Véronique me toucha la main.

— Je suis heureuse pour vous. Pour vous deux.

Je hochai la tête.

— Je suis toujours contente d'apprendre que la femme de mon petit ami approuve notre relation.

Amy choisit cet instant pour approcher maladroitement.

— Sarah ?

J'allai à sa rencontre, et elle recula d'un pas. Je levai les mains.

— Je suis désolée pour ce qui s'est passé plus tôt.

Elle porta la main à sa gorge. C'était là que je l'avais blessée quand je l'avais maintenue contre le mur.

— Tu te sens mieux ?

— Mieux que jamais ! Je suis guérie.

Elle écarquilla les yeux.

— La malédiction ?

— De l'histoire ancienne.

Elle lâcha un petit cri joyeux et me serra dans ses bras à m'étouffer. C'était si bon de respirer de nouveau. Vraiment, on sous-estimait beaucoup l'importance de la respiration.

Et des battements de cœur. Il fallait les perdre pour comprendre.

Mon téléphone portable vibra. Je le tirai de mon sac et décrochai.

— Sarah, dit la voix fatiguée de George dans le récepteur.

— Salut !

— Nous avons passé toute la ville au peigne fin… enfin, pas littéralement, mais tu vois ce que je veux dire. Nous n'avons pas réussi à trouver Amy, et il est minuit passé, poursuivit-il avant que sa voix se brise. C'est ma faute. Gideon va la tuer, et c'est entièrement ma faute.

— Oh, tu sais, parfois on gagne, parfois on perd.

— Comment peux-tu être si blasée ? C'est Amy ! Notre chère petite Amy chérie ! Et elle est morte. Barry va me tuer.

— Tu as sans doute raison. Il est très rancunier, celui-là.

Il y eut une longue pause.

— Nous avons raté quelque chose ? demanda George.

— Un petit truc de rien du tout. Mais Amy va bien, alors rassure-toi. Et Gideon… Gideon est mort.

Ma gorge se serra quand je prononçai ces mots.

George poussa un si gros soupir de soulagement que je dus écarter le téléphone de mon oreille.

— Je crois que je vais vomir, là, tout de suite.

Je passai mon portable à Amy pour qu'elle puisse rassurer George sur son état de santé, même si elle était encore un peu sous le choc.

Thierry me toucha le bras.

— Tu as l'air bouleversée.

— La soirée a été d'enfer.

Je déglutis.

— Littéralement.

Il hocha la tête.

— Il est mort.

— Je sais.

Il garda le silence un moment, puis il me conduisit à l'écart pour que nous puissions parler en privé.

— Tu l'aimais ?

J'humectai mes lèvres sèches.

— Non, pas d'amour. J'aimais bien certaines parties de lui.

Thierry haussa un sourcil.

— Quelles parties ?

— Tu vois ce que je veux dire. Il avait raison à propos d'une chose. Tout le monde a du bon et du mauvais en lui. Mais les actes en disent plus long que les mots. Alors, oui, je l'aimais bien, en dépit de qui il était. Mais toi, je t'aime.

Il sourit.

— Je peux accepter ça.

Je fronçai les sourcils.

— Tu souffres, à cause du trou dans ta poitrine ?

— Je guéris vite. Mais… (il tressaillit) c'est déplaisant.

— Navrée.

— Ne le sois pas.

Il se pencha pour effleurer mes lèvres des siennes.

— Nous allons oublier ça.

— Ça semble prometteur, dis-je en me penchant en arrière pour le regarder. Et au sujet du Diable Rouge ?

Il baissa les yeux sur le masque qu'il avait jeté par terre.

— Je crois que je me suis caché sous un déguisement trop longtemps. Dorénavant, si je veux changer quelque chose, je le ferai au grand jour, sans m'abriter derrière une identité secrète.

— Excellente idée.

Je lui pris le bras.

— Mais, sérieusement, la prochaine fois que je te demande de me tuer, fais-le, d'accord ?

— Je te le promets. La prochaine fois, je n'hésiterai pas.

— Tu mens.

Il me regarda de ses yeux argentés.

— Tu me connais.

— Un peu. Mais je suis prête à en apprendre bien plus.

— Je crois que ça peut s'arranger.

Chapitre 23

Cinq jours plus tard…

— Janelle Parker, voulez-vous prendre Michael Quinn comme légitime époux, jurez-vous de l'aimer et de le chérir jusqu'à ce que la mort vous sépare ?

Janie, qui portait une superbe robe de cocktail blanche, arborait un sourire si grand que je craignais que son visage se fende.

— Je le veux. Et bien plus encore.

Le maire se tourna vers Quinn.

— Et vous, Michael Quinn, voulez-vous prendre Janelle Parker comme légitime épouse, jurez-vous de l'aimer et de la chérir jusqu'à ce que la mort vous sépare ?

— Oui, bon sang.

Il se racla la gorge et sourit.

— Je veux dire : oui, je le veux.

— Par les pouvoirs qui me sont conférés par la province de l'Ontario, je vous déclare mari et femme. Quinn, vous pouvez embrasser la mariée.

Et c'est ce qu'il fit. En y mettant tout son cœur.

Je ne pensais pas qu'y mettre la langue avec tant d'énergie soit approprié dans ce genre d'occasion, mais ce n'était que mon opinion.

Malgré leur baiser digne d'un porno, je ne pus m'empêcher de continuer à sourire. Ils avaient l'air si heureux et rayonnants.

Deux ex-chasseurs de vampires devenus vampires commençaient leur éternité ensemble.

J'aurais bien jeté du riz ou des confettis, mais pour cela il fallait payer une taxe. Au lieu de cela, il y eut des bulles soufflées sur les nouveaux mariés quand ils quittèrent l'hôtel de ville.

Tout le monde était là... du moins tous ceux qui comptaient vraiment. Thierry et moi. Amy et Barry. George et Jeremy des Ressources humaines, avec qui ma meilleure amie avait essayé de me caser la semaine précédente. Je crois qu'il y avait une bonne alchimie entre ces deux-là, parce que George avait l'air plus heureux que... eh bien, que je l'avais jamais vu. Même la sœur de Janie, Angela, et son petit ami Lenny, un autre de mes ex-gardes du corps, avaient fait le voyage depuis la Floride pour assister à la cérémonie et au repas de noce donné au *300 Restaurant*, en haut de la Tour CN.

À mes yeux, elle ressemblait toujours à un pieu.

Véronique était repartie pour l'Europe l'avant-veille. Après tout ce qui s'était passé, et en dépit de mon léger ressentiment envers elle, j'avais décidé de lui pardonner. Elle était ce qu'elle était. Elle n'y pouvait rien. Je pensais réellement qu'il y avait plus de bien que de mal en elle. Tout le monde avait droit au pardon pour les mauvais choix qu'il faisait. Avant de partir, elle avait veillé à me trouver, à m'embrasser sur les deux joues et à nous souhaiter tout le bonheur du monde, à son « époux » et à moi.

— Hé, dis-je, faisant courir ma main le long du bras de Thierry. Je me demandais si je pourrais récupérer ma bague, maintenant que nous n'avons plus à cacher que nous sommes ensemble. Tu l'as toujours dans ta poche ?

Il secoua la tête.

— Ça ne va pas être possible, j'en ai peur.

Il avait toujours dit qu'il me rendrait l'anneau d'éternité, cette bague qui symbolisait son désir de m'avoir dans sa vie, quand tout serait rentré dans l'ordre. J'ouvris la bouche pour dire quelque chose, mais avant que j'aie pu prononcer un mot Janie et Quinn arrivèrent près de nous.

Thierry serra la main de Quinn.

— Félicitations. Et je suis sincère.

— Merci, dit Quinn avec un petit sourire. Nous avons eu nos différends. Je sais que je ne vous ai pas facilité les choses, au début…

— Les chasseurs en font toujours voir aux vampires.

Quinn ricana.

— C'est un euphémisme, si vous me le permettez. Mais… sans vous… (il me regarda) sans vous deux… je… je ne serais plus là. Je veux dire, plus du tout là. Je serais mort et enterré. Je n'aurais jamais eu de seconde chance dans la vie. Je n'aurais jamais trouvé Janie.

— C'est le destin, dis-je en souriant.

— Tu y crois ? Au destin ?

Je me mordillai la lèvre.

— Pas toujours, mais c'est un bon concept, non ?

— Oui.

Quinn m'étreignit si fort qu'il me souleva du sol.

— Merci, Sarah. Pour tout.

Ma gorge s'était serrée sous le coup de l'émotion.

— Il n'y a pas de quoi, vraiment. Janie a beaucoup de chance de t'avoir. J'espère qu'elle le sait.

Quand il me lâcha, Janie m'observait, mais sans aucune jalousie désormais.

— Oui, j'ai beaucoup de chance, ça ne fait aucun doute. Waouh, je vous serrerais bien tous dans mes bras, mais les étreintes de groupe, ce n'est pas du tout mon genre.

— Aucun problème.

Elle esquissa un grand sourire.

— Contente de n'avoir pas eu à te tuer, après tout.

— Nous sommes deux.

Amy courut vers nous.

— Sarah ! Tu veux que je te commande une entrée, au restaurant ? Nous y allons tout de suite.

— Je ne peux pas manger, lui fis-je remarquer. La nourriture solide et moi ne faisons pas bon ménage, tu te rappelles ?

Elle fronça les sourcils.

— Pourquoi est-ce que j'oublie sans cesse ? Je t'assure que c'est pas pour te narguer.

— C'est pas grave. J'ai fini par m'y habituer. Par contre, j'adorerais une Tequila Sunrise.

— D'accord.

Elle courut rejoindre son mari, qui m'adressa un bref hochement de tête. Ah, Barry. Nous ne serions jamais amis, mais nous avions fait des progrès. Depuis qu'Amy s'était tirée saine et sauve des sales pattes de Gideon, il ne me haïssait plus. C'était un début.

— Les mariages me font penser à l'avenir, dit George.

Et moi donc !

— Je sais.

— Maintenant que tu possèdes un commerce, tu crois que tu pourrais me payer un loyer ? Depuis que je suis au chômage, je suis un peu à court d'argent. Vingt dollars et quelques *cents*, c'est assez pour un cadeau de mariage ?

Gideon ne m'avait pas menti. Il m'avait réellement acheté le *Côté Obscur*. Les papiers étaient à mon nom et tout était parfaitement légal. J'avais songé à le vendre, mais je m'étais ravisée. J'avais été serveuse et barmaid. Il n'y avait pas de raison que je ne puisse pas être propriétaire, gérante, serveuse et barmaid.

En plus, c'était un petit morceau de Gideon. C'était une drôle de chose à laquelle se raccrocher, mais grâce à Gideon Chase, il y aurait toujours un endroit où les vampires de la ville pourraient se détendre, en attendant que d'autres ouvrent leurs portes. C'était un étrange hommage à la mémoire du chef des chasseurs de vampires si difficile à oublier.

Je grimaçai.

— Désolée, George. Je sais que j'ai été un poids. Mais j'apprécie ta patience. Et je pensais que tu accepterais de travailler pour moi au club.

Il haussa les sourcils.

— Je n'ai reçu aucune offre d'emploi officielle.

— Considère que c'est fait. Tu pourrais être mon gérant.

Il m'étreignit.

— J'accepte avec joie. Et en ce qui concerne notre arrangement… il est peut-être temps que tu t'installes avec le grand ténébreux affublé de crocs. Pour ma part, je pense que vous auriez dû le faire depuis longtemps.

Je jetai un regard à Thierry.

— Nous verrons.

Le fait qu'il refuse de me rendre la bague m'incitait à croire qu'il ne voulait pas de moi sous son toit. Mais j'essayais de ne pas y penser pour le moment. C'était le grand jour pour Quinn et Janie, avec cette éternité qui s'offrait à eux.

Tout le monde commença à partir pour le restaurant dans deux taxis séparés, mais Thierry me retint.

— J'aimerais te parler en privé.

Mon estomac se serra.

— Tout ça ne me dit rien qui vaille.

Il me tendit la main.

— Suis-moi.

Si j'avais su que nous allions marcher, je n'aurais pas mis de talons aiguilles, mais je pouvais faire quelques pas. Je pris sa main et le laissai me conduire dans le Nathan Phillips Square, près de la patinoire à ciel ouvert.

Et voilà, pensai-je.

Il allait rompre avec moi. Officiellement. C'était fini. Je n'arrêtais pas de lui répéter que je n'étais qu'un fardeau. Et, après toutes les épreuves que nous avions traversées au cours des derniers mois, il avait dû décider que j'avais raison.

Il avait peut-être envie de voir d'autres femmes.

Oui, c'était sûrement cela.

Après tout, si Véronique se fichait qu'il sorte avec qui bon lui semblait… vampires ou humaines… pourquoi s'en priverait-il ?

Il voulait sans doute rattraper le temps perdu. Environ six siècles.

Parfait. Vraiment. Je pouvais affronter cela. Je ne pleurerais pas quand il me l'annoncerait. J'étais une vampire indépendante. Je possédais ma propre affaire, à présent, même si je l'avais eue d'une manière très inhabituelle. J'avais l'intention d'employer toute mon énergie à faire marcher le *Côté Obscur*, qui serait rebaptisé le *Chase*, pour que les vampires aient un endroit où s'amuser et se relaxer, et peut-être danser, aussi. Je retomberais sur mes pieds. J'étais l'incarnation du *girl power*.

Les hommes… qui en avaient besoin ?

— Alors, pourquoi ne puis-je pas ravoir ma bague ? demandai-je simplement.

J'étais calme. Composée. Très mature.

— Parce que je ne l'ai plus.

— Oh.

Je fronçai les sourcils.

— D'ailleurs, ce n'était qu'un bout de métal incrusté de minuscules diamants, une babiole sans réelle d'importance.

— Sans importance, hein ?

Je sentis mes joues s'empourprer de colère. Peut-être n'étais-je pas si calme et composée, après tout.

Un petit sourire joua sur ses lèvres.

— Tu es bouleversée, n'est-ce pas ?

Je secouai la tête.

— Non, c'est faux. Je vais très bien.

— Je n'aurais pas cru que quelque chose comme une bague aurait une telle signification pour toi. Après tout, tu as accepté d'être avec moi tout en sachant que j'étais marié à Véronique depuis longtemps. Et même après qu'elle a refusé de signer les papiers pour l'annulation, tu es restée. As-tu changé d'avis ?

— Bien sûr que non, répondis-je, clignant des yeux. Je t'aime. Un stupide bout de papier n'y change rien.

— Vraiment ?

— Vraiment.

Il croisa les bras.

— Alors, je suppose que tu te ficheras d'apprendre qu'avant son départ, Véronique a consenti à signer les documents. Le fait que tu m'aies reconnu malgré le masque lui a prouvé la profondeur de tes sentiments pour moi, et celle des miens pour toi.

Je le regardai, incrédule.

— Euh… tu peux répéter ?

— Quelle partie ?

— Véronique a signé l'annulation ?

— Oui.

— Merde, alors !

— En effet.

Il semblait amusé par ma réaction.

— J'ai été aussi surpris que toi. Mais, si égocentrique puisse-t-elle être en surface, Véronique est une grande romantique. Elle a connu le véritable amour il y a très longtemps, et elle n'a jamais pu l'oublier. Elle sait que je veux être avec toi, et puisqu'il n'y a aucune chance pour qu'elle et moi nous réconciliions, elle a fait ce qu'elle croyait être juste et m'a rendu ma liberté.

Je ne m'attendais pas à cela. Je n'aurais jamais pensé, après tout ce qui s'était passé, que Véronique céderait. Mais elle l'avait fait ? Elle avait signé l'annulation ! Thierry et elle n'étaient plus mariés.

Je n'étais plus l'« autre femme », c'était officiel.

Je souris à Thierry et tendis la main pour prendre la sienne.

— Alors, je comprends, pour la bague.

— C'est vrai ?

— Après plus ou moins six siècles, te voilà de nouveau célibataire. Pourquoi voudrais-tu te faire passer la corde au cou si vite ? Nous pouvons sortir ensemble, si tu veux. Peut-être même aller au cinéma, certains soirs. Je n'ai pas fait ça depuis longtemps.

Il inclina la tête sur le côté.

— Tu veux sortir avec moi ?

— Bien sûr. Ce n'est pas la fin parfaite et digne d'un conte de fées que j'avais espérée, mais je peux m'en contenter. Honnêtement, Thierry, après tout ce que nous avons traversé, le seul fait de t'avoir dans ma vie est super. Seigneur, être une vampire normale me comble de joie et constitue une fin heureuse à mes yeux. Toi, tu es la cerise sur le gâteau.

— C'est ce que tu penses vraiment ?

Je hochai la tête.

— Oui. Et tu n'as pas besoin de me donner de bijou. Un jour à la fois, c'est ainsi que je vois désormais les choses. Aucune bague ne peut me rendre plus heureuse…

— Que penses-tu de celle-là ?

Je baissai les yeux. Il avait ouvert une petite boîte capitonnée de velours noir, me révélant un beau caillou, un diamant de trois carats taille princesse, monté en solitaire.

J'en restai bouche bée.

— Qu'est-ce que c'est ?

Il sourit.

— De quoi ça a l'air ?

Je levai mes yeux écarquillés vers lui.

— Ça a l'air d'une bague à quarante mille dollars, environ.

— Environ, approuva-t-il, les lèvres frémissant d'amusement. Je sais que ce n'est pas celle que je t'avais offerte. Je me suis dit que, si je devais la remplacer, il fallait que ça en vaille la peine.

J'étais muette de stupéfaction. Je ne savais pas quoi dire. D'accord, cela signifiait la même chose, je sais. J'ouvris la bouche, mais aucun son n'en sortit.

— Je t'aime.

Thierry déglutit avec peine et me serra la main.

— Avec toi, chaque jour est hors du commun et la vie vaut la peine d'être vécue. Véronique m'a enfin rendu ma liberté. Mais je ne veux pas être seul. Je ne veux pas être célibataire. Je veux être avec toi. Je sais que cela ne fait pas si longtemps que nous nous sommes rencontrés, et notre parcours n'a pas été facile, mais tu es le grand amour que j'ai attendu toute mon existence. Et l'attente a été assez longue comme ça, crois-moi. Veux-tu passer l'éternité avec moi, Sarah ?

J'humectai mes lèvres sèches et levai des yeux humides vers lui. Mon cœur battait la chamade.

Son sourire s'élargit face à mon air stupéfait.

— Je te demande de m'épouser, précisa-t-il.

Je n'arrivais toujours pas à reprendre mon souffle. J'avais la tête qui tournait.

Comme je ne répondais pas, son expression joyeuse changea et se teinta de doutes. Son sourire s'effaça et il fronça les sourcils.

— J'ai sans doute eu tort. Je… j'aurais dû attendre et éviter de te poser la question aujourd'hui. Je vais te laisser un peu plus de temps. Je m'excuse de mon enthousiasme. Allons rejoindre Quinn, Janie et les autres au restaurant.

— Non, Thierry…, commençai-je.

— Non, répéta-t-il d'un ton lourd. Eh bien, j'ai ma réponse. Je comprends.

Je souris.

— Je veux dire, non, tu n'avais pas tort.

Il me regarda, prudent.

— Tu le penses vraiment ?

Je hochai la tête.

— Tu m'as prise par surprise, c'est tout. Je ne m'attendais pas à cela.

Sa pomme d'Adam monta et redescendit quand il déglutit.

— Je m'y suis mal pris.

— Repose-moi la question.

— Te reposer la…

Il fronça les sourcils.

— Oui.

— Épouse-moi, Sarah, dit-il au bout de quelques secondes, levant ses yeux argentés vers moi.

— Oui, répondis-je cette fois, le cœur débordant de joie. Oui, oui, oui !

Son sourire fut assez large pour que je voie ses crocs.

— Oui ?

Je hochai la tête avec enthousiasme.

La boîte tomba sur le sol et il me passa au doigt la plus belle des bagues de fiançailles que j'avais vue de ma vie. Puis il me prit le visage entre ses mains et m'embrassa. Mes jambes faillirent se dérober sous moi. À côté, le baiser de Quinn et Janie avait été chaste.

Et vous savez quoi ? Je ne reviens pas sur ce que j'ai dit. Un bout de papier ne signifie rien, pas quand on parle d'éternité. Je serais restée avec lui que nous ayons ou non la promesse d'un avenir ensemble. Avec ou sans cet anneau qui faisait un si bel effet à mon doigt. J'aimais Thierry sans toutes ces choses, je n'avais pas le moindre doute à ce sujet.

Mais elles ajoutaient un je-ne-sais-quoi.

Être une vampire ne serait jamais facile. Je le savais. Je ne pouvais pas manger de nourriture solide. J'avais besoin de boire du sang, même si dorénavant il ne viendrait plus que de tonneaux remplis de celui de donneurs consentants. Je n'avais pas de reflet, à moins de me regarder dans un tesson. Les chasseurs seraient toujours un problème, parce qu'il y aurait toujours des gens prêts à détruire ce qu'ils ne comprenaient pas.

Mais il y avait aussi des tas de bons côtés.

J'avais des amis merveilleux. L'homme que j'aimais à la folie me le rendait bien… et, hé, nous étions officiellement fiancés. Qu'est-ce qu'une vampire comme moi aurait bien pu souhaiter de plus ?

Mon avenir me semblait aussi brillant que le diamant à ma main gauche. Il serait long et heureux. Si on faisait abstraction des pieux en bois, des chasseurs et des ponts… les vampires étaient immortels.

L'immortalité, ça ne craignait peut-être pas tant que ça, après tout.

C'était bon à savoir.

BRAGELONNE – MILADY, C'EST AUSSI LE CLUB :

Pour recevoir le magazine *Neverland* annonçant les parutions de Bragelonne & Milady et participer à des concours et des rencontres exclusives avec les auteurs et les illustrateurs, rien de plus facile !

Faites-nous parvenir votre nom et vos coordonnées complètes (adresse postale indispensable), ainsi que votre date de naissance, à l'adresse suivante :

Bragelonne
60-62, rue d'Hauteville
75010 Paris

club@bragelonne.fr

Venez aussi visiter nos sites Internet :
www.bragelonne.fr
www.milady.fr
graphics.milady.fr

Vous y trouverez toutes les nouveautés, les couvertures, les biographies des auteurs et des illustrateurs, et même des textes inédits, des interviews, un forum, des blogs et bien d'autres surprises !

Achevé d'imprimer en septembre 2011
Par CPI Brodard & Taupin - La Flèche (France)
N° d'impression : 65959
Dépôt légal : octobre 2011
Imprimé en France
81120618-1